btb

Buch
Die junge Fastrade von der Warthe hat versucht, sich aus der Enge und Abgeschlossenheit ihrer familiären Bindungen zu befreien, und ist Pflegerin in einem Hamburger Krankenhaus geworden; doch ist sie schließlich wieder nach Hause zurückgekehrt, in die lähmende »Geborgenheit« einer Umwelt, die keine individuelle Weiterentwicklung zulassen will. Durch ihre Liebe zu dem Sohn eines benachbarten Adelshauses, einem Spieler und Frauenhelden, sucht sie noch einmal, der Umklammerung ihrer Umgebung zu entgehen. Aber es gelingt ihr nicht, ihren Verlobten von den Irrwegen abzubringen, auf die sein Widerstand gegen den übermächtigen gesellschaftlichen Druck der »abendlichen Häuser« ihn getrieben hat. Er begeht Selbstmord, und sie fügt sich an der Seite ihres Vaters »den Gesetzen, an die sie nicht glaubt, denen sie aber gehorcht«.

Autor
Graf Eduard von Keyserling wurde 1855 auf Schloß Padern in Kurland geboren. 1877 wurde er wegen einer »Inkorrektheit« von der Universität Dorpat verwiesen. Er bewirtschaftete danach die Güter seiner Eltern, hielt sich mehrere Jahre in Wien auf, unternahm Reisen nach Italien und ließ sich 1895 in München nieder. Aus einer alten deutschbaltischen Adelsfamilie stammend, hat Keyserling mit außerordentlichem Empfinden für Stimmungen und seelische Spannungen Romane und Erzählungen geschrieben, die zum Schönsten gehören, was die deutsche Literatur hervorgebracht hat. Er ist einer der besten Psychologen der Fin-de-siècle-Literatur. Der geistreich-ironische Ton und die makellose Schönheit seiner Prosa weisen ihm einen Platz zwischen Theodor Fontane und Thomas Mann zu.

Eduard von Keyserling bei btb
Wellen. Roman (72395)
Beate und Mareile. Eine Schloßgeschichte (72452)

Eduard von Keyserling

Abendliche Häuser

Roman

*Mit einem Nachwort
von Helmut Bachmaier*

btb

Vollständige Ausgabe der »Abendlichen Häuser«
nach dem Wortlaut der Erstausgabe
(Berlin: S. Fischer, Verlag, 1914)

Umwelthinweis:
Alle bedruckten Materialien dieses Taschenbuches
sind chlorfrei und umweltschonend.

btb Taschenbücher erscheinen im Goldmann Verlag,
einem Unternehmen der Verlagsgruppe Bertelsmann.

1. Auflage
Genehmigte Taschenbuchausgabe Mai 1998
Copyright © für diese Ausgabe 1998
by Wilhelm Goldmann Verlag, München
Umschlagentwurf: Design Team München,
unter Verwendung des Fotos eines Gemäldes
von Frank W. Benson
Satz: IBV Satz- und Datentechnik GmbH, Berlin
NB · Herstellung: Augustin Wiesbeck
Made in Germany
ISBN 3-442-72418-X

Inhalt

Abendliche Häuser 7
Nachwort 156
Zeittafel zu Keyserling. 183
Anmerkungen 185
Bibliographische Hinweise 189

Erstes Kapitel

Auf Schloß Paduren war es recht still geworden, seit so viel Unglück dort eingekehrt war. Das große braune Haus mit seinen schweren, wunderlich geschweiften Dache stand schweigsam und ein wenig mißmutig zwischen den entlaubten Kastanienbäumen. Wie dicke Falten ein altes Gesicht durchschnitten die großen Halbsäulen die braune Fassade. Auf der Freitreppe lag ein schwarzer Setter, streckte alle vier von sich und versuchte sich in der matten Novembersonne zu wärmen. Zuweilen ging eine Magd oder ein Stallbursche über den Hof langsam und lässig. Hier, schien es, hatte niemand Eile. In der offenen Stalltüre lehnte Mahling, der alte Kutscher mit dem weißen Bart, und gähnte. In der offenen Gartenpforte stand Garbe, der Gärtner, und verzog sein glattrasiertes Sektierergesicht und blinzelte in die Sonne. Dann begannen die beiden Männer aufeinander zuzugehen, mitten zwischen Stall und Garten blieben sie stehen, sprachen einige Worte zueinander, schwiegen, spuckten aus, ließen wieder einige Worte fallen.

Auf der anderen Seite des Hauses wurde eine Glastüre geöffnet, die geradewegs in den Garten führte, und der Schloßherr, der Baron von der Warthe, wurde in seinem Rollstuhl von seinem Diener Christoph hinausgefahren. Dicht in seinen Pelz gehüllt, eine Pelzmütze auf dem Kopfe, schwankte die in sich zusammengebogene Gestalt im Stuhle sachte hin und her. Das Gesicht war sehr bleich und in seiner strengen Regelmäßigkeit von einer müden Ausdruckslosigkeit, nur die hervortretenden Augen waren noch wunderlich klar und blau. Neben dem Rollstuhl schritt die Schwester des Barons, die Baronesse Arabella, hin, groß und hager in ihrem schwarzen Mantel und dem wehenden Trauerschleier, das Gesicht schmal und messerscharf zwischen den gebauschten weißen Scheiteln. So ging es die feuchten Herbstwege des Parks entlang, auf denen die Herbstblätter raschelten. Von den Bäumen fielen Tropfen, und die Wipfel waren voll lärmender Nebelkrähen. Christoph steckte das Kinn tiefer in den aufgeschlagenen Kragen des Livreemantels und schnaufte ein wenig in der Anstrengung des Stoßens. Dann hielt er plötzlich still, sein Herr hatte ein Zeichen mit der Hand gemacht, der Baron sah zu seiner Schwester auf und sagte mit einer Stimme, die ärgerlich und gequält klang: »Sag mal, Arabella, was ist die Dachhausen für eine Geborene?« – »Birkmeier, die Fabrikantentochter«, erwiderte die Baronesse ruhig und wie mechanisch. Befriedigt ließ der Baron den Kopf sinken, und Christoph schob den Stuhl weiter.

Und doch vor wenigen Wochen noch war Paduren die Hochburg des adeligen Lebens in dieser Gegend gewesen, und der Baron Siegwart von der Warthe hatte hier eine stille, aber unbestrittene Herrschaft über seine Standesgenossen ausgeübt. Der kleine rundliche Herr mit dem strengen, feierlichen Gesicht, das von dem weißen Haar und weißen Backenbart wie von einem silbernen Heiligenschein umrahmt wurde, war das Gewissen dieses Adelswinkels gewesen. Öffentliche Ämter mochte er nicht bekleiden, in Versammlungen schwieg er. »Ich bin kein Tribünenläufer«, pflegte er zu sagen, aber seine Ansicht war dennoch stets die ausschlaggebende, und in jeder wichtigen Sache war es die Hauptfrage: »Was sagt von der Warthe?« In Sachen der Politik und der Landwirtschaft, in Familienangelegenheiten und Ehrenhändeln, überall sprach er das wichtigste Wort mit. Er lieh Geld denen, die es nötig hatten und die er dessen würdig hielt, und wachte streng darüber, daß gute alt-edelmännische Sitte hier nicht in Verfall geriet. Wenn der Baron von der Warthe die greisen Augenbrauen in die Höhe zog, mit der flachen Hand durch die Luft von oben nach unten fuhr, als machte er einen Sargdeckel zu, und leise sagte: »Hm – ja, schade, aber der Mann ist erledigt«, dann war der Mann für diese Gegend wirklich erledigt. Der Baron war sich seiner Stellung wohl bewußt, und er genoß sie, und sie war vielleicht die einzige wirkliche Freude seines Lebens. Immer wohlwollend würdig zu sein, geachtet und ein wenig gefürchtet zu werden mag ein großes Gut sein, es macht jedoch einsam und ist nicht gerade heiter. Das gab dem Baron wohl auch den feierlichen, ein wenig ungemütlichen Ausdruck; er sah aus, als dürfe er sich nie gehen lassen und als sei ihm dieses selbst zuweilen unbequem. Dietz von Egloff, der es liebte, von älteren Herren respektlos zu sprechen, meinte: »Dem Gesicht des alten Warthe würde ich es gönnen, sich einmal eine Stunde lang nach Herzenslust verziehen zu dürfen, um sich von der ewigen Würde gänzlich erholen zu können.« Der Baron liebte es, wenn es heiter um ihn her war, seine Jagden und sein Rotwein waren berühmt, aber er konnte sich nicht verhehlen, daß die Leute sich gerade dann am besten unterhielten, wenn er zufällig nicht zugegen war. Das mochte ihn zuweilen ein wenig melancholisch machen, aber er gestand sich das selbst nicht ein und war überzeugt, daß er das bessere Teil erwählt habe, die Weisheit, die Würde und die Macht. Die jungen Leute liebten ihn nicht, lachten über ihn, wenn sie unter sich waren, und nannten ihn den »Baron Mißbilligung«. Allein sie fürchteten ihn, und wenn sie in Schwierigkeit gerieten, wandten sie sich stets an ihn. Die alten Herren bewunderten ihn und lauschten seinen Worten wie einem Evangelium.

Am Kamin bei der Nachmittagszigarre liebte es der Baron, zu seinem alten Freunde, dem Baron Port auf Witzow, von seinen Grundsätzen zu sprechen: »Ansichten, die jungen Leute wollen jetzt allerhand Ansichten haben. Nun ja, ich bestreite ja nicht, es mag allerhand Ansichten und Grundsätze geben, die ganz gut und richtig sind für andere. Man braucht ja schließlich kein Edelmann zu sein, aber für uns gibt es gewisse Ansichten und Grundsätze, die richtig und wahr sind, nicht weil jemand sie uns bewiesen hat, sondern weil wir wollen, daß sie richtig und wahr sind. Mir braucht man nichts zu beweisen und zu erklären. Ich will, daß das und das wahr und richtig ist, weil, wenn das falsch ist, ich nicht mehr der von der Warthe bin, der ich bin, und du nicht von Port bist, der du bist, weil wir sonst beide alte Narren wären. Siehst du, das sage ich.«

Als sein Freund zu sprechen anfing, hatte der Baron Port sich aus der leichten Nachmittagsschläfrigkeit aufgerüttelt. Er beugte den schweren Oberkörper nach vorn, legte die Hand an das Ohr und hörte aufmerksam zu. Als die Rede zu Ende war, schlug er dem Baron von der Warthe mit der flachen Hand auf das Knie und meinte: »Da hast du wieder recht, Bruder.« Dann lehnten die beiden Herren sich in ihre Sessel zurück und sogen befriedigt an ihren Zigarren.

Vorbildlich wie die Ansichten und die Landwirtschaft des Baron von der Warthe für seine Nachbarn waren, so war es auch sein Haus, die hohen Zimmer voll weitläufiger, schwerer Mahagonimöbel, großer Kachelöfen, voller Ahnenbilder und alten Silbers, in denen sich ein Leben geregelter Wohlhabenheit behaglich abspann. »Unsere Vornehmheit ist schlicht«, pflegte der Baron zu sagen. Er liebte das Wort »schlicht« und fuhr gern, wenn er es aussprach, mit der flachen Hand waagerecht durch die Luft. Daß die beiden Kinder des Barons in Paduren, Fastrade und Bolko, Vorbilder für alle Kinder der Nachbarschaft waren, das wußte jedes Kind der Gegend. Die Baronin von der Warthe war bei der Geburt ihres zweiten Kindes gestorben, die Baronesse Arabella stand dem Haushalt ihres Bruders vor und erzog die Kinder, und auch diese Erziehung wurde allgemein bewundert. Da war der Hauslehrer, Herr Arno Holst, der Bolko auf die höheren Gymnasialklassen vorbereiten sollte und die eben erwachsene Fastrade noch in Literatur und Kunstgeschichte einführte.

Ein schmalschulteriger junger Mann mit kurzsichtigen braunen Augen, blonden Locken und einem hübschen Mädchengesicht. Er war sehr musikalisch, sang mit einer schönen Baritonstimme, las Schillersche Dramen vor und war von einer fast knabenhaft schwärmerischen Begeisterung für alles Schöne. Der Padurensche Hauslehrer war in der ganzen Nachbarschaft berühmt. »Es ist toll«, sagte Baron Port zu seiner Frau, »wenn der Warthe sich was anschafft, so ist es unfehlbar erster Güte. Wie er das nur macht? Hat er einen Hühnerhund, so ist der hasenreiner als alle unsere Hunde, nimmt er sich einen Hauslehrer, so ist das gleich ein ungewöhnlich scharmanter Kerl.«

»Kränklich scheint er mir«, sagte die Baronin, die es nicht liebte, die Schattenseiten an Menschen und Sachen zu übersehen. Um so größeres Erstaunen erregte die Nachricht, Herr Holst habe das Schloß plötzlich verlassen. In Paduren tat man so, als sei nichts Besonderes geschehen, es sei eben an der Zeit, Bolko auf das Gymnasium zu schicken. Allein ein Gerücht, niemand wußte, woher es kam, wollte nicht verstummen, es erzählte von wunderlichen Dingen, welche sich in Paduren ereignet haben sollten. Hatte sich Herr Holst in Fastrade verliebt? Hatte Fastrade sich in den hübschen Hauslehrer verliebt? Hatten sie sich verlobt, und hatte es einen bösen Familienauftritt gegeben? Niemand glaubte so recht daran, dennoch wurde auf den benachbarten Gütern eifrig darüber geflüstert, und es war, als sei den meisten der Gedanke nicht unangenehm, daß es auf Paduren auch nicht immer so einwandfrei hergehe, wie es scheinen wollte. Von Warthes war natürlich nichts zu erfahren. Bolko kam auf das Gymnasium, der Baron war würdig und voll Autorität wie immer, die Baronesse Arabella schwieg, und Fastrade sah man wie sonst auf ihrem kleinen Schimmel die Waldwege entlang jagen im blauen Reitkleid. Unter der weißen Knabenmütze flatterte blondes Haar um das runde, über und über rosa Gesicht, auf den Lippen ein stetiges Lächeln, als lächelte sie dem scharfen Luftzuge der tollen Bewegung zu. Auch in Gesellschaft war sie wie sonst das unbefangene heitere Mädchen mit dem hinreißenden Lachen. Sie bog dann den Kopf zurück, öffnete die Lippen ein wenig weit, und die Augen wurden glitzernd und feucht. »Die Augen der kleinen Warthe machen mich durstig«, hatte Dietz von Egloff gesagt, »auf der ganzen Welt habe ich nach einem Getränk gesucht, so stark blau und ganz durchsichtig, aber das gibt es nicht.«

Zwei Jahre vergingen, Bolko bezog die Universität, Fastrade feierte ihren einundzwanzigsten Geburtstag, als wiederum eine Nachricht die Gegend in Aufregung versetzte. Fastrade, hieß es, verlasse ihr väterliches Haus, um fern irgendwo, in Hamburg sagte man, im Krankenhause die Krankenpflege zu erlernen. Die Nachricht bestätigte sich und war doch so unglaublich. Wie oft hatten nicht alle es von dem Baron von der Warthe gehört: »Unsere Töchter gehören in unser Haus, bis sie ihr eigenes beziehen. Tochter eines adeligen Hauses zu sein ist ein Beruf, der ebenso wichtig ist wie jeder andre Beruf.« Und noch letzthin, als die zweite Tochter der Ports nach Dresden ging, um ihre Stimme auszubilden, hatte der Baron das eine Desertion genannt. Und nun desertierte seine einzige Tochter, ließ die beiden alten Leute allein. Was war geschehn? In Paduren schwieg man darüber wie immer. Man glaubte zu bemerken, daß der Baron nach der Abreise seiner Tochter strenger und unnachsichtiger in seinen Urteilen war, daß er ungeduldig wurde, wenn man ihm widersprach, aber sonst war keine Veränderung bemerkbar. Große Jagden wurden in Paduren abgehalten, bei denen er nervös die Jugend zur Heiterkeit aufmunterte. Ja, er selbst bemühte sich, heiter zu sein, sprach viel von Bolko, von dem Studentenleben, erzählte aus der eigenen Studentenzeit verschollene Studentenstreiche, über die nur er und der Baron Port lachen konnten.

An einem Novemberabend trat die Baronesse Arabella in das Arbeitszimmer ihres Bruders, sie fand ihn in seinem Sessel sitzend, den Kopf zurückgelehnt, das Gesicht grau und wie zerfallen, die Augen geschlossen, in der Hand hielt er ein Telegramm. »Mein Gott! Siegwart!« rief die Baronesse. Matt reichte er ihr mit der einen Hand das Telegramm, mit der anderen winkte er. Er wollte allein sein. Das Telegramm meldete, Bolko sei im Duell gefallen. Die Baronesse ging, um sich in ihr Zimmer zu verschließen und zu weinen. Im Schlosse wurde es eine Weile ganz still, als die Nacht aber hereingebrochen war, begannen Schritte unablässig durch die lange Zimmerflucht zu irren, und wenn sie an der Türe der Baronesse vorüberkamen, glaubte diese etwas wie ein leises Wimmern zu hören. Den nächsten Morgen war der Baron bleich und gefaßt, traf die Vorbereitungen für die Bestattung seines Sohnes und empfing die Trauerbesuche. Er war feierlich und würdevoll wie immer, nur schien es zuweilen, als gerieten diese Feierlichkeit und diese Würde ins Schwanken, als müßte er sie gewaltsam festhalten wie einen schweren Mantel, der von den Schultern herabzugleiten droht.

Nach dem harten Schlage, der sie getroffen, zeigten die Einwohner von Paduren sich nicht in der Nachbarschaft. Sie blieben zu Hause und gingen recht schweigsam in den großen Räumen nebeneinander her. Einmal sagte die Baronesse Arabella zu ihrem Bruder: »Unsere Fastrade, soll unsere Fastrade nicht kommen?« Er aber winkte ärgerlich ab. Die Nachbarn trauten sich nicht recht in das so still gewordene Schloß, nur der Baron Port besuchte seinen Freund. Dann saßen sie beide wie sonst am Kamin bei der Nachmittagszigarre, und der Baron von der Warthe sprach von seinen Grundsätzen und den falschen Ansichten der jungen Leute, er wollte sich wieder an den eigenen schönen und vernünftigen Worten erfreuen, aber es war, als schmeckten sie ihm nicht mehr, die Stimme begann zu zittern, wurde kleinlaut und mutlos und versiegte endlich ganz. Dann beugte sich der Baron Port vor und klopfte seinem alten Freunde sanft auf das Knie. »Der Warthe ist nicht mehr der alte«, berichtete Baron Port seiner Frau, »er hält sich, er hält sich, aber das mit dem Sohn ist für ihn doch zu stark gewesen.«

Ja, es war für ihn zu stark gewesen. Als Christoph eines Nachmittags in das Arbeitszimmer seines Herrn trat, wo dieser auf einem großen Sessel seine Nachmittagsruhe zu halten pflegte, fand er ihn auf dem Fußboden liegend. Der kleine Herr lag da, Hände und Füße hilflos von sich gestreckt, das Gesicht grau und wie von einer Qual verzerrt inmitten des silbernen Heiligenscheines der Haare und des Backenbartes. Ein Schlaganfall hatte ihn getroffen, hatte den armen Baron »Mißbilligung« in einem Augenblick all seiner Feierlichkeit und seiner schönen Haltung entkleidet und ihn zu einem hilflosen alten Manne gemacht.

Zweites Kapitel

Die Baronesse Arabella hatte sich entschlossen, am Nachmittage einen Besuch bei der Baronin Port zu machen. Die Krankenstubenstille des Schlosses quälte sie wie eine Krankheit. Sie wollte Menschen sehen und sprechen, vor allem sprechen. So fuhr Mahling sie in der großen Kalesche nach Witzow hinüber. Die Herbstwege waren schlecht, das Wetter feucht und kalt unter einem niedrigen grauen Himmel, der Wind wühlte im feinen Gezweige der Hängebirken wie in feuchtem roten Haar. Zwischen den Schollen der aufgepflügten Äcker lag hier und da schon ein wenig Schnee. Alles sah unreinlich aus und als ob es friere. Aber die alte Dame blickte mit einem liebenswürdigen und angeregten Lächeln auf die Landschaft hinaus. Sie machte schon jetzt ihr Besuchsgesicht, denn sie freute sich wirklich herzlich auf ihren Nachmittag. Das weiße Witzowlandhaus mit der niedrigen Treppe, vor dem sie jetzt hielten, erschien ihr heute besonders anheimelnd, auch der große Flur, der stets nach feuchtem Kalk roch und in dem die Baronesse jedesmal dachte: Die gute Karoline kann sagen, was sie will, das Haus ist doch feucht.

ZWEITES KAPITEL

Sylvia, die älteste Tochter des Hauses, ein schlankes, ältliches Mädchen mit einem bleichen Gesicht und einem gefühlvollen, ein wenig mitleidigen Lächeln, empfing die Baronesse. Sylvia hatte eine Art, die Leute zu begrüßen, als seien sie krank und bedürften der Teilnahme und der Schonung. Und das tat der alten Dame heute wohl. Im Wohnzimmer auf dem großen Sofa mit der zu steifen Rückenlehne saß die Baronin Port, eine sehr starke Dame, das Gesicht stets rot und erhitzt unter der weißen Blondenhaube. »Nun, meine gute Arabella«, sagte sie mit einer lauten, tiefen Stimme, »da sind Sie, ich habe an Sie schon wie an eine Verstorbene gedacht.« Die Baronesse lächelte wehmütig: »Ach ja, zuweilen möchte man wirklich schon gestorben sein.«

»Na, na, es kommen wieder bessere Zeiten«, beschwichtigte die Baronin, »setzen Sie sich und erzählen Sie, wie geht es bei Ihnen?«

»Immer das Gleiche«, erwiderte die Baronesse, »doch nein, eine gute Nachricht habe ich, unsere Fastrade kommt, ich habe an sie geschrieben, und sie kommt.«

»So.« Die kleinen Augen der Baronin wurden blank vor Neugierde, und sie lüftete die Blondenhaube ein wenig an den Ohren, um besser hören zu können. »So, die kommt also, jetzt erst.«

Die Baronesse zog traurig die greisen Augenbrauen empor und meinte: »Bisher hatte es der Vater nicht gewollt, aber jetzt –« – »Und immer wegen des jungen Menschen?« fragte die Baronin gespannt. Die Baronesse nickte, sie schwieg einen Augenblick, lehnte den Kopf zurück. Sie wußte, jetzt würde sie über alle diese Dinge sprechen, über die sie so lange hatte schweigen müssen. Aber sie konnte nicht anders. Sylvia ging leise ab und zu und servierte den Tee. Die Baronin nahm eine Strickarbeit mit klappernden elfenbeinernen Nadeln, wie beruhigt darüber, daß sie ihren Besuch jetzt dort hatte, wo sie ihn wollte.

»Ach ja! Was man nicht erlebt«, begann die Baronesse,

»und denken Sie sich, ich hatte doch von allem nichts gemerkt, ich merke so etwas nie. Erst als eines Tages die beiden sich an der Hand faßten und in das Schreibzimmer meines Bruders gingen, da packte mich der Schrecken, die Knie zitterten mir so sehr, daß ich mich setzen mußte.«

»Also einfach eine Verlobung«, bemerkte die Baronin sachlich.

»Ja«, erwiderte die Baronesse, »die armen Kinder dachten sich wohl so etwas, aber mein Bruder machte dem allen schnell ein Ende.«

»Wie ertrug es Fastrade?« inquirierte die Baronin weiter.

Die Baronesse seufzte, diese langverschwiegenen Dinge herauszusagen ergriff sie so stark: »Fastrade, Sie kennen sie ja, ist ein so starkes und mutiges Mädchen, wenn sie gelitten, hat sie es uns nie gezeigt. Und wie die Zeit verging, glaubte ich, sie hätte ihn vergessen. Da kommt nun dieser Geburtstag, an dem sie dem Vater erklärt, sie muß fort in ein Krankenhaus, sie ist volljährig, sie hat Geld von ihrer Mutter, was gesprochen wurde, weiß ich ja nicht, Sie kennen meine Feigheit; wenn so etwas in der Luft liegt, verkrieche ich mich in mein Zimmer. Da kommt nun das Kind, weiß wie ein Tuch und sagt: ›Ich reise.‹ – ›Liebes Kind‹, sage ich, ›nur eins möchte ich wissen, ist es seinetwegen?‹ Sie sieht mich ruhig an und sagt klar und fest: ›Er ist krank und in Not, da muß ich bei ihm sein.‹ Was konnte ich da sagen, ich habe ja nie recht was zu ihr sagen können. Als sie noch ein kleines Mädchen war, fühlte ich, daß sie von uns beiden immer die Klügere und Stärkere war. So reiste sie denn. Es war gute Schlittenbahn, ich stand im großen Saal am Fenster und hörte noch den Schellen ihres Schlittens zu, die man bei uns ja so weit von der Landstraße hört, da kam mein Bruder aus seinem Zimmer, setzte sich an den Kamin, stocherte mit der Zange in den Kohlen herum und murmelte so vor sich hin: ›Auf dem Posten bleiben will keine. Das ist wohl auch schwerer, ein Fräulein von der Warthe zu sein, als so etwas anderes.‹«

»Also sie fuhr direkt zu dem jungen Menschen«, sagte die Baronin scharf.

»Nun ja«, erwiderte die Baronesse zögernd, »er war krank, lag im Krankenhaus, da hat sie ihn wohl gepflegt, und dann, dann starb er.«

Die Baronin ließ die Arbeit sinken und blickte überrascht auf: »Er starb! Gott sei Dank.«

»Wollen wir uns nicht versündigen, liebe Karoline«, meinte die Baronesse wehmütig, »der arme junge Mensch! Vielleicht war es so besser.«

»Viel besser«, bestätigte die Baronin, »überhaupt, die Sache ist dann nicht so schlimm, aber das kommt von der Geheimtuerei, da denkt man gleich wer weiß was.«

»Und dann, liebe Karoline«, versetzte die Baronesse und lächelte gerührt, »unserer Fastrade kann man dies alles nicht anrechnen, sie hat ein zu heißes Herz. Als unser kleiner Hund umkam, sie war noch ein kleines Kind, da hat sie doch die ganze Nacht geweint und geradezu gefiebert. Und später, als die alte Wärterin Knaut starb – mein Bruder hatte gewünscht, daß die Kinder bei der Beerdigung mit auf den Friedhof genommen werden, sie sollten sich früh an solche Pflichten gewöhnen, sagte er –, nun gut, am Abend, es war im Juni, ist Fastrade fort. Man sucht sie, und wo findet man sie? Sie sitzt auf dem Friedhofe in der Abenddämmerung am Grabe der Knaut, sie will die Knaut nicht allein lassen. So war sie immer.«

Von ihrem Sitz aus konnte die Baronesse die dämmerige Zimmerflucht entlang sehen, an deren Ende jetzt die breite Gestalt des Baron Port erschien und langsam herankam. Er war von seinem Nachmittagschlafe aufgestanden und schien verstimmt, er begrüßte die Baronesse kurz und setzte sich an den Tisch. »Wir sprechen von der Fastrade«, sagte die Baronin, »sie kommt endlich nach Hause.«

Der Baron machte eine abwehrende Handbewegung und beugte sich über die Teetasse, welche seine Tochter vor ihm hingestellt hatte.

»Und Ihre Gertrud kehrt ja auch wieder zu Ihnen zurück«, versetzte die Baronesse.

Da begann der Baron zu sprechen, heiser und undeutlich, als läge ihm nichts daran, daß er verstanden werde: »Ja, zurück kommen sie alle, aber wie? Die Nerven kaputt, zerzaust wie die Hühner nach dem Regen, der arme Warthe hatte ganz recht, keine will auf dem Posten bleiben. Früher hatten die adeligen Fräulein nie solche Talente, die ausgebildet werden mußten, das ist auch so die neue Zeit.« Dieses knarrende Schelten schien ihm wohlzutun, er fuhr daher fort, verbiß sich in seinen Ärger: »So bin ich gestern bei Dachhausens zu Mittag. Na, daß es dort nach Finanz riecht, dafür können sie nichts, sie ist ja eine Fabrikantentochter, aber er ist ein braver Junge und einer der Unseren. Gut, es wird also ein Rehbraten serviert, einer unserer ehrlichen, heimatlichen Böcke, aber ringsum auf derselben Schüssel liegen so halbe Orangeschalen voll Orangegefrorenem, so das süße Zeug, das man beim Konditor kriegt.«

»Ist das gut?« fragte die Baronesse teilnehmend.

Der Baron zuckte mit den Schultern: »Gut! In Berlin und Paris versucht man mal so abenteuerliches Zeug, aber hier bei uns – ich kann mir nicht helfen, mir kommt so was pervers vor. Na und unser anderer Nachbar, der Egloff in Sirow, daß er sein Haar gescheitelt trägt wie ein Mennonitenprediger, ist seine Sache, das soll amerikanisch sein. Also vorigen Tag war ich Geschäfte wegen bei ihm, da stellte er mir so einen kleinen Kerl vor, schwarz wie ein Tintenfaß, der ist ein portugiesischer Marquis, und einen langen Grauhaarigen mit einer blauen Brille, der ist wieder ein polnischer Graf. Und die Großmutter, die alte Baronin, sieht diese unheimlichen Leute strahlend an und freut sich, daß ihr Dietz so vornehme Bekannte hat. Und wenn sie abends in ihrem Zimmer sitzt und sich von dem Fräulein Dussa die frommen Bücher vorlesen läßt, dann horcht sie hinaus auf das Toben der Herren im Spielzimmer und ist glücklich, daß ihr Dietz sich so gut unterhält dort am grünen Tisch, wo er das Familienvermögen riskiert.«

Der Baron schüttelte sich wie von Widerwillen übermannt und schloß düster: »Eins weiß ich, ich werde diese Komödie nicht mehr lange anzusehen haben, mein Parkettsitz wird bald leer sein.«

Alle schwiegen, die Dämmerung war vollends hereingebrochen. Als ihr Vater zu sprechen begonnen, hatte Sylvia sich erhoben und ging lautlos die Zimmerflucht auf und ab, zuweilen blieb sie an einem Fenster stehen und schaute hinaus auf den schwefelgelben Streifen, der am Abendhimmel über dem schwarzen Walde hing, eine, die bleich und nachdenklich auf ihrem Posten geblieben war.

Da die Dunkelheit kam, machte die Baronesse sich auf den Heimweg. Als sie im Wagen saß, sagte sie sich, daß es dort bei Ports nicht eben heiter gewesen war, aber sie hatte sprechen können, und das empfand sie wie eine Erleichterung nach allem Schweigen.

Drittes Kapitel

Es war reichlich Schnee gefallen, die Abenddämmerung lag blau über der weißen Decke. Die Baronesse Arabella hatte zwei Lampen im großen Saal anzünden lassen und ging nun unablässig dort auf und ab, die eingefallenen Wangen leicht gerötet. Oft blieb sie stehen und lauschte hinaus auf ein Schellengeläute, das fern von der Landstraße herübertönte. Solchem Schellengeläute zuzuhören, wie es von der Straße herklang, an den Biegungen schwächer wurde, wie es sich entfernte oder näher kam, war ihr stets eine gewohnte Beschäftigung an stillen Winterabenden gewesen, und wie bedeutungsvoll war dieses Geläute zuweilen, an dem Abend, da Fastrade von ihnen fuhr, und wiederum an jenem Abend, da die Glocke der Estafette immer näher kam, welche die Nachricht von des armen Bolko Tode brachte. Seitdem schien es der Baronesse, als könnte sie aus den Stimmen der Schellen etwas von dem heraushören, was dort auf der Landstraße zu ihr herankam. Heute, glaubte sie, heute klängen die Schellen besonders hell und erregend, es war Fastrade, die da kam. Die alte Dame freute sich, aber in dieser Freude lag eine Aufregung, die sie fast schmerzte.

Jetzt war das Geklingel ganz nahe, es machte einen großen Bogen im Hofe und hielt vor der Freitreppe. Geräuschvoll öffnete Christoph die Haustüre. Die alte Dame stand regungslos da und horchte auf die Schritte im Flur. Fastradens Stimme mit ihrem metallenen Schwingen sagte: »Guten Abend, Christoph, wie unverändert Sie sind, nur grau sind Sie geworden.« – »Wir sind hier alle grau geworden, gnädiges Fräulein«, erwiderte Christoph. Jetzt öffnete sich die Türe, und Fastrade stand da in ihrer hübschen, aufrechten Haltung. Über dem schwarzen Trauerkleide nahm sich der blonde Kopf, das runde, von der Fahrt leicht gerötete Gesicht wunderbar hell und farbig aus. Sie lächelte ihr Lächeln, das ihr so leicht auf die Lippen stieg, und die Augen, von der Dämmerung verwöhnt, blinzelten in das Licht. Die Baronesse stand noch immer wie hilflos da und weinte. Erst als Fastrade sie in ihrer bekannten schützenden Art in die Arme nahm, den alten zerbrechlichen Körper hielt und leitete, da fühlte die Baronesse wieder die ganze Wärme dieser Gegenwart, nach der ihr alle Jahre hindurch gefroren hatte.

Fastrade führte die Baronesse zum Sofa, ließ sie dort niedersitzen, setzte sich neben sie und hielt die beiden alten Hände in den ihren. Die Baronesse weinte still vor sich hin, Fastrade saß ruhig da und ließ ihre Blicke im Zimmer umherschweifen, suchte die Sachen an ihren gewohnen Plätzen auf. Es stand alles dort, wo es einst gestanden, alles war unverändert, und dennoch schien es ihr, als sei es verblaßter, farbloser als das Bild, welches sie die ganze Zeit über in ihrer Erinnerung herumgetragen, das Getäfel schien dunkler, die Seide der

Möbel verschossener, die Kristalle des Kronleuchters undurchsichtiger. All das erschien Fastrade wie eine Sache, die wir sorgsam verschließen, und wenn wir sie endlich wieder hervorholen, wundern wir uns, daß sie in ihrer Verborgenheit alt und blaß geworden ist. Und auch die Töne des Hauses waren die altbekannten. Aus dem Zimmer ihres Vaters hörte man die fette, knarrende Stimme des Inspektors Ruhke dringen, aus dem Eßzimmer klang das Klirren von Gläsern, das Klappern von Tellern herüber, und endlich im kleinen Kabinett neben dem Saale sang eine ganz dünne, zitternde Stimme eine hüpfende Melodie leise vor sich hin. Das war die uralte Französin Couchon, die schon die Lehrerin der Baronesse gewesen war. Sie saß an der grün verhangenen Lampe in sich zusammengebogen, das Gesicht ganz klein unter der enganliegenden grauen Sammethaube, legte ihre Patience und trällerte leise ihre verschollene französische Melodie. Das ergriff Fastrade so stark, daß sie laut sagen mußte: »Ah, Ruhke ist bei Papa, und Christoph deckt im Eßzimmer den Tisch, und Couchon sitzt noch bei ihrer Patience und singt.«

»Ja, Kind«, sagte die Baronesse, »wir haben nichts anderes zu tun, als zu sitzen und zu warten, bis eines nach dem anderen abbröckelt.«

Fastrade erhob sich schnell von ihrem Sitz, als wollte sie etwas abschütteln: »Ich will Couchon begrüßen«, sagte sie und ging in das Kabinett hinüber. Die alte Französin hob ihr kleines Gesicht zu Fastrade auf, lächelte mit dem lippenlosen Munde und sagte: »Te voilà, ma fillette, à la bonne heure.« Dann wandte sie sich wieder ihren Karten zu. Jetzt beschloß Fastrade, zu ihrem Vater hineinzugehen. Auch dort erhellte eine Lampe mit grünem Schirm das Zimmer nur matt, der Baron saß auf seinem Sessel sehr gebeugt, der Kopf war ihm auf die Brust gesunken, er schien zu schlafen, das schöne Silberhaar war fort, und das Lampenlicht lag auf der blanken großen Glatze. In der Ecke stand der Inspektor Ruhke unförmlich groß und dick, und eine Atmosphäre von Schnee und

Transtiefeln umgab ihn. Fastrade kniete vor ihrem Vater nieder und sagte: »Hier bin ich wieder, Papa.« Der Baron erhob seinen Kopf und sah sie an, die Augen waren noch immer klar und blau, aber das bleiche Gesicht schien zu müde zu sein, um einen Ausdruck zu haben. »So, so«, sagte der Baron und versuchte matt zu lächeln, »deine Tante sagte mir, du würdest kommen.« Dann strich er mit der Hand über Fastradens Wange. »Kalte Wangen«, bemerkte er, »so, so, setze dich dort hin, Kind, Ruhke ist noch nicht zu Ende, es ist gut, wenn du das mitanhörst. Nun, Ruhke, also die Ölkuchen.« Der Baron ließ wieder den Kopf auf die Brust sinken, Fastrade setzte sich in einen der großen Sessel, Ruhke räusperte sich verlegen und begann dann wieder mit der fetten, knarrenden Stimme zu sprechen, sprach von Ölkuchen, die von der Station abgeholt werden sollten, von einem Stier, der krank zu sein schien, von Brettern, die gesägt werden sollten, er sprach eintönig und mechanisch wie einer, der weiß, daß niemand ihm zuhört, und endlich schwieg er ganz. Wie vom Stillschweigen geweckt schaute der Baron auf und sagte: »Das ist alles? Nun, dann guten Abend, Ruhke.« – »Guten Abend«, erwiderte der Inspektor und schob sich zur Türe hinaus. Jetzt wurde es ganz still im Zimmer mit seiner grünen Dämmerung, der Baron ließ wieder den Kopf sinken und schlummerte, einmal sah er auf und fragte: »Viel Schnee auf der Landstraße?« – »Ja, Papa«, erwiderte Fastrade. Darnach schwiegen sie wieder. Fastrade saß da, die Hände im Schoß gefaltet, die Augen weit offen und auf dem Gesicht ein Ausdruck, als träumte sie einen schweren Traum. Draußen im Saal begann die große Uhr langsam und tief neun zu schlagen, Christoph kam, um seinen Herrn zu Bette zu bringen. »Ich gehe jetzt schlafen«, sagte der Baron, »du kommst dann wieder, Kind, und liest.« Und es kam in das bleiche Gesicht etwas wie Heiterkeit, als er hinzufügte: »Es ist gut, wenn man wieder beisammen ist.«

Im Eßsaal saßen die Baronesse und Fastrade sich gegenüber, und auch hier kam das vergangene Leben mit jedem Geräte und jeder Speise mächtig über Fastrade. Das Porzellan mit dem schwarzen Monogramm, der silberne Samowar, der Geschmack der Koteletten und der Semmel, alles schien das Leben gerade da wieder anzuknüpfen, wo sie es vor Jahren verlassen hatte, und mechanisch wie früher stand Fastrade von ihrem Stuhle auf, um sich vor den Samowar zu stellen und den Tee zu machen. Die Baronesse erzählte unterdessen, erzählte geläufig und klagend von all dem Traurigen, das sich in den Jahren ereignet hatte. Nach dem Essen mußte Fastrade zu ihrem Vater gehen und vorlesen, sonst war es die Baronesse, die dort im Schlafzimmer die Memoiren des Herzogs de Saint-Simon vortrug, bis er eingeschlafen war. Fastrade fand ihren Vater im Bette liegend mit geschlossenen Augen, er öffnete die Augen auch nicht, als sie eintrat, und murmelte nur ein leises »So, so«. Als sie sich jedoch an den Tisch mit der grünverhangenen Lampe setzte und das Buch zur Hand nahm, hörte sie die Stimme ihres Vaters klar und in dem früher gewohnten, belehrenden Tonfall das Wort Pflichtenkreis sagen. Sie las nun, im Hause war es ganz still geworden, vom Bett her klang das schwere und mühsame Atmen des alten Mannes herüber, und all das war so furchtbar bedrückend, daß Fastrade es hörte, wie ihre eigene Stimme zuweilen zitterte und fast versagte, während sie die langwierige Geschichte von dem Streit der französischen Herzöge um den Vortritt vortrug. Endlich öffnete Christoph leise die Türe und machte ein Zeichen, daß es genug sei.

Als die Baronesse Fastrade in ihr Zimmer führte, weinte sie wieder und sagte: »Kind, nach all diesen Jahren werde ich zum ersten Male wieder mich glücklich zu Bett legen.«

Als sie allein war, blieb Fastrade mitten in ihrem Zimmer stehen und ließ die Arme schlaff herabhängen. Eine dunkele Traurigkeit machte sie todmüde. All das still zu Ende gehende Leben um sie her schwächte auch ihr Blut, nahm ihr die Kraft weiterzuleben; »wir sitzen still und warten, bis eines nach dem anderen abbröckelt«, klang es wie eine leise Klage in ihr

Ohr, und dann bäumte sich etwas in ihr auf, sie hätte die Traurigkeit von sich abreißen mögen wie ein lästiges Kleid. Schnell ging sie zum Fenster, öffnete die schweren Fensterläden, stieß das Fenster auf und schaute in den Garten hinab. Im Scheine großer, unruhig flimmernder Sterne lag die Winternacht da, weiß und schweigend, die Luft schlug ihr feucht und kalt entgegen, Bäume ragten wie große weiße Federn gegen den Nachthimmel auf, und an ihnen vorüber konnte Fastrade in eine Ferne sehen, die von einer weißen Dämmerung verschleiert unendlich schien. Hier war Raum, hier konnte sie atmen, hier in der Kühle schlief das große, starke Leben, zu dem sie gehörte. Und wie sie so hinausschaute in all das Weiße, mußte sie an das Krankenhaus denken mit den langen, weißen Korridoren, den weißen Türen, hinter denen das Leiden und die Schmerzen wohnten, aber die Leiden und der Schmerz dort waren etwas wie eine berechtigte Einrichtung, man diente ihnen, man lebte für sie, und auch das Mitleid war eine Einrichtung, man trug es leicht wie an einer Gewohnheit und stand nicht hilflos davor wie hier als vor einer großen Qual. Wenn sie dort aus den Krankenstuben kam, fand sie draußen in den Korridoren geschäftiges Leben, eilige Ärzte in weißen Kitteln rannten an ihr vorüber, man rief sich etwas Heiteres zu, man lachte, und man fühlte sich tapfer und nützlich in diesem frischen, fast munteren Kampfe gegen die Feinde des Lebens. Fastrade fror, aber sie empfand wieder, daß sie warmes junges Blut in ihren Adern hatte, empfand die Kraft ihres Körpers, und sie fühlte ihr Leben wieder als etwas, auf das sie sich trotz allem freuen durfte. Schnell schloß sie das Fenster, jetzt wollte sie schlafen.

Viertes Kapitel

Es war noch ganz finster, als Fastrade erwachte. Es mußte Zeit sein, die Nachtwache abzulösen, dachte sie und setzte sich im Bette auf, aber als sie hinaushorchte, herrschte draußen tiefes Schweigen, statt des Ab- und Zugehens leiser Schritte, das im Krankenhause nie verstummte. Da erinnerte sie sich, sie war zu Hause. Sie lehnte sich wieder in die Kissen zurück, hob die Arme empor, faltete die Hände über dem Scheitel und starrte in die Finsternis hinein. Anfangs war es ein Gefühl starken Wohlbehagens, liegen bleiben, schlafen zu dürfen, wie oft hatte sie sich im Krankenhause das gewünscht, allein der Schlaf kam nicht, und die Bilder von gestern abend stiegen wieder auf, das bleiche Gesicht ihres Vaters, die schmale, schwarze Gestalt der Tante Arabella, wie sie mitten in dem großen Saale stand und hilflos weinte. Sie fuhr auf, nein, diese schmerzhafte Hoffnungslosigkeit, die sie gestern abend krank gemacht, sollte nicht wieder über sie kommen. Sie zündete die Kerze an und begann sich anzukleiden. Das erfrischte sie; sie dachte an Kinderzeiten, wenn die kleine Fastrade es vergessen hatte, den französischen Aufsatz zu machen, und sich frierend am Wintermorgen bei Kerzenschein ankleidete, während alles um sie her noch schlief.

Draußen in der langen Zimmerflucht herrschte noch Finsternis. Ab und zu ging eine Magd mit lautlosen Schritten, ein Lichtstümpfchen in einem Leuchter in der Hand, und die kleine Flamme ließ große Schatten die Wände entlang irren. Vor den mächtigen Kachelöfen hockten graue Gestalten, schichteten Holz in das Ofenloch, zündeten es an, und die feuchten Scheite begannen laut und ärgerlich zu prasseln. Verwundert und fast ängstlich wie auf ein Gespenst schauten die Mägde Fastrade an, als sie da plötzlich unter ihnen erschien und langsam durch die Zimmer ging. Es war Fastrade, als könnte sie alle diese Gemächer jetzt, da sie in der Finsternis oder im flackernden Ofenschein zu schlafen schienen, leise beschleichen, um in ihnen all das wiederzufinden, was sie einst gekannt und geliebt hatte. Das Kabinett neben dem Saal war hell vom Ofenfeuer erleuchtet, vor dem Ofen saß Merlin, der alte Setter, und schaute ernst in die Flammen; als Fastrade eintrat, wandte er den Kopf nach ihr um und schaute sie ruhig an. »Merlin«, sagte Fastrade, da stand er langsam auf, ging zu ihr hin und rieb seinen Kopf sanft gegen ihr Knie; Fastrade mußte an die stille, müde Art denken, in der Tante Arabella sie gestern begrüßt hatte. »Komm, Merlin, wir wollen uns wärmen«, sagte sie und setzte sich auf einen Sessel am Ofen nieder; Merlin saß neben ihr, und beide starrten jetzt in die Glut, und es war Fastrade, als wäre sie nie fort gewesen, als hätte sie nie aufgehört, zu diesem wunderlichen, alten Hause zu gehören, in dessen dunkelen, verschlafenen Ecken überall eine stumme Klage zu wohnen schien.

Aber das Sitzen in der Wärme machte schlaff, dazu trug Merlins schwarzes Gesicht, trugen seine braunen Augen, die im Ofenschein glashell wurden, einen so hoffnungslos beruhigten Ausdruck zur Schau, als könnte sich im Leben nie mehr etwas ereignen. Ungeduldig stand Fastrade auf, ging wieder durch die Zimmer, die Fensterläden waren geöffnet worden, ein weißer, dunstiger Wintermorgen schaute durch die Fenster. Fastrade blickte in den Hof hinab, die Ställe und das Gesindehaus standen da mit der unfreundlichen Deutlichkeit, die das Licht vor Sonnenaufgang den Gegenständen gibt. Es mußte sehr kalt sein; aus der offenen Stalltüre dampfte es, auf die Treppe des Gesindehauses trat Ruhke heraus, unförmlich groß und dick, ganz in einen langen Schafpelz gehüllt, das Gesicht bleich und gedunsen. Mißmutig schaute er den Weg zu den Wohnungen der Instleute hinab, und auf diesem Wege kam ein langer Zug grauer Gestalten langsam und widerwillig daher; fahle, mißfarbene Flecken in all dem Weiß. Es fror Fastrade; wie entsetzlich freudlos schien dieser graue Zug, mußte denn hier alles so freudlos sein, mußte denn hier alles, was man anschaute, wehe tun, konnte man denn hier nie von diesem Mitleid loskommen? Sie wandte sich ab, im Saal begegnete sie einem kleinen Dienstmädchen; in seiner rosa Kattunjacke, das rote Tuch auf dem Kopfe, stand es da, die Wangen weinrot vom Frost, die kleinen Augen blank. Als das Mädchen Fastrade sah, lachte es, öffnete den breiten, roten Mund und zeigte die weißen Zähne. Fastrade lachte auch: »Trine, du bist es«, sagte sie, »du bist groß geworden, und du bist hübsch geworden.« Trine errötete über das ganze Gesicht, sie straffte ihren Körper unter dem dünnen Kamisol und schüttelte ihn ein wenig, als fühlte sie das Großsein und Hübschsein als etwas Angenehmes und Warmes. »Es wird heute kalt«, fuhr Fastrade fort, nur um das Mädchen noch zu halten, um dieses Junge, Farbige und Lachende noch vor sich zu sehen. »Ja, Fräulein.« – »Aber es wird heute schön.« – »Ja, Fräulein.« Jetzt ging die Sonne auf, rosenrotes Licht strömte in den Saal, glitt über das dunkele Getäfel, verfing sich in den Kristallen des Kronleuchters. Trine stand da, ganz rosig übergossen, und lachte ihr breites Lachen. Fastrade fühlte, wie auch das Licht über sie hinfloß, fühlte auch sich jung und hübsch. »Da ist die Sonne«, sagte sie. – »Ja, nun kommt sie«, meinte Trine und lief kichernd aus dem Zimmer.

Jetzt begann es sich im Hause zu regen, Christoph kam und deckte den Frühstückstisch, Fräulein Grün, die Mamsell, erschien und trug auf einem Brette die frischen Brötchen herein, sie begrüßte Fastrade mit lauter Stimme: »Unser gnädiges Fräulein wird uns wieder regieren, das ist gut für uns, wir verschimmeln ja hier.« Ja, Fastrade wollte hier wieder regieren; sie machte sich daran, wie früher den Frühstückstisch zu ordnen, legte die Brötchen in den Brotkorb, stellte sich vor den Samowar, um den Tee zu machen. Es sollte, es mußte hier wieder behaglich werden. Als die Baronesse Arabella in das Eßzimmer trat, war sie so überrascht, daß sie die Hände faltete und zu weinen begann, aber Fastrade wurde ungeduldig.

»Hier gibt es doch nichts zu weinen, Tante, komm, setz dich, der Tee ist fertig.« Als die alte Dame an ihrem Platz saß, wischte sie sich die Augen und sagte nachdenklich: »Sieh, Kind, ist das nicht seltsam, sonst, wenn ich mich so allein an meinen Platz setzte, fror mich immer so stark, heute friert mich gar nicht.«

Der Wintertag war sehr hell geworden, die Zimmer waren voll gelben Sonnenscheins, der Baron erschien, um an Christophs Arm langsam seine Promenade durch die Zimmerflucht zu machen, er blieb vor Fastrade stehen, sah sie streng an und sagte: »Mein Kind, hast du deinen Pflichtenkreis gefunden?«

»Ich weiß nicht, Papa«, erwiderte Fastrade und errötete.

Der Baron dachte ein wenig nach und fragte dann: »Gehst du heute zu den Kühen?«

»Zu den Kühen?« Fastrade wunderte sich; sie war sonst nie zu den Kühen gegangen.

»Gut, lassen wir es zu morgen«, fuhr der Baron fort, »aber des Herrn Auge mästet das Vieh.« Als er weiterging, fügte er noch hinzu: »Übrigens essen wir um Punkt eins, der Arzt hat es so verordnet.«

Einen Pflichtenkreis hatte Fastrade offenbar noch nicht. Sie trieb sich in den Zimmern umher, rückte an den Möbeln, als wollte sie dieselben wecken und ihnen melden, daß sie da sei. Endlich ging sie in das Kabinett, das ihr als Schreibzimmer diente, und setzte sich dort nieder. Da war ihr Schreibtisch, da standen ihre Sachen und Bücher, aber sie sagten ihr noch nichts, sie hatte noch kein Verhältnis zu ihnen. Sie war es nicht mehr gewohnt, einen Tag vor sich zu haben, über den sie selbst bestimmen konnte. Dort im Krankenhause zwang ja jede Minute zu einer bestimmten Arbeit. »Was tat ich früher um diese Zeit?« fragte sie sich. Da stieg wieder die Erinnerung jener früheren Zeit in ihr auf und mit ihr Arno Holsts hübsche, schmächtige Gestalt. Wie deutlich entsann sie sich jetzt des Abends, an dem sie zuerst gewußt hatte, daß sie Arno

Holst liebte, oder sich entschlossen hatte, ihn zu lieben. Sie saß am Klavier und spielte Mendelssohn, Arno Holst stand hinter ihr und hörte zu. Als sie geendet hatte, ließ sie die Hände in den Schoß sinken, er lehnte sich an das Klavier und begann von seiner Mutter zu sprechen; sie hatte auch so schön diese Mendelssohnschen Lieder gespielt. Er erinnerte sich dessen sehr gut, obgleich er noch ein Knabe gewesen war, als sie starb, deshalb wohl waren diese Melodien für ihn der Inbegriff des Heimatlichen und Geborgenen, denn mit dem Tode seiner Mutter war er heimatlos und einsam geworden, und einsam zu sein war wohl sein Schicksal. Das hatte Fastrade ergriffen. Sie war in den Park hinausgegangen; sie erinnerte sich deutlich dieses Vorfrühlingsabends: Ein lauer Wind fuhr in die laublosen Bäume, eine ganz silberne Mondsichel hing am Himmel, die Parkwege waren naß, überall rannen und plauderten kleine Wasser, und es roch stark nach feuchter Erde. Dort nun war das Mitleid um Arno Holst ganz stark über sie gekommen, nicht ein Mitleid, das schmerzt, sondern eines, das berauscht. Nein, sie wollte nicht, daß er einsam sei, und dann war ihr eingefallen, daß das wohl Liebe sein könne, und das hatte sie beglückt. Sie hatte es plötzlich empfunden, daß dieses Mädchen, das da auf den feuchten Parkwegen gegen den Frühlingswind ankämpfte, in diesem Augenblicke etwas ganz Bedeutsames geworden war, das Schicksal und das Glück eines anderen. Sie hatte an jenen Abend lange nicht gedacht, denn ein anderes Bild hatte die Erinnerung verwischt, das Bild des armen Arno Holst, wie er im Krankenhause im Bette lag mit eingefallenen Wangen, fieberblanken Augen und todesmatt von den furchtbaren Hustenanfällen, die ihn schüttelten. Er hatte nur wenig zu ihr gesprochen, die kurzsichtigen, braunen Augen hatten sie erregt und hungrig angesehen, und wenn sie etwas für ihn tat, hatte er matt und dankbar gelächelt. Nur in einer der letzten Nächte, als sie an seinem Bette saß, hatte er plötzlich deutlich, und als sei er böse, gesagt: »Du darfst nicht so treu und so mitleidig sein, das bringt zu viel Leid.«

Christoph kam und meldete das Mittagessen. Der Baron saß schon in einem Sessel bei Tisch; er hatte sich von Christoph in seinen schwarzen Rock einknöpfen lassen, anders hätte ihm das Essen nicht geschmeckt. Auch Couchon saß an ihrem Platz und beugte den Kopf mit der grauen Samthaube tief auf ihren Teller nieder. Die Baronesse legte die Suppe vor. Während des Essens wurde von der Nachbarschaft gesprochen. »Bei Ports«, meinte die Baronesse, »ist es auch nicht recht gemütlich, die Gertrud muß ihre Singschule aufgeben und nach Hause kommen, und der Vater brummt, weil sie fortgegangen ist, und brummt, weil sie wieder kommt, er wird in letzter Zeit überhaupt recht schwierig. Nun und die Egloffs, die alte Baronin wird mit jedem Tag vornehmer, sie spricht nur noch von den Zeiten, da sie Palastdame war, und ihr Enkel, der Dietz, wird mit jedem Tage wilder, tobt herum, ladet allerhand fremde Leute ein, gibt Gesellschaften, Jagden, Schlittenpartien, und des Nachts sitzt er am grünen Tisch und spielt und spielt, es ist recht schade um das schöne Gut und das schöne Vermögen. Und dann, ich weiß es ja nicht, aber die Leute erzählen, er soll jetzt viel bei Dachhausens sein und der kleinen Frau ganz den Kopf verdrehen. Das würde mir für den guten Dachhausen leid tun. Nun, von ihr will ich nichts Schlechtes denken, aber bei diesen Damen, die nicht von Familie sind, weiß man ja nie. Ach ja, es ist recht traurig, so ein junger Mensch, der kein Gewissen hat.«

Fastrade lehnte sich in ihren Stuhl zurück, als machte das Essen ihr keine Freude mehr, und sagte: »Also etwas gemütlich und glücklich zu sein, das versteht hier keiner.«

»Liebes Kind«, meinte die Baronesse, »es hat eben jeder seine Sorgen.« Da legte der Baron die Gabel fort, richtete sich auf und sagte streng und ein wenig mühsam: »Es genügt nicht, als Edelmann geboren zu sein, man muß auch Edelmann sein wollen.«

»Du hast sehr recht, lieber Bruder«, unterbrach ihn die Baronesse, die fürchtete, daß er sich aufrege. Couchon beugte ihren Kopf tief auf den Teller nieder und murmelte: »Un bel homme tout de même!«

Am Nachmittage, wenn der Baron und die Baronesse sich in ihre Zimmer zurückgezogen hatten, war von jeher eine schläfrige Stille über das Haus gekommen. Fastrade mußte an den armen Bolko denken, der als Knabe stets gesagt hatte: »Um diese Stunde zieht es einen in allen Gliedern, man muß, muß etwas Unerlaubtes tun.« Sie liebte auch nicht diese Zeit des grellen Nachmittagssonnenscheins und der niedergelassenen Fenstervorhänge. Wenn das Licht rötlich zu werden begann und die Sonne tief über dem Walde stand, dann wich etwas wie ein Druck von dem Hause, und auch Fastrade fühlte neue Unternehmungslust. Sie ging hinaus in den Wald, es war hübsch, so bei Sonnenuntergang durch eine ganz rosa Welt zu gehen, die Wege glänzten wie buntes Glas, die ganze Luft war voll Farbe, alles in ihr bekam eine gefühlvolle Zartheit, selbst die grauen Gestalten der Arbeiter und die grauen Häuschen, zu denen sie langsam und müde heimgingen. Aber in diesem Lichte sah nichts traurig aus, und Fastrade meinte, sie seien in diesem einen farbigen Augenblicke so getröstet wie sie selbst. Als sie in den Wald gelangte, war die Sonne untergegangen, alles stand wieder still und weiß um sie her, der frische Schnee lag wie Polster unter den Stämmen, auf großen gespreizten Händen wurde er vorsichtig von den Tannenzweigen gehalten, und unheimlich still war es hier, wo die großen ruhigen Baumgestalten einträchtig nebeneinander standen in ihrer schweigenden Schönheit, einschüchternd fast, meinte Fastrade, in ihrer Vornehmheit. Ein leiser Ton erwachte, als huschten Schritte über Wolle, und ein Hase setzte über den Weg, tauchte in die weißen Schneepolster unter und wieder auf, es mußte gut tun, dachte Fastrade. Ja, sie hätte gern auch wie einer dieser Bäume regungslos in der Dämmerung gestanden, eingehüllt in all dies kühle Weiß, und teilgenommen an diesem geheimnisvollen Schweigen und Träumen. Aber wenn sie tiefer zu ihnen hinein wollte, ließen die Tannen ihre

Schneelast fallen, im Wipfel einer Föhre erwachte ein Rabe und flog mit lautem Flügelschlage auf. Es kam Unordnung hinein, sie fühlte sofort, daß sie ein Eindringling sei. Sie war eine Waldschneide entlanggegangen, jetzt kam sie an einen Bestand alter Föhren, auf hohen ganz geraden Stämmen hoben die Bäume ihre beschneiten Schöpfe zu den Sternen auf. Hier konnte Fastrade ungehindert zwischen ihnen hingehen, hier war es so feierlich, so heilig, daß ein kleiner Eindringling wie sie nicht stören konnte. Sie lehnte sich an einen der kalten Stämme und schaute empor, in einem der hohen regungslosen Föhrenschöpfe schien die Mondsichel zu hängen. Wie oft hatte Fastrade sie dort hängen gesehen, wie gut kannte sie diese Bäume, in allen Jahreszeiten und Tageszeiten war sie bei ihnen gewesen, im Frühling, wenn der Wind in die alten Schöpfe fuhr, daß sie tief und metallig rauschten, als ob sie plötzlich miteinander stritten, oder an heißen Mittagsstunden, wenn es hier so stark nach den besonnten Nadeln duftete und über den Wipfeln der Falke revierte, ein bewegliches Stück Silber im grellblauen Himmel. Fastrade drückte ihre Wange gegen den Stamm, jetzt erst fühlte sie ganz deutlich, daß sie daheim war.

Vom Hügel, auf dem die Föhren standen, schaute sie auf eine Schonung junger Tannen nieder, das war das Ende des Padurenschen Waldes, dahinter begann der Sirowsche Wald, allein dort war alles verändert, früher hatte da eine geschlossene Wand alter Tannen gestanden, jetzt war es ein wüster, leerer Platz, die großen Balken waren am Boden hingestreckt, halb von Schnee verhüllt wie Tote in ihren Leichentüchern, die Zweige waren überall verstreut, die Baumstöcke, von Schnee bedeckt, ragten auf wie kleine weiße Grabhügel, und das alles hier mitten in der vornehmen Stille des Waldes sah aus, als sei ein Verbrechen verübt worden, als sei hier etwas Hohes und Stolzes roh besiegt worden. Dieser Anblick verdarb Fastrade die ganze Feierlichkeit ihrer Stimmung, sie ging den Hügel hinab wieder dem Tannendickicht zu. Hier war es schon fast ganz finster geworden, und plötzlich war es ihr, als wohnte in dieser Dunkelheit, in der schweigend die großen weißen Bäume standen, eine Einsamkeit, die ihr fast bange machte. Sie eilte den Waldweg entlang, um auf die Landstraße zu gelangen, hier war es heller, hier konnte sie den Mond wieder sehen, und plötzlich war der Wald voll von einem hellen, munteren Schellengeläute. Eine Reihe von Schlitten fuhr an Fastrade vorüber, voran ein Schlitten mit einem großen schwarzen Pferde, darin saß ein Herr, neben ihm eine Dame, deren weißer Schleier wehte. Fastrade hörte den Herrn lachen, und seine Stimme klang klar in den Winterabend hinein: »Ja, das ist es eben, wir sind zu klug geworden, um uns zu verirren, schade!«

Andere Schlitten folgten, Herren und Damen saßen darin, alle plauderten, der leichte Wind brachte den Duft einer Zigarre bis zu Fastrade, und eine Frauenstimme sagte, als ein Schlitten nah an ihr vorüberfuhr: »Wer steht da so dunkel, wie unheimlich.«

»Die Einsamkeit selbst«, antwortete eine Herrenstimme und lachte. Dann waren sie vorüber, nur das Schellengeläute, hell und geschwätzig, war noch lange vernehmbar. Fastrade schlug den Heimweg ein, das klingende Leben, das da an ihr vorübergefahren war mit seinem Lachen, mit dem Wehen von Schleiern, mit dem Zigarrenduft und Schellengeläute, das hatte ihr ganz warm gemacht. Gut, daß alles noch da war, zu Hause hätte sie das fast vergessen können.

Als sie daheim wieder in dem Zimmer ihres Vaters saß und zuhörte, wie Ruhke mit fetter, knarrender Stimme von Ölkuchen und Kälbern sprach und der Baron den Kopf auf die Brust sinken ließ und schlummerte, während der Lampenschein auf die große blanke Glatze fiel, da klang das helle Lachen der Schlittenschellen mitten im verschneiten Walde ihr in das Ohr und erinnerte sie dran, daß da draußen jenseits der stillen Stuben mit den grün verhangenen Lampen das Leben lustig die Straßen entlangfuhr.

Fünftes Kapitel

Einige Tage später, als Fastrade von ihrem Spaziergange in der Abenddämmerung heimkam, sagte die Baronesse zu ihr: »Liebes Kind, dein Vater hat nach dir gefragt, du weißt, er will jetzt, daß du bei allen Geschäften, die das Gut betreffen, dabei bist.« – »Ja, ja«, meinte Fastrade, »wenn ich nur etwas davon verstünde. Bisher bin ich bei diesen Geschäften doch nur eine dekorative Figur. Was gibt es denn?«

»Der junge Egloff ist da«, berichtete die Baronesse, »es ist da etwas mit der Waldgrenze nicht in Ordnung, glaube ich.«

Fastrade seufzte: »Ach Gott, an die Waldgrenze habe ich noch nie gedacht. Gut, ich gehe.« Sie strich sich mit den Handflächen über das von den Abendnebeln feuchte Haar, und »Wie ich ausschaue!« meinte sie.

Im Zimmer ihres Vater fand sie Dietz von Egloff, sie kannte ihn schon lange, sie waren ja Nachbarskinder und Jugendgespielen gewesen, und auf den ersten Blick schien es ihr, als habe er sich nicht viel verändert. Die Gestalt war noch jugendlich schlank und biegsam, das in der Mitte gescheitelte blonde Haar gab der Stirn, gab dem ganzen schmalen Gesichte den jugendlichen Ausdruck, und die Augen waren noch immer so seltsam dunkel. Als er aufstand und Fastrade die Hand drückte, lächelte der schöne Mund noch das ein wenig schiefgezogene spöttische Lächeln, das sie am Knaben gekannt hatte. Sonst war er sehr förmlich, verbeugte sich tief und sagte im gleichgültigsten Tone der Höflichkeit: »Es freut mich, mein gnädiges Fräulein, daß Sie wieder in unserer Gegend sind.«

»Ja, ach ja, mich auch«, erwiderte Fastrade und errötete. Sie fühlte sich befangen und fügte daher etwas hinzu, was ihr mißfiel, als sie es aussprach: »Also hier handelt es sich um Geschäfte?« – »Ja«, sagte der Baron, »setze dich, mein Kind, Egloff kommt wegen der Waldgrenze. Egloff, erklären Sie es ihr.«

Egloff lächelte wieder, wurde aber dann ernst und berichtete in ruhigem Geschäftston, indem er seine Fingerspitzen vorsichtig aneinander legte: »Es handelt sich also um folgendes. Ich habe einen größeren Waldverkauf gemacht und schlage jetzt an der Padurenschen Grenze.«

»Das habe ich gesehen«, entfuhr es Fastrade in einem Tone der Entrüstung.

»Sie haben es gesehen?« fragte Egloff und schaute Fastrade aufmerksam an. Dabei fiel es ihr auf, daß sein Gesicht doch nicht mehr ganz das lustige Gesicht ihres früheren Spielkameraden war, es war sehr bleich, war schärfer und gespannter, die helle, ungezogene Heiterkeit von früher war fort. »Gewiß, ich habe es gesehen«, erwiderte Fastrade, »es sieht aus wie ein Schlachtfeld.«

Egloff zuckte die Achseln: »Ja, schön sieht das nicht aus«, meinte er nachdenklich, »und es ist auch keine schöne Sache, ein Schlachtfeld, sagen Sie, also eine Schlacht, in der wir über den Wald gesiegt haben. Aber wenn wir dann endlich so über den ganzen Wald gesiegt haben, dann sind wir doch die Geschlagenen.«

Der Baron schaute auf, sah Egloff unzufrieden an und sagte dozierend: »Die Wälder sind in unseren Familien recht eigentlich das, was die Generationen verbindet, wir genießen, was unsere Vorfahren gehegt und gepflanzt, und wir hegen und pflanzen für die kommenden Generationen.« Der Schluß der Rede klang müde und nicht mehr so eindringlich, der Baron ließ seinen Kopf wieder auf die Brust sinken. Egloff hatte andächtig zugehört, wie es die Gewohnheit aller jungen Leute der Gegend war, wenn der alte Baron sprach, dann sagte er, und Fastrade hörte aus seinen Worten wieder den ungezogenen Ton des Knaben heraus: »Nun, ich bin jetzt eben in der Lage, das genießen zu müssen, was meine Vorfahren pflanzten, aber«, wandte er sich an Fastrade, »Sie haben sich in der kurzen Zeit Ihr Gut schon genau angesehen.«

»Vorigen Abend war ich in den Wald hinausgegangen«,

antwortete Fastrade, »und als ich auf dem Föhrenhügel stand, fehlte mir gegenüber die schöne Wand alter Tannen.«

»Ja, hm, die ist fort«, meinte Egloff, zog die Augenbrauen zusammen und sah auf seine Nägel nieder, als sei ihm das ernstlich unangenehm, dann schaute er auf und lächelte: »Dann waren Sie es wohl, die am Abend so schwarz am Waldrande stand, als wir im Schlitten vorüberfuhren.«

»Ja, das war ich«, erwiderte Fastrade, »und ein Herr in einem Schlitten sagte: ›Da steht die Einsamkeit selbst.‹«

»Oh, das war der Graf Betzow«, rief Egloff, »er will immer etwas Poetisches sagen und sagt dann jedesmal eine Dummheit. Warum sollen Sie die Einsamkeit sein? Wir waren doch sehr gesellig in unserer Jugend. Erinnern Sie sich der Quadrillen, die wir auf der Waldwiese zu reiten versuchten, Sie, Gertrud Port, Dachhausen und ich. Dachhausen war gerade Fähnrich und mir dadurch unendlich überlegen, er machte auch mehr Eindruck auf die Damen, das schmerzte mich, und ich wollte ihn fordern, er sagte aber ganz väterlich: ›Mach dich nicht lächerlich, lieber Junge.‹«

Fastrade lachte: »Ja, ja, und mein Paris hatte gar kein Talent für die Quadrille.«

»Richtig«, meinte Egloff, »Paris hieß Ihr kleiner Schimmel, weil er schön und furchtsam war. Was ist aus ihm geworden?«

»Paris steht noch im Stall«, erwiderte Fastrade, »aber der Arme ist alt und melancholisch geworden, er hat schlechte Zähne und kann den Hafer und das Heu nicht recht beißen.«

Egloff machte ein ernstes Gesicht, als schmerzte ihn diese Nachricht: »Das ist schlimm«, sagte er, »Hafer und Heu nicht mehr beißen zu können ist für ein Pferd die große Lebenskatastrophe, und wie ich die Pferde kenne, würden sie, wenn sie könnten, sich erschießen, statt wie die Menschen, wenn sie Hafer und Heu nicht mehr —«

»Ach was sprechen Sie«, unterbrach ihn Fastrade unwillig, »wer sagt Ihnen denn, ob Paris nicht noch seine guten Stunden hat im Sonnenschein auf dem Kleefelde und seine friedlichen Altersgedanken und manche kleine Lebensfreude.«

FÜNFTES KAPITEL

»Und Pflicht«, ertönte plötzlich die Stimme des Barons. Fastrade und Egloff schwiegen erschrocken, sie hatten geglaubt, der alte Herr schlummere, und nun hatte er zugehört. Sie sahen einander an und machten angstvolle Gesichter wie früher in der Kindheit, wenn sie sich fürchteten, lachen zu müssen. Eine Pause entstand. Da jedoch der Baron nichts mehr sagte, begann Egloff wieder zu sprechen: »Bei Pflicht fällt mir ein, wir sollten ja von Geschäften reden.«

»Ach ja«, versetzte Fastrade, »was war es denn mit Ihrem armen Walde?«

»Nein, um Ihren Wald handelt es sich«, verbesserte Egloff sie, »das Unterholz hat die Grenzlinie so verwischt, daß ich fürchte, mit dem Schlagen in Ihren Wald hineinzugeraten. Es wäre daher gut, an Ort und Stelle die Karten zu vergleichen und die Linie neu durchschlagen zu lassen.«

»Das kann ich verstehen«, sagte Fastrade, »da wird dann wohl Ruhke mit der Karte hinfahren müssen.«

Jetzt hob der Baron wieder seinen Kopf und sagte laut und kräftig: »Grenzen sind heilige Sachen, ein Besitzer muß seine Grenzen kennen. Daher wäre es besser, mein Kind, du wärest auch dabei.«

»Ist das nötig?« fragte Fastrade erstaunt. »Ihr Herr Vater hat gewiß recht«, meinte Egloff, »nur dadurch bekommt der Akt der Grenzfestlegung seine Feierlichkeit.« Der Baron nickte: »So wäre also das abgemacht«, murmelte er. Da erhob Egloff sich, um sich zu verabschieden. Als er Fastraden die Hand drückte, lächelte er sein spöttisches Lächeln und sagte: »Also wir sehen uns in Geschäften, sozusagen als Gegner.« Dann ging er.

Fastrade setzte sich in ihren Sessel zurück, ihr Vater schlummerte wieder, und das Schweigen dieses Zimmers mit seiner grünen Lampendämmerung erschien ihr heute besonders tief.

Egloff stieg die Freitreppe herunter zu seinem Schlitten, der dort wartete, hüllte sich in die Pelzdecken und überließ dem Kutscher die Zügel. »Nach Hause«, sagte er.

»Nach Hause?« fragte der Kutscher verwundert.

»Zum Teufel ja, nach Hause«, schrie Egloff ungeduldig, und der Rappe setzte sich in Trab. Die Nacht war dunkel, es schneite ganz ruhig, die Schneeflocken waren nicht sichtbar in der Finsternis, aber Egloff fühlte dieses stille Fallen um sich her, das ihn langsam in etwas Kaltes einhüllte. Er hatte allerdings nicht nach Hause fahren wollen, er war sehr verstimmt von zu Hause weggefahren, die Zeiten waren schlecht, er hatte stark im Spiel verloren, dann war da dieser Waldverkauf, der ihn anekelte, die Geschäftsfahrt zum alten Padurenschen Baron erschien ihm lästig und langweilig, darum hatte er beschlossen, von Paduren nach Barnewitz zu Dachhausen zu fahren, um sich dort mit der kleinen Frau die Zeit zu vertreiben, Dachhausen war nicht zu Hause, und sie hatte ihm an seinem letzten Besuch die Reise ihres Gatten mitgeteilt und dabei ihre schamlos süßen Augen gemacht. Und nun, als er auf die Padurensche Freitreppe hinausgetreten war, war die Lust zu dieser Fahrt vergangen gewesen, und er fuhr nach Hause. Gott ja, diese Fastrade war doch immer das aufrechte, hübsche Mädel von früher. Sehr warme Augen, schneidig war sie immer gewesen, er erinnerte sich, daß er als Knabe einmal in ihrer Gegenwart seinen Hund schlug, da war sie ganz rot geworden, hatte mit ihrer kleinen Faust ihn kräftig vor die Brust gestoßen und »Pfui!« gesagt, ein Pfui, das wie ein Peitschenhieb klang. Seitdem hatte sie ihn nicht recht leiden mögen. Ja, sie war immer riesig gut gewesen, diese Fastrade, aber diese Art Mädchen verliebt sich gewöhnlich in Hauslehrer, schade! Immerhin hatte sie viel Leben in sich, und es mußte hart für sie sein, dort in dem Hause zu wohnen, wo man nicht lebte, sondern nur umging. Er zog seinen Pelz fester um sich, er fror, es war nicht angenehm, so sachte, sachte in dieses kalte, weiße Laken eingehüllt zu werden, auch hauchten die großen weißen Tannenwände, zwischen denen sie jetzt hinfuhren, eine eisige Kälte aus. Gut, dachte Egloff, er würde heute also den Abend zu Hause verbringen, aber was würde er tun? In letzter Zeit war ihm das Alleinsein mit sich selbst qualvoll geworden, seine Großmutter und Fräulein von Dussa heute zu sehen war kein angenehmer Gedanke, also er würde in seinem Zimmer auf dem Sofa liegen, Rotwein trinken und sich vom Diener Klaus Geschichten erzählen lassen. Wenn er nur diese Geschichten von all den Mädchen der Umgegend nicht schon gekannt hätte, auch log der Kerl jetzt, und er log nicht unterhaltend. Trübe Aussicht. Wenn noch jemand da gewesen wäre, mit dem er hätte Karten spielen können, das war noch das beste Mittel gegen graue Stimmungen. Es war eigentlich seltsam und schwer zu erklären, aber dieses Mittel versagte nie, wenn er sich an den grünen Tisch setzte und die Karten zur Hand nahm, dann kam es unfehlbar, dieses erregte Gefühl, das wie eine körperliche Wohltat in das Blut ging und angenehm bis in die Fingerspitzen hinein kitzelte. Das ließ sich nur mit der hübschen Erregung des Moments vergleichen, wenn man eine schöne Frau zum ersten Male so von hinten sachte um die Schultern faßt und nicht weiß, wird sie empört sein oder stille halten.

Der Rappe machte einen großen Seitensprung, der Kutscher rief wütend: »Ho! Ho! Wer ist da, versteht ihr nicht den Weg zu kehren?« Ein kleines Pferd, ein niedriger Schlitten, auf dem verschneite Pakete lagen und eine verschneite Gestalt saß, mühten sich, durch den tiefen Schnee zur Seite auszubiegen. »Laibe«, rief Egloff, »bist du das?« – »Ja, Herr Baron, Laibe«, antwortete eine freundliche Stimme.

»Was tust du hier im Walde?« fragte Egloff.

»Mir ist es schlecht gegangen«, ertönte leise eine klagende Stimme, »verfahren habe ich mich im Walde, und jetzt fahre ich mit der Deichsel in den Schabbes hinein, ai ai, was kann man machen!«

»Das kommt vom Schmuggeln«, meinte Egloff, »aber du kannst zu mir auf den Hof kommen und deinen Schabbes empfangen. Fahr zu, Kutscher.«

»Danke, danke, Herr Baron«, rief Laibe ihm nach.

Auch ein Leben, dachte Egloff, so in der Dunkelheit einsam durch den Wald zu kriechen, na, vielleicht ist das aber nicht übel, sich so herumzuschlagen, wenn man nur daran zu denken hat, ob man im Dunkeln den rechten Weg findet und wo ein Feuer sein kann, vielleicht daß man dann an alle möglichen widerwärtigen Dummheiten nicht zu denken braucht.

Jetzt fuhren sie in den Sirowschen Hof ein, nur wenig Fenster des großen Hauses waren erleuchtet. »Aha, keiner erwartet mich«, sagte Egloff. Sie hielten vor der Freitreppe, Egloff stieg zur Haustüre hinan, öffnete sie laut und rief ein schallendes und ärgerliches: »Holla!« Hunde begannen im Flur zu bellen, Lichter liefen die dunkle Fensterreihe entlang, Klaus und Joseph mit Lichtern in der Hand erschienen und stammelten: »Ah, der Herr Baron, wir haben nicht gewußt.« – »Natürlich habt ihr nicht gewußt«, sagte Egloff und warf seinen Pelz ab, »du, Klaus, ich gehe gleich in mein Zimmer, der Kamin muß angeheizt werden, und du, Joseph, meldest der Frau Baronin, daß ich nicht zum Essen kommen werde, ich bin müde und gehe schlafen. Außerdem bringst du mir eine Flasche Burgunder aufs Zimmer. So, vorwärts.« Er ging in sein Zimmer hinüber, kleidete sich aus, ließ sich von Klaus den Körper mit Kölnischem Wasser abreiben, hüllte sich dann in seinen Schlafrock und streckte sich in seinem Schreibzimmer auf dem Sofa aus. Joseph brachte den Burgunder, im Kamin brannte das Feuer, es wurde behaglich warm. Egloff zündete sich eine Zigarre an, so, nun konnte es gemütlich sein, es gehörte nur noch dazu, daß angenehme Gedanken kamen, Gedanken, die nicht unversehens grob an eine wunde Stelle stießen. Was also? Da war dieser Jude, der durch den dunkelen verschneiten Wald irrte und betete und nach einem fernen Licht ausspähte, das war etwas, woran hier am Kaminfeuer eine Weile zu denken seinen Reiz hatte. Allein das reichte nicht aus, die Gedanken irrten zu anderem. Was mochte wohl die kleine Frau in Barnewitz jetzt tun? Sie erwartete ihn, er sah es deutlich, wie sie sich für ihn ankleidete.

Allzu sehr schmücken durfte sie sich nicht, denn keiner im Hause wußte ja, daß sie ihn erwartete, sie zog wohl das dunkelviolette Wollenkleid an und legte die Perlenschnur um. Dann bestellte sie das Abendessen, zündete im Saal die Lampen an mit den schrecklichen hellrosa Gazeschirmen, Frauen aus jenen Kreisen glauben immer, daß, wenn sie verliebt sind, sie Lampen haben müssen mit hellrosa Gazeschleiern. Da saß sie im rosa Lampenschein, das hübsche Wachspuppengesicht ganz feierlich, das Haar glänzend schwarz, in ihrem violetten Kleide wie ganz in weiche Veilchen eingehüllt, und wartete auf ihn. Und es wird immer später, und das Wachspuppengesicht wird immer starrer, und endlich weint sie, wie nur die kleine Lydia Dachhausen weinen kann, ganz mühelos einen Strom von Tränen über das Gesicht schüttend, das sich nicht verzieht, das unbewegt bleibt, sie weint, wie Puppen weinen würden, wenn sie weinen könnten. Egloff lächelte, der Gedanke an die einsam unter ihren rosa Lampen um ihn weinende Frau tat ihm wohl, und dann plötzlich mußte er an Fastrade denken, an die Fastrade der Kindheit, an das kleine Mädchen, das ihn mit der geballten Faust vor die Brust stößt und »Pfui!« sagt. Unruhig drehte er sich auf die Seite, griff nach dem Glase und trank, endlich drückte er auf den Knopf der elektrischen Klingel. Als Klaus erschien, befahl Egloff: »Der Jude Laibe soll zu mir heraufkommen, wenn er seine Zeremonien beendet hat.«

»Zu Befehl«, sagte Klaus. Egloff legte sich wieder zurück, zog an seiner Zigarre und wartete ungeduldig auf den Juden Laibe.

Nach einer Weile wurde die Türe vorsichtig geöffnet, und der Jude Laibe schob sich in das Zimmer, er war fest in seinen grüngrauen Rock eingeknöpft, das graue Haar und der dichte, graue Bart waren glatt gestrichen, und sein Gesicht verzog sich zu einem unendlich liebenswürdigen, freundlichen Lächeln. Er verbeugte sich mehrere Male, rieb sich die Hände und sagte: »Gut Schabbes, Herr Baron, gut Schabbes.« – »Du kannst dich da an den Kamin stellen und wärmen«, bedeutete ihm Egloff, »wenn du willst, kannst du dich auch auf den kleinen Stuhl dort setzen.« Laibe setzte sich, legte die Handflächen auf die Kniescheiben und fuhr fort, sein süßes Lächeln vor sich hin zu lächeln. Egloff betrachtete ihn aufmerksam. »Was ist denn geschehn«, fragte er dann, »eben noch kriechst du durch den Schnee im dunkelen Walde wie ein klagender Hase, und jetzt kommst du herein, reibst dir die Hände wie ein Ballherr und machst ein Gesicht, als ob du Hochzeit halten solltest.«

»Ein Dach überm Kopfe, Herr«, sagte Laibe, »ist was Gutes, und eine warme Stube ist auch was Gutes, warum soll ich mich dann nicht freuen?«

»Ist das alles?« meinte Egloff.

Laibe wurde ernster, strich mit der Hand über seinen Bart und rollte seine blanken, sirupfarbenen Augen. »Das nu versteht der Herr Baron nicht, das ist unsere Religion, heute muß man froh sein, ob man will oder nicht.«

»So, so, nur weil es befohlen ist«, sagte Egloff.

»Weil es befohlen ist«, bestätigte Laibe, »die ganze Woche schindet man sich und fürchtet sich, und an *einem* Tag erinnert man sich, daß alles einmal ganz gut werden wird. Versprochen ist es, nun und man wartet.«

»Wartet«, wiederholte Egloff höhnisch.

»Was kann man anders tun, man wartet«, versetzte Laibe mit Bestimmtheit.

Egloff richtete sich ein wenig auf und sagte plötzlich ungewöhnlich heftig: »Und dieses Warten macht uns alle zum Narren, man wartet und wartet, man tut dies und das, um sich die Zeit zu vertreiben, aber das Große, die Hauptsache, die soll noch kommen. Und die Zeit vergeht, und nichts kommt, und wir sind die Narren.«

Ärgerlich ließ Egloff sich in die Kissen zurückfallen, der Jude warf einen schnellen ängstlichen Blick auf den Baron, krümmte den Rücken und sagte leise und demütig: »Das

Warten ist nichts für die großen Herren, ein Edelmann hat hitziges Blut, der wartet nicht gern, aber ein armes Judchen hat nichts anderes.«

»Du hast doch dein Geld«, warf Egloff ein, »das macht dich doch glücklich. Wenn du einen Bauern betrogen hast, dann bist du glücklich, wenn du was über die Grenze geschmuggelt hast, dann bist du glücklich, wenn du ein Kalbsfell unterm Preise gekauft hast, dann bist du glücklich.«

Laibe wiegte bedächtig seinen Kopf: »Glücklich, Spaß, ein schönes Glück. Dann ist der auch glücklich, der recht hungrig ist, und um ihn herum stehen lauter Braten, und die dampfen und die riechen gut, und er darf sie alle riechen und keinen anrühren. Glücklich, wenn ich immer nur an dem Geld der anderen vorübergehen und vorüberfahren muß. Und da fahre ich durch den Wald, schöne, große Stämme, reines Geld, aber nicht mein Geld. Komme ich an einer Scheune vorbei, die ist ganz voll mit Geld, aber nicht mein Geld. Das ist auch so 'n Glück.« Laibe lachte höhnisch in seinen Bart hinein.

»Sag mal«, begann Egloff nachdenklich, »hast du immer an Geld gedacht? Du bist doch auch jung gewesen, und in der Jugend hat man doch auch andere Gedanken im Kopf, da gibt es doch lustige Sachen.« Aber Laibe lachte wieder sein leises, höhnisches Lachen: »Ei, ei, meine Jugend, lieber Herr, was war das schon für eine Jugend. Ich war ein Bocher von fünfzehn Jahren, als der Vater mir das Bündel auf den Rücken hing und sagte: ›Geh verdienen.‹ Nun, und ich ging, und auf der Landstraße hatte ich Angst vor den Gendarmen und vor den Grenzreitern und im Walde vor den Waldhütern, und wenn es dunkel wurde im Walde, dann kamen große schwarze Vögel, flogen ganz niedrig und bliesen – *die* Angst! Und wenn ich dann zum Bauern kam, hatte ich Angst, an die Tür zu klopfen, und wenn ich doch klopfte, der Bauer kam aufmachen, hatte ich wieder Angst. Und ich glaubte, der Kaiser und die Minister und die Herren und die Bauern, alle sind nur dazu da, um dem armen Judenbocher Angst zu machen.«

»Aber dachtest du nicht manchmal«, unterbrach ihn Egloff, »dachtest du nicht an Mädchen, an solche Sachen?«

»Mädchen waren schon da«, erwiderte Laibe. »Wenn ich sonntags in eine Bauernstube kam, dann saßen sie da am Tisch, die Mädchen in ihren guten Kleidern, reingewaschen, die Gesichter wie die roten Äpfel, und Jungen waren da und spaßten mit ihnen, und ich saß am Ofen und sah zu, wie einer ein Bild ansieht, er kann nicht in das Bild hinein, und das Bild kann nicht zu ihm herauskommen. Ach Gott, meine Jugend! Auf der einen Seite steht das bißchen Verdienst, und auf der anderen Seite steht die große Angst.«

Beide schwiegen jetzt, Laibe schaute sorgenvoll vor sich hin und strich mit den Händen sanft über seine Knie, als wolle er sich selber trösten. Egloff zog nachdenklich an seiner Zigarre. »Hm«, sagte er endlich, »nicht schlecht. Der Judenjunge im dunkelen Walde, ganz klein unter den hohen Bäumen, und die großen schwarzen Vögel, die vor sich hinblasen. Aber mit eurer ewigen Angst habt ihr vielleicht recht. Ihr behaltet die gefährliche Bestie immer im Auge, wir anderen, wir fürchten uns nicht, und uns fällt sie hinterrücks an.«

»Bitte, Herr Baron«, fragte Laibe einschmeichelnd, »was ist das wohl für eine Bestie?« Egloff seufzte: »Ach, mein lieber Laibe, Sinn für das, was man so ein poetisches Bild nennt, hast du nicht. Was soll denn die Bestie sein? Das Leben ist diese Bestie.«

»Sehr hübsch«, bemerkte Laibe und machte sein liebenswürdigstes Gesicht, »aber ich habe nicht einen feinen Kopf wie der Herr Baron, ich habe nur einen armen Judenkopf voller Sorgen, der kann nicht so feine Gedanken denken.«

»Gut, gut«, unterbrach ihn Egloff, »du wirst uninteressant, mein Lieber, es ist Zeit, daß du schlafen gehst, gute Nacht.« Laibe erhob sich, rieb sich die Hände, verbeugte sich und sagte: »Eine sehr gute Nacht, Herr Baron«, dann ging er.

Egloff blieb noch eine Weile liegen, die Wärme des Kaminfeuers hatte ihn ganz schlaff gemacht, und der Burgunder gab ihm einen angenehmen, leichten Schwindel. Man wird schlafen können, dachte er, und dann klang ihm plötzlich Fastradens Stimme im Ohr, »das sieht aus wie ein Schlachtfeld«, hatte sie vom Walde gesagt, und das klang so zornig wie das »Pfui!« damals, als er den Hund schlug. Er lächelte vor sich hin. Dieses Mädchen einmal so böse zu machen, daß es ganz heiß und wild wird, das müßte hübsch sein. Dann schellte er nach Klaus, um zu Bette zu gehen.

Sechstes Kapitel

Am Nachmittage zur Teestunde war in Sirow Besuch. Die Baronesse Arabella kam, um der Baronin Egloff Fastrade nach der langen Abwesenheit wieder vorzustellen, und die Baronin Port war da mit ihren beiden Töchtern Sylvia und Gertrud. Die Damen saßen im Wohnzimmer der Baronin, in diesem Zimmer mit dem dicken Smyrnateppich, den schweren, dunkelblauen Vorhängen, in dem das bleiche Licht des Winternachmittags nur gedämpft und fast schläfrig eindrang. Die Luft hier war schwer, denn es war stark geheizt worden, und es roch nach Tee und einem sehr süßen Parfüm, das die Baronin liebte. Die Baronin thronte auf ihrem Sessel recht stattlich im schwarzen Seidenkleide und der Mantille nach der Mode der sechziger Jahre, das Gesicht sehr weiß mit regelmäßigen Zügen, an jeder Schläfe drei graue Löckchen und auf dem Kopfe ein Spitzentuch, das mit dicken, goldenen Nadeln befestigt war. Sie strickte an einer pfauenblauen Strickerei und sprach deutlich und ausdrucksvoll, sie liebte es zu sprechen und verlangte, daß man ihr andächtig zuhörte. Sie wandte sich an die beiden alten Damen und erzählte von der Großherzogin, bei der sie früher Palastdame gewesen war. Die Großherzogin war so genau, daß, wenn die Kammerfrau ihr am Morgen ein Hemd präsentierte, das nicht die folgende

Nummer des am vorigen Tage getragenen Hemdes zeigte, sie es zurückwies und sehr ungehalten war. Und so war es mit allem, mit den Taschentüchern usw. Eine ganz seltene Frau. »Sehr interessant«, bemerkte Baronesse Arabella, »so von den Intimitäten der hohen Herrschaften zu hören.« – »Oh, da könnte ich viel erzählen«, sagte die Baronin. Die anderen nahmen an dem Gespräche nicht teil, Gertruds kleines Figürchen versank ganz in dem großen Sessel, sie stützte den Kopf mit den wirren blonden Löckchen an die Lehne, das weißgepuderte Gesichtchen mit den zu feinen Zügen und dem zu roten Munde drückte eine stille Qual aus. Ja, sie lag da im Sessel und sehnte sich krampfhaft nach einer Zigarette. Fastrade und Sylvia schienen mit ihren Gedanken sehr weit fort zu sein, und Fräulein von Dussa hantierte mit dem Teegeschirr leise und vorsichtig, um die Baronin in ihrer Erzählung nicht zu stören. »Haben Sie die Dewitzens in Dresden gekannt?« wandte sich die Baronin plötzlich streng an Gertrud und sah sie dabei mißbilligend an. Gertrud fuhr auf, machte ein erschrockenes Gesicht: »Nein«, sagte sie hastig. Dann lehnte sie ihren Kopf wieder zurück und begann müde und fast überlegen zu sprechen: »Ach nein, ich lebte ganz meiner Kunst, ich hatte nur einen kleinen Kreis von Freundinnen und Freunden, meistens Künstlerinnen und Künstlern. Die Kunst nimmt einen ja so hin.«

»So«, meinte die Baronin und klapperte mit den elfenbeinernen Nadeln ihrer Strickerei, »diese Kreise kenne ich nicht. In unserer Jugend schien es uns, als seien diese Kreise von uns meilenweit entfernt, sozusagen in einer anderen Welt, man wußte einfach nichts von ihnen.«

Die Baronin Port, die besorgt diesem Gespräch zugehört hatte, bemerkte: »Ja, wie die Zeiten sich ändern, die Kinder lernen und erfahren jetzt Dinge, von denen wir Alten nichts wissen, man kommt sich ganz dumm vor.«

Baronin Egloff schaute von ihrer Strickerei auf und sagte scharf: »Ich weiß nicht, ich komme mir trotz allem noch lange nicht dumm vor. Und auf all die Dinge, welche unsere Jugend jetzt wissen will, bin ich gar nicht neugierig.«

Eine peinliche Pause trat ein, draußen hörte man die Haustür auf- und zugehen, die Baronin und Fräulein von Dussa sahen sich bedeutungsvoll an, und Fräulein von Dussa flüsterte: »Der Baron.« – »Nun ja«, berichtete die Baronin, »mein armer Dietz ist jetzt so beschäftigt mit dem Waldverkauf, er muß immer in den Wald reiten bei diesem Wetter. Liebe Dussa, bereden Sie ihn doch, daß er kommt, eine Tasse Tee nehmen, das wird ihn erwärmen.«

Fräulein von Dussa ging hinaus, um ihren Auftrag auszurichten, und die Unterhaltung wurde zerstreut und matt. Die Baronin erzählte von Katarrhen, die ihr Dietz früher gehabt hatte, alle aber warteten. Als dann Fräulein von Dussa mit Dietz zurückkehrte, ging ein allgemeines angeregtes Sichaufrichten durch die Gesellschaft. Dietz war kalt von seiner Fahrt und schien heiter, er begrüßte die Damen, sagte: »Hier ist aber ein warmes Nest«, und seine Stimme klang laut und rücksichtslos in diesem Raume, in dem die ganze Zeit über nur gedämpft gesprochen worden war. Er setzte sich zu Gertrud, ließ sich Tee einschenken, erzählte vom Walde und den Holzjuden. Alle hörten ihm zu, das strenge Gesicht der Baronin Egloff wurde ganz milde, während ihre Augen auf ihrem Enkel ruhten. »Du kannst dir ruhig deine Zigarette anzünden«, sagte sie, »die Damen haben nichts dagegen.«

»Raucht eine der Damen?« fragte Dietz, indem er sein Zigarettenetui hervorzog.

»Oh, ich bitte«, rief Gertrud leidenschaftlich, und als sie die Zigarette zwischen den Lippen hielt und den Rauch vor sich hin blies, versank sie in einen seltsamen Ausdruck unendlichen Behagens. Dietz lächelte: »Sie waren wie ein Durstiger in der Wüste, Baronesse«, bemerkte er. Die Baronin aber zog die Augenbrauen in die Höhe und meinte: »Ach ja, ich vergesse immer, daß so etwas jetzt Sitte ist.« Dietz begann sich mit Gertrud über das Theater zu unterhalten, die alten Damen nahmen gedämpft ihr Gespräch wieder auf, und da es finster zu werden begann, wurden die Lampen gebracht. »Ich denke«, sagte die Baronin, »wir haben noch ein Stündchen Zeit für unser Besig.« – »Unterdessen wird die Baronesse Gertrud uns vorsingen«, schlug Dietz vor, »im Flur sah ich die Noten.« Die alten Damen und Sylvia Port setzten sich an den Kartentisch, im Musikzimmer wurden Lichter auf das Klavier gestellt, und Fräulein von Dussa schickte sich an, Gertrud zum Gesange zu begleiten. Fastrade und Egloff setzten sich an das andere Ende des Zimmers und warteten.

»Das ist immer das erste«, sagte Dietz leise, »wenn man sich mit der Kunst einläßt, so trägt man keine Kleider mehr, sondern Gewänder.« Er sah dabei Gertruds schmächtiges Figürchen an, das ein hellgraues Kleid von zeitlosem Schnitte mit lang niederhängenden Ärmeln trug. Fastrade erwiderte nichts, sie wollte nicht mit ihm über die arme Gertrud lachen. Nun begann Gertrud zu singen.

> »Rauschender Strom,
> Brausender Wald,
> Starrender Fels
> Mein Aufenthalt.«

Ihr ganzer Körper bebte, sie hob sich auf die Fußspitzen, ihr Gesicht nahm einen schmerzvollen Ausdruck an, als täten ihr diese großen, dunkelen, leidenschaftlichen Töne weh, die sie hinausrief, die da in das stille Haus klangen, als wäre hier plötzlich ein großes tragisches Ereignis erwacht.

> »Wie sich die Welle
> An Welle reiht,
> Fließen die Tränen
> Mir ewig erneut.«

Dietz beugte sich zu Fastrade vor und flüsterte: »Das hält sie nicht aus, diese Stimme bringt sie um.«

»Hoch in den Kronen – wogend sich's regt,
So unaufhörlich – mein Herze schlägt,
Und wie des Felsens – uraltes Erz
Ewig derselbe – bleibet mein Schmerz«,

klagte Gertruds Stimme weiter, und als sie dann schwieg, hatte selbst diese Stille noch eine zitternde Erregung.

Gertrud lehnte müde am Klavier, und Fräulein von Dussa begann ruhig und geläufig auf sie einzureden. Aus dem Nebenzimmer klang das leise Klappern der Spielmarken herüber, und Fastrade konnte von ihrem Sitz aus Sylvias bleiches Gesicht sehen, wie es nachsichtig und resigniert in die Karten schaute. »Was hilft es?« sagte Egloff leise; »da hat die arme Kleine sich an einem Schmerze und einer Leidenschaft berauscht, und mit dem letzten Akkord ist alles aus, und sie ist wieder nur Gertrud Port, die eine Nervenkrankheit hat, nicht weiter studieren kann und von ihrem Vater angebrummt wird.«

»Aber sie hat doch dieses Erlebnis gehabt«, versetzte Fastrade, und ihre Stimme klang so erregt, daß Egloff überrascht aufschaute. Fastradens Gesicht war über und über naß von Tränen. »Sie weinen?« fragte er. »Es ist nur die Musik«, erwiderte sie und lächelte.

Egloff schaute wieder auf seine Hände. »Nun ja«, begann er langsam, »aber fühlen Sie nicht, wie hier in diesem Zimmer alles Leidenschaftliche und Lebensvolle gleich verklingt, totgeschlagen wird vom – wie soll ich sagen – Abendlichen, Großmütterlichen, Sirowschen? Am Besigtisch klappern sie mit den Marken, es riecht nach dem vom Kamin heiß gewordenen Teppich, und Fräulein von Dussa hält einen Vortrag, Goethe und Schubert sind ganz weit. Gott, dieses Sirowsche, wie ich es sehe, ich muß es wirklich einmal als Kind gesehen haben, wie es durch die Zimmer geht und alles Leben, das sich regen wollte, zum Schweigen bringt. Es trägt ein fußfreies braunes Kleid, eine lila Haube, hat ein kleines graues Gesicht und legt eine kleine graue Hand vor den Mund und gähnt«, er wartete einen Augenblick, ob Fastrade etwas sagen würde, als sie jedoch schwieg: »So ist es bei Ports, so ist es auch bei Ihnen, und das kommt daher, daß unsere alten Herrschaften stärker sind als wir. Sie wollen ruhig und melancholisch ihren Lebensabend feiern, gut, aber wir wurden in diesem Lebensabend erzogen, wir müssen ihm dienen, wir müssen in ihm leben, wir fangen sozusagen mit dem Lebensabend an. Das ist ungerecht.« Er hielt wieder inne und schaute auf. Fastrade saß sehr ernst da und schob ein wenig die Unterlippe vor, wie sie es tat, wenn sie unzufrieden war. »Was ich da sage, mißfällt Ihnen?« fragte Egloff.

»Ja«, erwiderte Fastrade, »es klingt unangenehm und lieblos.«

»Lieblos?« wiederholte Egloff nachdenklich. »Ach nein, dieses Abendleben macht uns im Gegenteil zu reizbar und gefühlvoll. Ich wurde hier einsam ohne Kameraden von meiner Großmutter erzogen, ich wurde ein unerträglich weicher Bengel. Einmal ging ich in den Park hinaus in der Sommerdämmerung. Ich kam an einen Platz, wo auf langen Leinen Wäsche aufgehängt war, eine ganze Reihe großer Männerhemden hing dort, der Abendwind fuhr in sie hinein, schaukelte sie sanft hin und her, und sie hoben ihre Arme langsam in die Höhe und ließen sie wieder müde sinken, was soll ich Ihnen sagen, das rührte mich, ich stand da und heulte, tatsächlich.«

Gertrud sang wieder, sie sang ein Lied von Mendelssohn, hob sich auf die Fußspitzen, rang die Hände ineinander.

»Schon sinket die herbstliche Sonne,
das wird mein Träumen wohl sein.«

Ihr ganzer kleiner Körper wurde wieder von der süßen Melancholie der Töne geschüttelt, und als sie zu Ende war, sank sie auf einen Stuhl nieder und atmete tief. Fräulein von Dussa wandte sich sogleich zu ihr und begann eifrig über Mendelssohn auf sie einzusprechen. Egloff hob einen Finger in die Höhe und sagte leise zu Fastrade: »Jetzt geben Sie acht, Sie werden es spüren, wie jetzt gleich das Sirowsche durch die Zimmer geht, um Mendelssohn hinauszufegen.«

Fastrade zog ihre Augenbrauen empor und meinte fast ungeduldig: »Ich weiß nicht, worüber Sie sich beklagen, Ihr Leben ist doch gewiß nicht abendlich und melancholisch.« Egloff zuckte die Achseln: »Man tut, was man kann, nur das Sirowsche ist stärker. Gewiß, ich locke zuweilen Menschen hierher, oder ich gehe auf Reisen, oder ich fahre in das Städtchen in den Klub und trinke, oder ich spiele Karten, gewiß, gewiß, aber das Sirowsche wohnt bei mir zu Hause und gehört zu mir. Übrigens«, und er dachte einen Augenblick nach, »übrigens, man hat Ihnen wohl gesagt, daß ich ein Spieler bin.«

Fastrade zog die Augenbrauen zusammen und machte ihr eigensinniges Gesicht. Warum kommt er mir mit seinen Fragen und Geständnissen so nahe, dachte sie, danach sagte sie fast unwillkürlich: »Warum müssen Sie denn spielen?«

»Warum?« erwiderte Egloff sinnend. »Ich weiß nicht, vielleicht weil im Spiel immerfort sich schnell etwas entscheidet, so etwas wie ein ganz eilig laufendes Schicksal. Im Leben entscheidet sich ja sonst alles so langsam. Wenn ich heute auf etwas hoffe, erfüllt es sich erst nach so langer Zeit, daß ich dann keine Freude daran habe, man lebt ja, als ob man eine Ewigkeit Zeit hätte.« Er hielt inne und betrachtete Fastrade. »Sie«, sagte er dann, »sollten auch mehr Eile haben.«

»Ich?« Fastrade sah ihn mit blitzenden Augen feindselig an. »Was wissen Sie von mir?«

Egloff verneigte sich leicht. »Entschuldigen Sie, gewiß zu wenig, um einen Rat erteilen zu dürfen.«

»Ich«, fuhr Fastrade hastig fort, »ich diene sehr gern der – der – wie sagten Sie doch, der Abendstimmung all derer, die ich liebe, und – und – ich werde mir schon meinen Tag zu machen wissen.« Sie war sehr erregt, denn sie fühlte, daß es unwahr war, was sie sagte. Egloff lächelte.

»Sie haben sich wieder über mich geärgert«, sagte er, »überhaupt sind Sie heute, wie es mir scheint, gegen mich.«

»Heute?« wiederholte Fastrade erstaunt. »War ich denn schon für Sie?«

Egloff lachte: »Sehr wahr. Für mich zu sein ist hier in der Gegend ja wohl überhaupt nicht Sitte.«

Die Damen am Kartentische brachen auf. Draußen vor der Treppe klingelten die Schlittenschellen. Man fuhr fort. Als es im Hause wieder still und leer war, stand Egloff eine Weile sinnend im Musikzimmer, dann rief er Klaus und befahl: »Mein Schlitten soll angespannt werden, ich fahre noch in die Stadt zum Klub.«

Die Baronin und Fräulein von Dussa saßen wieder friedlich im Wohnzimmer bei der Lampe, die Baronin strickte ihre pfauenblaue Strickerei, Fräulein von Dussa hatte ihren Kneifer aufgesetzt und ein Buch aufgeschlagen, sie lehnte aber ihren Kopf auf die Lehne des Sessels zurück. Als die Schellen von Egloffs Schlitten von draußen hereinklangen, sagte die Baronin: »Er fährt wieder aus.« – »Ja«, sagte Fräulein von Dussa. »Er ist jetzt wieder sehr unruhig«, meinte die Baronin. »Sehr unruhig«, bestätigte Fräulein von Dussa, dann fügte sie klagend hinzu: »Wenn er die rechte Frau fände.« – »Ja, wissen Sie denn eine?« fragte die Baronin gereizt. Fräulein von Dussa schüttelte den Kopf. »Diese beiden Mädchen da mit ihren Erlebnissen und Erfahrungen sind gewiß nicht die rechten.« Die Baronin sah von ihrer Strickerei auf und sagte scharf: »Gertrud ist eine Närrin geworden, und Fastrade mag ein gutes Mädchen sein, nur schade –«

»Ja, sehr schade«, wiederholte Fräulein von Dussa und beugte sich auf ihr Buch nieder.

Siebentes Kapitel

Es war am Morgen beim Frühstück, daß die Baronesse Arabella die greisen Augenbrauen besorgt in die Höhe zog und zu Fastrade sagte: »Ich habe die ganze Nacht nicht schlafen können, der Gedanke, daß du heute nachmittag in den Wald fahren wirst dieser Grenze wegen, ließ mir keine Ruhe. So geht das nicht. Früher hätte dein Vater das nie gestattet. Ich mit meiner Erkältung kann dich nicht begleiten, Ruhke zählt nicht, und da sollst du nun mit diesem verrufenen jungen Manne zusammentreffen.«

»Verrufen?« fragte Fastrade. »Ist er denn wirklich verrufen?« Und sie lächelte dabei ein wenig verachtungsvoll.

»Nun ja«, fuhr die Baronesse erregt fort, »einen guten Ruf hat er nicht, man hört doch allerhand. Jedenfalls ein guter Mensch ist er nicht.«

»So war es hier immer«, versetzte Fastrade, »den Menschen wurden die Etiketten ganz schnell aufgeklebt, und dann hieß es: Dieser ist ein schlechter Mensch, und er wird ein für allemal in den Giftschrank gestellt.« Fastrade wunderte sich selbst über die Schärfe ihrer Worte, und die eingefallenen Wangen der Baronesse röteten sich leicht. »Ich, liebes Kind«, sagte sie, »habe ihm seinen bösen Ruf nicht gemacht, jedenfalls schickt es sich nicht, daß du allein dort bist, ich schreibe an Gertrud Port und bitte sie, sich auch dort einzufinden, dann seid ihr wenigstens zu zweit.«

»Ach ja«, meinte Fastrade, »ich hatte vergessen, daß ich wieder das wohlbehütete Mädchen bin, das verteidigt werden muß und bewacht und beschützt, auf das überall Gefahren lauern.«

»Wie das in der großen Welt ist«, erwiderte die Baronesse streng, »weiß ich nicht, hier haben wir unsere Gesetze, und da schickt sich so was nicht. Ich schreibe an Gertrud Port.«

Am Nachmittag kutschte Mahling Fastrade in den Wald,

Ruhke fuhr hinterher, den Schlitten voller Karten. Es war ein frostiger heller Wintertag, Mahling vermochte den großen Braunen kaum zu halten, das Hinsausen auf dem glatten Wege machte dem Tiere zu großes Vergnügen. Fastrade, fest in ihre Winterjacke eingeknöpft, die Otterfellmütze in die Stirn gedrückt, empfand das leichte Brennen der Frostluft auf den Wangen, das Blitzen der Nachmittagssonne auf dem Schnee, die schnelle Bewegung der Fahrt wie etwas, das ihr Blut köstlich aufpeitschte. Sie hatte sich kindisch auf diese Ausfahrt gefreut, die Tage zu Hause waren ja so ereignislos, daß man kaum merkte, daß man lebte. Hier mitten in diesem Blitzen und Wehen war es einfach unmöglich, daran zu glauben, daß es so etwas gab wie die Couchon an ihrem Kartentisch. Jetzt bogen sie in einen Waldweg ein, es ging unter schwer verschneiten Tannen hin, lange weiße Korridore entlang, es roch stark nach Schnee und Harz, und überall funkelte und knisterte es, als ginge die Fahrt durch eine Welt von weißem Brokat. Auf der Anhöhe standen die alten Föhren steif und grell gegen einen rein blauen Himmel. Als sie die Anhöhe umfahren hatten, arbeiteten sie sich auf einer kurzen Strecke einen engen Weg durch die junge Tannenschonung hindurch, dann hielten sie. Vor ihnen lag ein Platz, der voll Menschen und Pferden war. Große Balken wurden auf Schlitten gebunden, struppige Pferde mit bereiften Mähnen wurden mit lauten Zurufen angetrieben, überall standen Männer, graue vermummte Gestalten mit großen Pelzmützen und rotgefrorenen Nasen. Und mitten unter ihnen schlenderte Egloff umher, die Pelzmütze im Nacken, die Hände in den Taschen seines kurzen Jagdpelzes, sehr schmächtig unter all den plumpen Gestalten und anscheinend sehr sorglos und müßig hier mitten unter der lauten angestrengten Arbeit. Als er Fastradens Schlitten erblickte, kam er heran, grüßte: »Ah, unsere Geschäftsgenossen«, rief er und lachte offenbar nur, weil er sich freute. Er half Fastraden aus dem Schlitten: »Sehen Sie«, sagte er, »dies hier nun ist mein Reich. Häßlich? Was?«

»Ja«, sagte Fastrade, »das ist häßlich.«

»Das fühle ich gewiß am meisten«, fuhr Egloff fort, »es ist sogar widerwärtig, schmutzig. Sehen Sie den dort.« Er wies auf einen Herrn im städtischen Pelzpaletot, der mitten unter den Arbeitern stand, ein Notizbuch in der Hand, er schien sehr zu frieren, sein Gesicht war blaurot, der rote Bart bereift, aber die grellbraunen Augen verfolgten mit einer ruhigen, kalten Wachsamkeit, was ringsumher vorging.

»Das ist Herr Mehrenstein«, sagte Egloff, »soll ich ihn Ihnen vorstellen?«

»O nein«, erwiderte Fastrade, »der ist doch der Feind.« Egloff lachte: »Sehr wohl, Mehrenstein ist der Feind, wo Mehrenstein erscheint, da wird aus einem Wald ein Zahltisch. Wie böses Ungeziefer frißt sein Geld den Wald auf. Ich kann mir denken, daß ein Grauen die Bäume schüttelt, wenn Mehrenstein durch einen Wald geht.«

Unwillkürlich schaute Fastrade zurück auf die Föhren des Padurenschen Waldes. Egloff lachte: »Sie sehen Ihre Föhren an«, sagte er. »Oh, die fürchten sich nicht«, erwiderte Fastrade. »Ich weiß nicht«, meinte Egloff, »wo Mehrenstein erscheint, ist keine Sicherheit. Allerdings die da oben sehen heute verdammt vornehm auf meinen Marktplatz herunter, sie haben sich alle ganz frische Wäsche angezogen und hauchen ordentlich eisig kalt ihre Verachtung auf alle uns drekkige Arbeitsmenschen nieder. Übrigens steht Herr Ruhke dort, wir müssen sehen, ob ich Ihrem Walde nicht zu nahe getreten bin. Für Sie ist der Schnee dort zu tief.«

»Wozu bin ich aber hier?« wandte Fastrade ein.

»Um die Sache zu heiligen«, erwiderte Egloff, »und das geschieht ebenso gut, wenn Sie hier auf uns warten.« Damit ging er zu Ruhke hinüber, und beide verschwanden im Dickicht.

Fastrade setzte sich auf einen Baumstamm, vor ihr luden die Leute einen großen Balken auf kleine Schlitten, banden ihn fest, trieben die Pferde mit Geschrei an, Herr Mehrenstein trat hinzu, klopfte mit dem silbernen Bleistift auf den Balken und schrieb etwas in sein Notizbuch. Wie eine magische Formel sah das aus, durch die das, was einst ein Baum gewesen, endgültig tote Sache wurde. Mitten auf dem Platze brannte ein Feuer aus trockenem Reisig, große Rauchwolken erhoben sich dort und breiteten einen rußigen Schleier über den ganzen Platz. Graue bereifte Gestalten standen um das Feuer, streckten ihre frierenden Hände aus, um sich zu wärmen, und sprachen so laut, als wären sie weit voneinander entfernt.

Ob er es weiß, daß er verrufen ist, dachte Fastrade, und ob ihn das schmerzt, aber dann würde er nicht dieses leichtsinnige Lächeln haben.

Auf dem kleinen Wege am Waldrande erschien jetzt ein Schlitten, Gertrud grüßte schon von weitem, dann sprang sie heraus und kam über den glatten Schnee mit unsicheren Schritten auf Fastrade zu. Sie hatte sich schön angezogen, trug ein dunkelrotes Pelzjackett, ein Pelzbarett und lachte über das ganze Gesicht.

»Oh, wie ist das hier schön, Fastrade«, rief sie, »wie habe ich mich gefreut, als der Brief kam. Ich komme etwas spät, du weißt, ich mußte warten, bis der Papa zu seinem Mittagsschlaf verschwunden war, sonst hätte es natürlich Fragen und Einwendungen gegeben. Ach und der Wald, das reine Ballkleid. Und er, wo ist er?« Sie hielt inne und schöpfte tief Atem wie jemand, der einen zu schnellen Trunk getan hat.

»Die Tante wollte, du sollst kommen, mich beschützen«, sagte Fastrade und sah das bunte erregte Figürchen lächelnd und ein wenig mitleidig an. Gertrud setzte sich auf einen Baumstamm und wurde ernst: »Das ist auch gut«, sagte sie, »ist er heute sehr dämonisch?«, und da Fastrade nicht antwortete, fuhr sie fort: »Der Papa sagte, er wird noch seinen ganzen Wald verspielen.«

»Das ist seine Sache«, erwiderte Fastrade ungeduldig.

»Nun ja«, versetzte Gertrud, »ich gehöre eigentlich auch zu seiner Partei. Ach, es war aber gerade eine Stimmung zu Hause, so grau, so grau! Ich hatte das Gefühl, als klebten mir

Spinnweben an allen Fingern. Da kam der gesegnete Brief, jetzt ist alles gut, gleich wird die Sonne untergehen, es kommt schon rot durch die Padurenschen Bäume gekrochen.« Sie sprang auf, sang eine laute helle Notenfolge vor sich hin und begann auf dem von den Schlitten glattgefahrenen Schnee hin- und herzugleiten.

Auf dem Platze schickten die Leute sich an, ihre Arbeit einzustellen, erregt liefen sie durcheinander, suchten ihre Sachen zusammen, jetzt hörte man den einen oder anderen rauh lachen, sie warfen sich auf die kleinen Schlitten, um abzufahren, Herr Mehrenstein steckte das Notizbuch in die Tasche und schlug seinen Pelzkragen auf, der Platz leerte sich allmählich. Dann begann Klaus Pelzdecken heranzuschleppen und in der Nähe des Feuers auszubreiten, er holte einen Teekessel heran und Tassen und fing an Tee zu kochen und Weinflaschen aufzuziehen. »Tee bekommen wir auch«, jubelte Gertrud. »Aber da ist ja noch jemand«, rief sie, »das sind ja Dachhausens, die hat sicherlich die Mama uns nachgeschickt.« Wirklich kam jetzt ein Schlitten mit hellem Schellengeklingel aus dem Waldwege herangefahren und hielt auf dem Platze. »Ja, es sind Dachhausens«, ertönte die freundliche Stimme des Baron Dachhausen. Er sprang aus dem Schlitten und schwenkte seine Pelzmütze. Sein schöner, brauner Vollbart war ganz bereift und seine blauen Augen blank vor Lustigkeit. »Meine Frau hat, ich weiß nicht wie, erfahren, daß hier eine Zusammenkunft stattfindet, und wollte durchaus dabei sein. So sind wir hier. Komm, Liddy, ich hebe dich heraus.«

Die Baronin war ganz in weißes Pelzwerk gehüllt, wie in große, weiße Schneeflocken, und ihr Gesicht sah rosa aus all diesem Weiß heraus. Sie ließ sich aus dem Schlitten heben, begrüßte Fastrade und Gertrud, sie schien unsicher und befangen. »Wo ist Dietz?« fragte Dachhausen. »Ah, da kommt er. Guten Abend, Dietz, alter Junge, wir haben uns selbst zu deiner Soiree hier eingeladen.«

Dietz und Ruhke waren eben aus dem Dickicht aufgetaucht. »So, so«, meinte Egloff, »das ist ja gut, deine Gemahlin ist auch da. Schön, schön.« Er sagte das jedoch ziemlich kühl und mißmutig. »Nun, ich denke, jetzt wird wohl niemand mehr kommen, so können wir Tee trinken. Bitte Platz zu nehmen. Fritz, du warst immer der Liebenswürdigere von uns beiden, du spielst ein wenig den Gastgeber statt meiner.« – »Ach was, liebenswürdig«, meinte Dachhausen, »so ein alter Ehemann – gleichviel, meine Damen, bitte sich zu setzen.«

Man ließ sich auf die Pelzdecken nieder, Klaus reichte Tee herum, Dachhausen goß Portwein ein, sprach beständig begeistert: »Herrlich, meine Damen, herrlich. Hier wird einem das Herz weit, nicht wahr? Was meinen Sie, Baronesse Gertrud, fühlen Sie nicht, wie hier die Großstadtkruste oder, wie soll ich sagen, Großstadtrinde –«

»Ach lassen Sie es, lieber Baron«, sagte Gertrud, bog ihren Kopf ein wenig zurück und sah Dachhausen gefühlvoll an, »hier ist die Großstadt vergessen.« – »Nicht wahr«, rief Dachhausen, »was sind alle Opern gegen dieses Abendrot. Sehen Sie, meine Herrschaften, die Föhren oben, wie im Feuer stehen sie. Das hat Egloff gut gemacht.«

»Entschuldigung«, sagte Egloff, der beiseite stand und nachdenklich eine Zigarette rauchte, »das Abendrot gehört nicht mir, es bleibt im Padurenschen Walde, zu mir kommt es nicht herüber.«

»Ach«, sagte Gertrud und starrte in das Abendrot hinein, »die schönsten Farben sind doch die schönste Musik.« Sie seufzte tief, als täte das gewaltsame Aufflammen der Farben ihr wehe. »Ja, gewissermaßen«, bestätigte Dachhausen unsicher.

Egloff hatte sich jetzt auch auf eine der Pelzdecken hingestreckt und trank schweigend ein Glas Portwein. Endlich begann er halblaut mit Fastrade über die Grenze zu sprechen, dem Padurenschen Walde war kein Unrecht geschehen, es war alles in Ordnung. Was er mit diesem Platze anfangen würde? Mein Gott, anpflanzen, aufforsten, aber für wen? Für Herrn Mehrensteins Enkel vielleicht.

»Sie sollten nicht so sprechen«, unterbrach ihn Fastrade.
Egloff zuckte die Achseln: »Wer weiß, wer nach hundert Jahren die Macht hat. Für die künftigen Generationen, sagt Ihr Herr Vater, aber ich habe keinen historischen Sinn. Mir sagt es nichts, in der Zukunft eine lange Reihe von Dietz Egloffs zu sehen, die Stücke meines Wesens hundert Jahre fortschleppen, so wie sich häßliche Möbel in alten Häusern forterben.«

»Sie können doch Kostbarkeiten vererben«, wandte Fastrade ein.

»Ja, wer die hat«, erwiderte Egloff, »übrigens, ich will mich selbst nicht angreifen, aber das Dietz Egloffsche als hundertjährige Einrichtung, daran habe ich kein Interesse.«

Das Abendrot war erloschen, auf der anderen Seite stieg der Mond am Waldrande auf, groß und rot. »Der Mond«, rief die Baronin Lydia, welche die ganze Zeit still dagesessen war. »Baron Egloff, der kommt auf Ihre Seite, der gehört nicht zum Padurenschen Walde.«

»Ja, hm«, erwiderte Egloff und sah unzufrieden auf den Mond hin, »er sieht auch recht jahrmarktmäßig aus, eine große, rote chinesische Laterne. Na, wenn er höher steigt, wird er eleganter werden. Man wird immer eleganter, wenn man Karriere macht.«

Warum er das so unfreundlich sagt, dachte Fastrade, was hat die arme kleine Puppe ihm getan? »Jetzt einen Vorschlag«, fuhr Egloff fort und stand auf. »Wir machen einen Besuch im Padurenschen Walde. Wenn wir an der kleinen Waldwiese sind, wird der Mond schon hoch genug sein, das gibt dann einen weihevollen Abschluß.«

Man rief nach den Schlitten, die Damen wurden wieder in die Pelzdecken gehüllt. »Ich fahre Sie, wenn Sie gestatten«, sagte Egloff und setzte sich zu Fastrade. Er führte den Zug an und bog in einen engen Waldweg ein. Hier herrschte die bleiche Dämmerung des Schneelichts und unendliche Geborgenheit unter den weißen Bogen der verschneiten Äste. Wie ein kleiner dunkler Schatten huschte ein Hase lautlos über den Weg, ein aufgescheuchtes Reh brach durch das Dickicht, die Schellen der Schlitten klangen fremd und gespenstisch, und aufgeschreckt von ihnen schlug ein Vogel mit den Flügeln im Wipfel einer Tanne. Egloff und Fastrade schwiegen, nur einmal bemerkte Egloff: »So allmählich fühlt man sich hier zugehörig.« Der Waldweg führte auf eine kleine, runde Wiese, die jetzt hell vom Monde beschienen war. »Halt!« kommandierte Egloff. »Hier wird ausgestiegen, hier wird eine Quadrille getanzt.« – »Dietz, du bist ein famoser Kerl«, rief Dachhausen, »natürlich wird hier eine Quadrille getanzt, man muß nur darauf kommen. Darf ich bitten, Baronesse Gertrud. Liddy bleibt im Schlitten, der Pelz ist zu schwer.«

Die Paare gingen nun über den hartgefrorenen Schnee der Wiese. »Wie das hübsch leise kracht«, sagte Gertrud, »es ist, als ob wir über den Zuckerguß einer Torte gingen.« – »Antreten, antreten!« rief Egloff, und die Paare stellten sich auf, das Mondlicht gab den Bewegungen der Tanzenden etwas seltsam Huschendes und Schattenhaftes, die Gestalten der Mädchen wurden wunderlich schlank, wenn sie über den weißen flimmernden Boden hinglitten und dabei kleine Schreie ausstießen wie in einem kalten Bade und als sei das Mondlicht eine Welle, die über sie hinrieselte. »Chaîne, s'il vous plaît«, kommandierte Egloff sehr laut, und aus den Tannen, die ernst um den Platz umherstanden, wiederholte ein Echo ein geisterhaftes »s'il vous plaît«. – »Grand galop«, kommandierte Egloff. Die beiden Paare drehten sich, entrüstet begann ein Rehbock am Waldrande zu schmälen, da hielten sie an, standen beieinander ganz atemlos und lachten einander an.

»Das war schön«, sagte Gertrud und lehnte sich schwankend an Dachhausens Arm, »was ist ein Ballsaal dagegen.« – »Das wissen die Hasen schon längst«, erwiderte Dachhausen munter. »Aber jetzt müssen die Damen schnell wieder in die Pelzdecken.« Man ging zu den Schlitten zurück. Die Baronin Lydia saß dort in ihrem Schlitten ganz in ihr weißes Pelzwerk verkrochen.»Ach, Liddy, es war herrlich«, sagte Gertrud, »endlich mal wieder etwas, das zu erleben verlohnt. Aber was hast du? Du weinst ja.« Liddy weinte, weinte, daß ihr ganzer Körper geschüttelt wurde. Nun kam Dachhausen und schalt und tröstete: »Ich sage es immer, du verträgst die großen Natureindrücke nicht, sie erschüttern dich zu sehr. Machen wir, daß wir heimkommen.«

»Sie ist eifersüchtig auf mich«, flüsterte Gertrud Fastrade zu. Egloff, die Hände in den Taschen seines Pelzes, stand ruhig da und lächelte. Als man sich nun trennen mußte, wurde auch Gertrud gefühlvoll. Sie umarmte Fastrade. »Wie enge wird es jetzt zu Hause sein«, flüsterte sie, »es wird dort nach Zwieback riechen, und der Papa wird unangenehme Bemerkungen machen.« – »Du kannst doch singen«, wandte Fastrade ein. »Ach, der Vater hört das nicht gern«, erwiderte Gertrud, »gleichviel, es war schön. Egloff ist dämonisch und Dachhausen, glaube ich, unglücklich in seiner Ehe.«

So fuhr man denn ab auf der blanken Landstraße, der Mondschein machte das Land unendlich weit, und in der schnellen Bewegung schien das Licht an den Fahrenden vorüberzusausen wie etwas Flüssiges und Eiliges. Auf der Ebene am Kreuzwege trennten sie sich: »Gute Nacht, Heil«, klang es von Schlitten zu Schlitten, und ein jeder schlug seinen Weg ein. Aus der Ferne leuchteten die Lichter der Gutshäuser, rötliche Pünktchen inmitten des weißen Mondscheins.

Als Fastrade vor der Padurenschen Treppe hielt, sah sie an den Fenstern des Eßsaals eine dunkle Gestalt erregt auf- und abgehen. Sie wurde also erwartet, dachte sich Fastrade, und wirklich kam ihr die Baronesse klagend entgegen: »So spät, Kind, Ruhke ist schon längst zu Hause, dein Vater fragt nach dir.« Aber Fastrade nahm die alte Dame in ihre Arme und wiegte den zerbrechlichen Körper vorsichtig hin und her und sagte: »Es war sehr schön. Wir haben Tee getrunken, haben auf der Wiese getanzt, sind gefahren. Sag, Tantchen, hast du nie im Leben gesungen? Ist es dir nie passiert, daß du dich hier mitten im Saale hinstelltest und aus Leibeskräften losangst, daß die Wände zitterten?«

»Kind, Kind«, versetzte die alte Dame, »was sprichst du da für Sachen.«

»Schade«, meinte Fastrade, »das würde dich glücklich machen.«

Aber da wurde die Baronesse wieder elegisch und ernst: »Ich brauche keinen Gesang, und ich brauche kein Glück mehr. Ich sitze still bei den Meinigen und warte, bis ich abberufen werde. Und dann, Kind, warum sprichst du so laut?«

Fastrade ließ die Arme sinken, ach ja, sie hatte einen Augenblick vergessen, daß man hier gedämpft wie in einer Krankenstube zu sprechen pflegte und daß es hier im Hause die Aufgabe eines jeden war stillzusitzen, bis man abberufen wurde. So wollte sie denn zu ihrem Vater hinübergehen. Unterwegs blieb sie noch vor einem Fenster stehen und schaute auf die Mondnacht hinaus wie auf etwas Befreundetes und Verbündetes.

Als Gertrud vor der Witzowschen Haustüre hielt, war ihr Lebensmut wieder gänzlich gesunken, und als sie im Hausflur stand und der wohlbekannte feuchte Kalkgeruch ihr entgegenschlug, da fühlte sie sich nur noch als das junge Mädchen, dessen Lebenspläne gescheitert waren und das sich vor ihrem Vater fürchtete. Sylvia kam ihr besorgt entgegen und berichtete flüsternd, der Vater sei recht ungehalten. Gertrud zuckte die Achseln, sie war entschlossen, sich nichts daraus zu machen. Als sie in das Wohnzimmer trat, sagte sie daher möglichst unbefangen: »Guten Abend.« Baron Port saß an der Lampe und las die Zeitung, die Baronin saß neben ihm und strickte. Karo, der Hühnerhund, der zu Füßen seines Herrn schlief, erhob ein wenig seinen Kopf, der Duft von Schnee und Wald, den Gertrud in ihren Kleidern mitbrachte, regte ihn auf. »Guten Abend«, sagte der Baron und legte die Zeitung fort; er wartete, bis seine Tochter sich gesetzt hatte, dann sah er sie über die Brille hinweg an und begann zu sprechen.

Offenbar hatte er sich zurechtgelegt, was er sagen wollte, denn er sprach geläufig und übertrieben ermahnend. »Ich möchte wissen, wer diese neue Art der Geselligkeit hier bei uns importiert hat. Hat die Fastrade sie aus dem Krankenhause mitgebracht oder du aus der Singschule, oder hat der Dietz Egloff sie von seinen Portugiesen und Polacken gelernt? Für Krankenschwestern, Sängerinnen und Portugiesen sind sie vielleicht passend, für unsere Fräuleins passen sie mir nicht. Das wollte ich gesagt haben. Und dann, du bist ja kränklich, du sollst auskuriert werden, wenn es sich um die Gesundheit meiner Angehörigen handelt, spare ich nicht; aber ich verlange, daß nicht unvernünftig auf die Gesundheit losgewirtschaftet wird. Das wollte ich gesagt haben.« Er griff wieder nach seiner Zeitung. Gertrud saß schweigend da; sie hätte gern geweint, sie hätte sich auch verteidigen können, statt dessen machte sie nur ein hochmütiges Gesicht, starrte in die Lampe, als hörte sie nicht zu, sondern dächte an ganz andere Dinge. Im Zimmer war es jetzt still, heiß und beklommen; sie hielt es nicht länger aus, sie erhob sich und ging in die dunkele Zimmerflucht hinüber. Dort schritt sie langsam auf und ab, sie fühlte sich gekränkt und gedemütigt. Also kränklich sein, das war jetzt ihr Beruf, sonst nichts. Wenn sie ging, ließ sie die Arme schlaff niederhängen, bewegte den ganzen Körper lässig hin und her, sie ging so, wie sie es zuweilen drüben in Dresden gesehen hatte an einer kleinen Sängerin, die das Leben rücksichtslos zu genießen verstand. Wenn sie nach durchjubelter Nacht am Morgen in ihren himmelblauen Morgenrock gehüllt in das Wohnzimmer kam, dann hatte sie diese sorglos müden Bewegungen gehabt, die Gertrud stets wie die beredteste Gebärde der Verachtung aller Philistermoral erschienen waren. Allein jetzt so zu gehen brachte Gertrud keine Erleichterung. Wenn sie singen könnte. Aber das durfte sie ja nicht. Das einzige, was ihr jetzt helfen konnte, war ihr verboten. Und doch, das Bedürfnis zu singen war zu stark, sie ging in den Flur hinaus und stieg dort eine Treppe zum unteren Geschoß des Hauses hinab. Hier befand sich der Raum, in dem die Mägde zu spinnen pflegten; von weitem hörte sie schon das Schnurren der Spinnräder und den schläfrig eintönigen Gesang der Mägde. Entschlossen öffnete Gertrud die Türe. Der Raum war von einer trüben Petroleumlampe erhellt; es roch nach Wolle und den feuchten Holzscheiten, die im Ofen prasselten. In langer Reihe saßen die Mägde da, breite Gestalten in schweren Wollenkleidern; sie drehten an ihren Rädern und sangen beruhigt und schläfrig vor sich hin. Als Gertrud eintrat, blieben die Räder stehen, und die Köpfe hoben sich. »Wartet«, sagte Gertrud ein wenig atemlos und befangen, »ich singe euch etwas vor.« Und sie begann gleich, etwas ganz Süßes mußte es sein.

»Auf Flügeln des Gesanges,
Herzliebchen, trag ich dich fort.«

Sie rang wieder die Hände ineinander, hob sich auf die Fußzehen, sang sich alles Witzowsche von der Seele, berauschte sich an diesem Liebesgirren.

»Dort wollen wir niedersinken,
Dort unter dem Palmenbaum,
Und Liebe und Wonne trinken
Und träumen manch seligen Traum.«

Die Mägde hörten zu, ihre Lippen verzogen sich zu einem starren Lächeln, die Augen, die anfangs neugierig auf Gertrud gerichtet waren, wurden klar und regungslos, und auf den großen Gesichtern lag es wie süße Schläfrigkeit. Jetzt war Gertrud zu Ende; ein wenig erstaunt schaute sie sich um, als erwachte sie aus einem Traum, dann lachte sie verlegen. Die Mägde lachten auch, und die dicke Liese als die Älteste nahm das Wort und sagte: »Das kann unser Fräulein schön herausschreien.« – »So, ja«, meinte Gertrud, »jetzt gute Nacht«, und sie verließ schnell das Zimmer. Das hatte ihr wohlgetan, nun würde sie schlafen können; sie wollte ein Schlafpulver nehmen und weiter träumen von schönen, süßen Dingen.

Dachhausen hatte versucht, auf der Heimfahrt beruhigend und heiter zu seiner Frau zu sprechen. Was war denn geschehn? Nichts, nicht wahr? Sie war in letzter Zeit ein wenig nervös, da mochte so eine Mondscheinpartie für sie zu anstrengend sein. Sie würden nächstens bei Tage fahren, das war alles. Lydia aber sagte kein Wort; erst zu Hause, als sie im Wohnzimmer vor dem Spiegel stand und ihr erhitztes Gesicht und ihre verweinten Augen betrachtete, da begann sie zu sprechen mit einer Stimme so böse und klagend, als hätten sie die ganze Zeit über schon miteinander gestritten. Natürlich, er fand in alledem nichts, für ihn war nie etwas geschehen, er tanzt auf der Wiese Quadrille, und sie muß im Schlitten hokken. »Aber du konntest doch nicht, Kind«, wandte Dachhausen hilflos ein; aber Lydia lachte höhnisch, oh, sie wußte wohl, sie war immer die Ausgeschlossene, ihr gab man zu verstehen, daß sie nicht dazu gehörte. Warum fuhr er nicht allein in den Wald, wenn er mit Gertrud tanzen wollte. Ihretwegen konnte er den ganzen Tag mit Gertrud tanzen, o Gott, wie ihr das gleichgültig war, aber es war seine Pflicht, ihr Demütigungen zu ersparen. Dachhausen war verzweifelt. »Demütigungen«, rief er, »ich möchte den sehen, der dich zu demütigen wagt!« Allein es machte auf Lydia keinen Eindruck. »So«, fuhr sie fort, »und hörtest du nicht, was Egloff vom Monde und der Karriere sagte?« Nein, Dachhausen erinnerte sich nicht, und was es auch gewesen war, es hatte gewiß nichts mit Lydia zu tun. Lydia zuckte die Achseln: »Natürlich, du verstehst nichts, du siehst nichts, du hörst nichts«, und als er besänftigend ihre Hand fassen wollte, wandte sie ihm den Rükken, sagte, sie wolle allein sein, und ging in ihr Zimmer.

Ratlos blieb Dachhausen im Wohnzimmer zurück; er verstand Lydia immer weniger, sie war in letzter Zeit so gereizt, seine Ehe wurde so kompliziert, daß er sich in ihr nicht mehr zurechtfand. Hatte sie etwas gegen ihn? Aber das war ja nicht möglich, niemand hatte etwas gegen ihn und nun noch seine Frau. Aber da war nichts zu machen: Zu ihr zu gehen wagte er nicht, so ging er in sein Arbeitszimmer, streckte sich auf dem Sofa aus und zündete sich seufzend eine Zigarre an.

Unterdessen jagte Egloff auf der mondbeschienenen Landstraße weiter. »Weiterfahren«, hatte er dem Kutscher befohlen. »Zur Stadt?« fragte dieser. »Ach was, Stadt«, sagte Egloff ärgerlich, nahm dem Kutscher die Leinen fort und fuhr selbst. Er bedurfte des weiten Raumes, dieses Lichtes, dieser Bewegung, zu Hause erwarteten ihn doch nur Geldsorgen und widerwärtige Gedanken. Hier brauchte er nicht zu denken und konnte das wärmende, angenehme Gefühl erhalten, das ihm in sich neu und wertvoll war. Also vorwärts, hinein in den Lichtnebel, vorüber an kleinen Katen, die still unter ihren Schneehauben schliefen, die leere Dorfstraße entlang, auf der nur hie und da ein schläfriger Hund anschlug. Vor einem Kruge hielt er an, um das Pferd einen Augenblick verschnaufen zu lassen. Und in der niedrigen Krugstube qualmte eine Lampe über dem Schenktisch; die schwarze Lene, die Krügerstochter, hatte die nackten Arme auf den Tisch und den Kopf auf die Arme gestützt und schlief ganz fest. Auf einer Bank saß ein Bauer im Pelz, die Peitsche in der Hand, vor seinem Schnapsglase und schlief auch. Am Ofen aber kauerten nahe beieinander zwei Juden mit roten Bärten und flüsterten. »Lene«, sagte Egloff und berührte den Arm des Mädchens. Lene fuhr auf, das Gesicht ganz rot vom Schlaf unter dem wirren, schwarzen Haar. »Der Herr Baron«, stammelte sie und lächelte schlaftrunken. »Auf, auf! Schwarze«, rief Egloff, »gib mir einen Gilka und bringe meinem Kutscher einen hinaus.« Während das Mädchen die Gläser vollschenkte, sah Egloff sich in der Stube um und verzog sein Gesicht, als ekele ihn. Daß man überhaupt noch in diesen sogenannten Stuben, in diesen Menschenlöchern wohnen kann, ging es ihm durch den Sinn. Er fühlte sich in diesem Augenblick ganz als zugehörig zu der weiten, mondbeschienenen Ebene. Vor den Juden blieb er stehen und sagte: »Juden, warum schlaft ihr nicht? Läßt euch das Geld nicht schlafen? Zwackt euch das Geld so, daß ihr nicht schlafen könnt?« Die Juden sahen zu Egloff auf mit schnellen, wachsamen Blicken wie sichernde Tiere, dann lächelten sie demütig, und der eine sagte: »Uns lassen unsere Sorgen nicht schlafen, den Herrn Baron läßt nicht schlafen das wilde Blut, so hat jeder, was ihn zwackt.« – »Ach, was wißt ihr vom Blut«, meinte Egloff, »ihr habt ja keins.« Er wandte sich ab, trank seinen Gilka und ging hinaus. Vor der Tür stand Lene, die Arme in die Schürze gewickelt, und starrte zum Monde auf. »Hell, hell«, sagte sie. »Ja, Lene«, meinte Egloff, »das ist eine Nacht, ein anderes Mal nehme ich dich mit«, und er stieg in seinen Schlitten und jagte weiter. Er lenkte in eine lange Birkenallee ein, die nach Barnewitz führte. Da lag auch das Schloß weiß und schweigend, der Mondschein glitzerte in den Fensterscheiben. Wie? Dort in dem Arbeitszimmer war noch Licht. Sollte der gute Fritz noch arbeiten, dachte Egloff, das wäre neu. Aber dort auf dem anderen Flügel in Lydias Schlafzimmer war auch noch Licht, also ein Ehestreit. Und als er am Gartengitter mit seinem Schellengeläute vorüberjagte, öffnete sich dort im Flügel ein Fenster, eine weiße Gestalt beugte sich vor und horchte in die Nacht hinein. »Sie kennt meine Schellen«, sagte sich Egloff befriedigt. »Wie sie heute im Walde weinte, die Kleine. Ach was, Puppenschmerzen.« Er bog wieder in die Landstraße ein auf Witzow zu. Dort schlief schon alles, an dem langen Hause mit seinem plumpen Erker, der es wie eine riesige Stumpfnase überragte, waren alle Fenster wohlverschlossen, nichts regte sich, nur der struppige Hofhund stand vor der Haustüre und bellte klagend den Mond an. Da drin liegt nun, dachte Egloff, die arme Gertrud und träumt von irgendeiner großen Liebe. Was in diesen stillen Häusern die Mädchenträume wild sein müssen! »Allons, vorwärts«, trieb er seinen Braunen an, und nun ging es wieder durch eine lange Birkenallee auf Paduren zu. Dunkel stand das Schloß zwischen den weißen Bäumen, nur an einem Fenster stahl sich ein schwacher Lichtschein durch die Vorhänge: Das mußte die Nachtlampe des alten Barons sein. Ein Haus der Zuendegehenden, fiel es Egloff ein, eine große, finstere Krankenstube, und mitten drin Fastrade mit ihrem jungen Schlaf. »Ich werde mir schon meinen Tag machen«, klangen ihre Worte ihm nach. Hm, ja, das mochte ja ein recht heller Tag werden, an dem konnte sich vielleicht auch ein anderer, der gerade friert, wärmen. Ach was – wie die Karten fallen, so ist das Spiel.

Jetzt fror ihn, und er war müde. Der Braune dampfte schon; so war es denn an der Zeit, nach Hause zu fahren.

Achtes Kapitel

Es war viel Schnee gefallen, im Padurenschen Hof und Park mußte der Schneeschlitten Wege einfahren, den ganzen Tag über hingen hellgraue Wolken am Himmel, und durch die windstille Luft fielen die Schneeflocken ruhig und stetig nieder. Aber gegen Abend erhob sich stets ein Nordostwind, der die Wolken für eine Weile fortfegte, als wollte er Platz schaffen für den Sonnenuntergang, der mit viel Purpur und Gold am Himmel aufflammte. Dieser Augenblick erschien Fastrade als das einzige Ereignis der kurzen Tage, die sonst grau und formlos wie die Schneewolken waren. Sie eilte dann in den Park hinunter und ging die schmalen Wege zwischen den Schneewällen auf und ab. Hier konnte sie sich wieder auf etwas freuen, von dem sie nicht wußte, was es war, hier konnte sie etwas erwarten, das sie nicht kannte, hier fühlte sie ihren Körper und ihr Blut wie eine Wohltat. Woran sollte sie denken? Gleichviel, nur recht weit fort denken von der stillen Zimmerflucht da drinnen im Hause, und so dachte sie denn an Egloff. Wie ruhelos er war! Der Kutscher Mahling hatte erzählt, der Sirowsche Herr fahre die Nächte hindurch hier in der Gegend herum. Ob er leidet? Ob seine Geheimnisse ihn quälen? Sie waren alle gegen ihn, aber ihm schien das gleichgültig zu sein. Wenn man zu zweien auf der einen Seite steht und die anderen stehen alle auf der anderen Seite, das kann sogar lustig sein. Eine kluge Frauenhand könnte in diesem armen, zerfahrenen Leben vielleicht Ordnung schaffen, jedenfalls war er mit seiner Unruhe, seinen Geheimnissen, seinen Sorgen und seiner Heiterkeit das Leben, und was waren die anderen hier?

Vom Walde herüber erklang plötzlich ein Jagdhorn, schmetterte keck und triumphierend in den Winterabend hinein. Fastrade blieb am Gartengitter stehen und horchte. Das war Egloff, der für heute die Jagd schloß und diesen hellen Ruf des Lebens zu ihr herübersandte. Fastrade stand am Gitter, bis das Jagdhorn verstummte und bis das Abendrot verblaßt war, dann ging sie wieder in das Haus, um im Zimmer ihres Vaters Ruhkes Bericht anzuhören, die Memoiren des Herzogs von Saint-Simon zu lesen oder mit der Baronesse am Kamin zu sitzen.

In diesen Wintertagen pflegte die Baronesse Arabella einen besonders lebhaften Umgang mit ihren Erinnerungen. Sobald sie und Fastrade beisammen am Kamin saßen, begann sie zu erzählen mit leise klagender Stimme, erzählte von ihrer Jugend, von längst vergangenen Padurenschen Sommern, von längst gestorbenen Menschen, und Fastrade hörte dem zu, sah diese Menschen und diese Sommer, wie wir alte Bilder sehen, über deren Farben sich ein leichter Staubschleier legt. Ein unendliches Gefühl der Vergänglichkeit, des Vorüber klang aus dieser Erzählung und machte Fastrade traurig. Zuweilen sprach die Baronesse auch von dem kommenden Feste, sprach von Gebäcken und Geschenken mit derselben klagenden Stimme, wie sie von ihrer Jugend sprach. Feste, dachte Fastrade, können wir hier auch Feste feiern?

Aber das Fest kam, ein Tannenbaum mit Lichtern stand auf dem Tisch, der Baron ließ sich seinen schwarzen Rock anziehen und saß im Saal erwartungsvoll auf seinem Sessel. Knechte und Mägde sangen mit ihren schweren, lauten Stimmen langsam und feierlich einen Choral. Und als sie fort waren, saß man beisammen und sah zu, wie die Lichter am Baume niederbrannten. Die Baronesse weinte still, der Baron hatte die Hände gefaltet und starrte vor sich hin. Fastrade ging zu ihm und kniete an seinem Stuhle nieder. Sie wußte nicht, was in dem schweigenden, alten Manne vorging, aber wenn ein Leiden ihn quälte, wollte sie nahe bei ihm knien, als könne sie ihm beistehen.

Als alles vorüber war und Fastrade in ihrem Zimmer stand, fühlte sie sich so wund und hilflos vor Mitleid und Wehmut, daß sie sich sagte: »Wenn ich jetzt zu Bette gehe, bleibt mir nichts übrig, als den Kopf in die Kissen zu drücken und zu weinen. Das will ich nicht. Dagegen aber gibt es nur ein Mittel, die Winternacht.« Sie nahm ihre Pelzjacke und ihre Otterfellmütze und ging leise in den Park hinaus. Hier hingen die weißen Baumwipfel voll großer, sehr heller Sterne, hier war es wunderbar geheimnisvoll, hier in der klaren Luft, über der knisternden Schneedecke lag es wie ein festliches Erwarten, man stand still und geschmückt da, und die Freuden konnten kommen. Es machte Fastrade auch wieder getrost, ihre Schmerzen und ihre Wehmut waren doch nur kleine, abseits liegende dunkele Winkel, das eigentliche Leben war dieses große Flimmern, diese Weite, dieses geheimnisvolle Versprechen und Erwarten. Sie blieb am Gartengitter stehen und schaute auf das Land, auf die weiße Fläche, die im unsicheren Sternenschein zu einem hellen Nebel zerrann, in den hie und da die Lichtpünktchen ferner Häuser gestreut waren.

Auf der Landstraße, die am Parkgitter vorüberführte, kam Schellengeklingel heran, ein Pferd erschien und ein Schlitten groß und schwarz im unsicheren, weißen Lichte. Jemand sprang aus dem Schlitten und kam auf das Gitter zu. »Ich dachte es mir gleich, daß Sie es sind, die hier steht«, sagte Egloff und lachte. »Ja, ich bin noch ein wenig herausgekommen«, erwiderte Fastrade. »Das will ich glauben«, meinte Egloff. »Ich bin auch fortgefahren, um dem Sirowschen Weihnachten zu entgehen.«

»Sie fahren öfters in der Nacht herum, höre ich«, fragte Fastrade. Sie wunderte sich nicht über diese Unterhaltung am Gartengitter, sie erschien ihr selbstverständlich, als stünden sie beide in dem Sirowschen Wohnzimmer, nur daß es hier im Sternenschein unterhaltender und kameradschaftlicher war.

»So? Haben Sie das gehört?« fragte Egloff. »Ja, ich habe mir die Ebene hier als eine Art Schlafsaal eingerichtet. Das ist sehr zuträglich. Überhaupt bin ich der Meinung, daß unsere Entwickelung einen verkehrten Weg eingeschlagen hat. Wir sind eigentlich Nachttiere wie all das andere Raubzeug. Am Tag schläft man im Bau, und wenn es dann draußen still und dunkel wird, dann kriecht man heraus, treibt sich herum, schleicht um die schlafenden Wohnungen und Hühnerställe und lebt dann so sein eigentliches Leben.«

»Meinen Sie?« sagte Fastrade. »Ja, das muß zuweilen hübsch sein.«

»Sie sollten auf solch einer Fahrt mitkommen«, schlug Egloff vor.

Fastrade lachte: »Das wäre doch wohl gegen unsere Gesetze hier.«

»Glauben Sie an diese Gesetze?« fragte Egloff.

Fastrade zuckte die Achseln: »Ich glaube nicht an sie, aber ich gehorche ihnen.«

»Da haben Sie unrecht«, meinte Egloff, »Sie können sich nicht denken, wie befreundet man sich fühlt, wenn man so zu zweien über die Straßen jagt.«

»Doch, ich kann es mir denken«, versetzte Fastrade nachdenklich. Sie hatte ihren Handschuh abgestreift und kühlte ihre Hand in dem Schneestreifen, der sich an das Gitter angesetzt hatte: »Also für diese Freundschaft bin ich zu feige.«

»Feige sind Sie nicht«, versicherte Egloff mit Überzeugung. »Sie haben nur noch den Aberglauben an diese kleinen, triefäugigen Gesetzesaugen, die von den Schlössern in die Nacht hineinsehen. Das da drüben ist Barnewitz. Wie lächerlich doch solch ein Licht neben den Sternen aussieht. Na, gleichviel, wenn die Freundschaft so nicht zustande kommt, muß es anders gemacht werden. Mein Brauner wird höllisch unruhig, gute Nacht.«

Sie reichten sich durch das Gitter hindurch die Hand, Egloff ging zu seinem Schlitten, und Fastrade lief den Weg dem Hause zu. Sie glaubte, sie würde jetzt schlafen können, ohne weinen zu müssen.

An einem der Feiertage kam Gertrud Port nach Paduren, um Fastrade zu besuchen. Sie war wieder sehr schlank und schmächtig in ihrem Kleide von zeitlosem Schnitt, das Gesichtchen, über und über weiß von Puder, schien kleiner geworden, die Augen waren unnatürlich groß. Sie klagte über ihre Gesundheit – »das Leben vergeht in Müdigkeit und Melancholie«, meinte sie. Als die beiden Mädchen jedoch in Fastrades Zimmer am Kamin saßen, begann Gertrud von Dresden zu sprechen, und das belebte sie. »Du weißt«, sagte sie, »zu Hause darf ich davon nicht sprechen, und wenn ich Sylvia einmal etwas erzähle, dann sehe ich es ihren Augen an, zuerst, daß es ihr nicht gefällt, und dann, daß sie nicht mehr zuhört.« So erzählte sie denn von der schönen Zeit, da sie tun konnte, was ihr beliebte, ohne saure Bemerkungen hören zu müssen, da jeder Tag ein neues Erlebnis, eine neue Emotion brachte. Sie erzählte, wie man abends mit den Freundinnen und Freunden im Café gesessen und Zigaretten geraucht hatte. »Siehst du, nicht nur das Leben und die Menschen waren interessant, nein, man war selbst interessant. Ein junger Künstler sagte mir: ›Ich freue mich jeden Morgen, wenn ich aufstehe, darauf, an diesem Tage wieder Ihre Augen zu sehen, wie man sich darauf freut, in einem schönen Buche weiterzulesen.‹ Bei uns zu Hause denkt doch nie jemand daran, daß ich Augen habe, zu Hause bin ich eine langweilige Fremde.« Von ihren Erinnerungen überwältigt schwieg sie jetzt und starrte verträumt in das Kaminfeuer hinein. – Im unteren Geschoß des Hauses, in den Gesindestuben, wurde getanzt, gedämpft konnte man die schnarrenden Töne einer Violine hören, auf der eintönig und unermüdlich einige Walzertakte gespielt wurden. »Du erzählst aber nicht von dir«, fuhr Gertrud auf, »du hast wohl auch nichts erlebt? Hast du Egloff gesehen? Er soll verreist gewesen sein, erzählte Dachhausen, er soll gespielt haben und viel verloren, auch ein Duell soll er gehabt haben. Ein wilder Mensch. Fräulein von Dussa erzählte, er sei so ruhelos und fahre die Nächte hier in der Gegend herum. Der Papa sagte später: ›Das ist wohl sein schlechtes Gewissen, das ihn nicht schlafen läßt.‹ Der Papa urteilt überhaupt sehr streng über ihn.«

»Ach ja«, erwiderte Fastrade scharf, »sie urteilen alle sehr streng über ihn, aber ich finde, jeder Mensch müßte wenigstens einen Menschen haben, der ihn verteidigt, der ihn verteidigt, auch wenn er meinetwegen unrecht hat. Wenn alle über einen herfallen, das ist häßlich.«

»Gewiß, er ist mir auch sympathisch«, versetzte Gertrud, und ihre Stimme nahm einen seltsam lyrischen Klang an, »und überhaupt, wenn wir nicht lieben, was bleibt uns dann in diesem Leben?«

»Lieben?« fragte Fastrade erstaunt. »Wer liebt? Liebst du denn?« Aber Gertrud fuhr zu sprechen fort, als hätte sie Fastradens Frage nicht gehört: »Und wäre es auch nur eine unglückliche Liebe.«

»Ja liebst du denn unglücklich?« fragte Fastrade wieder.

Gertrud antwortete nicht, sie schaute ins Feuer und lächelte still vor sich hin. Sie mochte es nicht sagen, daß sie sich in den letzten Tagen dazu entschlossen hatte, Dachhausen unglücklich zu lieben. Aus dem unteren Geschosse drang wieder deutlich der schnarrende, freudlose Walzer der Violine herauf. Die beiden Mädchen schwiegen eine Weile, da erhob sich Gertrud plötzlich und begann sich auf dem Teppich vor dem Kamine nach dem Takte der Violine zu drehen, ernst und eifrig, und ihr Schatten, lang und schmal, fuhr unruhig an den Wänden entlang. Mein Gott, dachte Fastrade, man lebt doch hier, als ob man gleich erwachen müßte, um dann erst mit der Wirklichkeit zu beginnen.

Gertrud war erschöpft, sie warf sich auf das Sofa und atmete schnell. »So«, sagte sie, »das hat mir gut getan, jetzt will ich nach Hause fahren.«

Neuntes Kapitel

Der Winter neigte sich seinem Ende zu. Fastrade hatte über die schon feucht gewordenen Wege ihren Abendspaziergang gemacht und kam nach Hause, wo der gewöhnliche Padurensche Abend sie erwartete. Couchon saß bei ihren Karten, und es roch dort nach den Bratäpfeln, die sie stets im Ofenrohr hielt. Im Saal waren die Lampen noch nicht angezündet. Fastrade wollte, wie sie es jeden Abend tat, in das Zimmer ihres Vaters gehen, aber sie wurde unterwegs von der Baronesse Arabella aufgehalten, die im Dunkeln nach Fastradens Händen griff und flüsterte: »Der Egloff ist hier gewesen.« – »Oh, wirklich«, sagte Fastrade. Das klang gleichgültig, aber sie wußte sofort, daß sich etwas ereignet hatte, das diesen gewöhnlichen Padurenschen Abend für sie mit einem Schlage zu etwas sehr Bedeutsamem und Einzigem machte. »Und denke dir«, fuhr die Baronesse fort, »er hat bei deinem Vater um deine Hand angehalten.«

»Der tolle Mensch«, entfuhr es Fastrade.

»Nicht wahr?« meinte die Baronesse. »Dein Vater hat auch, glaube ich, sehr ernst mit ihm gesprochen, er hat ihm auch wohl gesagt, daß er diese Verbindung nicht wünschen kann. Im übrigen hat er alles von deiner Entscheidung abhängig gemacht. Du weißt, er entscheidet jetzt so ungern etwas allein. Aber ich freue mich, liebes Kind, daß du auch so denkst.«

»Wie denke ich?« sagte Fastrade schnell. »Ich weiß gar nicht, wie ich denke.«

»Aber, liebes Kind«, wandte die Baronesse ein, »ein so leichtsinniger, junger Mensch.«

»Nein, nein, nein, ich weiß nicht, wie ich denke«, wiederholte Fastrade; sie machte sich von der alten Dame los und setzte schnell ihren Weg zum Zimmer ihres Vaters fort.

Als Fastrade eintrat, richtete der Baron sich aus seiner gebückten Haltung stramm auf: »Komm, setze dich, meine Tochter«, sagte er feierlich. »Also der Dietz Egloff hat um deine Hand angehalten, du bist alt genug, um zu entscheiden.« Er hielt inne und machte ein unzufriedenes Gesicht. Er war enttäuscht, daß das, was er sagte, so mühsam und dürftig herauskam. »Nun ja«, fuhr er dann fort und gab seiner Stimme einen ernsteren, volleren Klang, »ich habe ihm gesagt, daß ich nicht in der Lage bin, ihn für den geeigneten Gatten meiner Tochter zu halten. Ich habe ihm gesagt, daß ich ihn sozusagen mißbillige, aber ich würde dich fragen, und du wirst entscheiden.« Er schwieg dann und hustete, denn die Rede hatte ihn ermüdet.

»Was sagte er?« fragte Fastrade, und die Andeutung eines Lächelns zuckte um ihre Lippen. »Er sagte nicht viel«, erwiderte der Baron, »er sagte, er sehe deiner Entscheidung entgegen, dann stand er auf und ging fort. Nun, ich denke, die Entscheidung kann dir nicht schwer fallen.« Eine Pause entstand. Fastrade hatte den Kopf auf die Lehne des Sessels zurückgebogen und schaute sinnend zur Decke auf, die Lippen noch immer wie bereit zu einem Lächeln. »Nun?« fragte der Baron endlich.

»Ich denke«, sprach Fastrade endlich zur Decke hinauf, »ich denke, ich schreibe ihm, daß er kommen kann.«

Der Baron antwortete eine Weile nicht, er hustete, räusperte sich, endlich begann er zu sprechen, unsicher und mit Anstrengung: »Das heißt also so viel, daß du ihn nimmst, ganz ohne zu überlegen, einen Menschen, von dem du weißt, daß ich ihn mißbillige, einen leichtsinnigen Menschen, einen Spieler. Aber so warst du immer, auf meinen Rat hörtest du ja nie, du mußtest deinen Willen haben. Aber Kind, Kind«, die Stimme hob sich und wurde pathetisch, »zu spät einzusehen, daß ich recht habe, das bringt Kummer über alle. Du wirst sehen –« Aber er hatte sich überschätzt, die Stimme brach plötzlich ab, er lehnte sich in seinen Sessel zurück und schloß die Augen. »Tue, was du willst«, murmelte er kleinlaut und mutlos, »du willst ja nicht gehorchen.«

Fastrade beugte sich besorgt vor, legte ihre Hand auf die Hand ihres Vaters: »Doch, Papa«, sagte sie, »ich will gehorchen, aber wenn ich entscheiden soll, entscheide ich so.«

Der Baron verzog ärgerlich sein Gesicht: »Gut, gut, tue, was du willst, geh jetzt, ich bin müde.« Fastrade stand auf und ging. Drüben in ihrem Zimmer begegnete sie dem kleinen Stubenmädchen Trine. »Trine«, sagte sie, »liebst du noch deinen Hans, deinen Stallburschen?« Das Mädchen beugte verschämt den Kopf und lachte über das ganze Gesicht: »Ach was, der«, murmelte es. »Ja, liebe ihn nur«, fuhr Fastrade fort, »er betrinkt sich zuweilen, nicht?«

»Ja, mit dem Trinken«, erwiderte Trine, aber Fastrade unterbrach sie: »Das schadet nichts, liebe ihn nur, die armen Männer, sie stehen so im Leben, sie wissen nicht, wie sie in all diese Sachen hineinkommen, wir können ihnen vielleicht helfen.« Trine hob ihr errötendes Gesicht zu Fastrade auf und sagte treuherzig: »Ach, Fräulein, der Hans hat auch einen ganz freundlichen Rausch.« – »So, so«, meinte Fastrade, »um so besser.«

An Egloff schrieb Fastrade: »Sie dürfen kommen. Fastrade.«

Am Nachmittage des nächsten Tages wurde Egloff erwartet. Die Baronesse Arabella hatte ihr schwarzes Seidenkleid angezogen und ihre Scheitel frisch gebauscht. Mit kummervoller Geschäftigkeit ging sie durch die Zimmer und ordnete. Sinnend blieb sie vor Fastrade stehen: »Ich denke, wir machen das so«, sagte sie, »ich lasse die Lampen im Saale früher anzünden, du empfängst ihn hier, ihr sagt euch das Nötige, ich bin bei deinem Vater, dann kommt ihr zu uns herein. Lange dürft ihr nicht bleiben, es regt deinen Vater auf und könnte ihm schaden. Ich gebe euch das Zeichen, wann ihr gehen sollt. Gut, ihr geht dann in dein Schreibzimmer, und dort nimmt die Verlobung ihren weiteren Verlauf, bis Christoph zum Abendessen ruft. Dein Vater gibt eine Flasche Château Pape Clément und eine Flasche Roederer. Wir haben einen Fisch, Hühner und eine Charlotte, ich denke, so wird es gehen.«

»Also ein Fest«, sagte Fastrade spöttisch. Die alte Dame zuckte mit den spitzen Schultern: »Dein Vater meint, wie er auch über die Sache denken mag, es soll doch alles geschehen, was bei solchen Gelegenheiten zu geschehen pflegt.« Aber Fastrade schien das alles nicht zu gefallen, und es klang gereizt, als sie sagte: »Es ist gewiß sehr freundlich von Papa, daß er seinen geliebten Pape Clément opfert, aber ich finde, eine Verlobung ist ohnehin kein angenehmer Augenblick, und wenn nun noch eine Zeremonie daraus gemacht wird –«

»Das ist nicht zu ändern«, meinte die Baronesse und wandte sich wieder ihren Beschäftigungen zu, »jedes Ding hat seine Form.«

Es begann schon zu dämmern, als Egloff ankam. Fastrade stand mitten im Saal in ihrem schwarzen Spitzenkleide, eine blasse Monatsrose im Gürtel. Sie machte ein etwas böses Gesicht, wie stets, wenn sie befangen war. Als Egloff eintrat, lächelte er sein spöttisches Lächeln, aber Fastrade sah sofort, daß auch er befangen war, und das gab ihr Mut. Er trat auf sie zu, nahm ihre Hand, küßte sie und behielt sie dann in der seinen. Fastrade bemerkte, daß diese Hand sehr kalt und sehr vorsichtig war, als fürchtete sie, ihr wehe zu tun. »Ich danke Ihnen«, sagte Egloff, »ich hatte nicht geglaubt, daß es solch eine Qual sein kann, auf einen Brief zu warten, mit jeder Minute erschien mir mein Unternehmen gewagter, aber ich kann nicht warten, ich spiele gern Vabanque.«

Fastrade zog ein wenig die Augenbrauen zusammen. »Ach nein, nicht das«, meinte sie, »ich möchte nicht einer dieser unangenehmen Gewinste sein.«

Egloff lachte: »Nun gut, nennen wir es anders.« – »Aber wie kamen Sie darauf?« fragte Fastrade. »Wir kennen uns doch so wenig.« – »Das war eine Chance mehr für mich«, erwiderte Egloff, »denn, wenn man sich erst kennt –« Fastrade jedoch unterbrach ihn: »Sie dürfen heute nicht so – gottlos sprechen.« – »Gottlos«, wiederholte Egloff, »nein, ich fühle mich heute so fromm, wie es nur einer kann, an dem ein gutes Werk geschehen ist.« Er küßte wieder Fastradens Hand, und dann schwiegen sie. Fastraden ging es durch den Sinn, ich habe es gleich gedacht, daß dabei eine lächerliche Situation herauskommen wird. Endlich begann Egloff wieder zu sprechen: »Sie sehen, dieses Haus schüchtert mich so ein, ich unterlasse wahrscheinlich wichtige Dinge. Sind da nicht noch Formalitäten zu erfüllen?«

»Wir müssen zu meinem Vater hineingehen«, erwiderte Fastrade.

»Natürlich«, versetzte Egloff, »der väterliche Segen, natürlich. Muß man dabei knien?« – »Das ist wohl nicht nötig«, erwiderte Fastrade und ging voran in das Zimmer ihres Vaters.

Der Baron und Baronesse Arabella saßen ernst und erwartend da. Als Egloff eintrat, streckte der Baron ihm langsam die Hand entgegen und sagte: »Willkommen, meine Tochter hat für Sie entschieden, so haben wir alles andere der Vorsehung anheimzugeben. Setzt euch, Kinder.« Er wartete, bis sie sich gesetzt hatten, und fuhr dann fort: »Meine väterlichen Befürchtungen und Sorgen habe ich euch beiden mitgeteilt. Fastrade ist in dem Alter, selbst über sich zu bestimmen, so sei denn von dem allen nicht mehr die Rede.« Und nach alter Gewohnheit machte er mit der flachen Hand einen Querschnitt durch die Luft. »Es bleibt mir somit nur übrig, des Himmels Segen auf euch herabzuflehen. Eine Bedingung jedoch möchte ich noch machen, ich verlange eine Wartezeit, bis zum nächsten Winter, sagen wir. Sie können es mir nicht übelnehmen, wenn ich auf solcher Probezeit bestehe, wenn ich wissen will, ob der künftige Gatte meiner Tochter sich als meiner Tochter würdig bewährt.« Der Baron war fertig, er lehnte sich zurück, er hatte kräftig und geläufig gesprochen, wie einst auf der Kreisversammlung, und das befriedigte ihn. Egloff dagegen dachte, dies ist der fatalste Augenblick meines Lebens, man sitzt und muß sich unangenehme Dinge sagen lassen, und was antwortet man nun auf so etwas. Endlich fiel ihm eine gut abgerundete Redensart ein, die er schnell und nachlässig hersagte: »Ich bin mir der großen Verantwortung wohl bewußt, die mir dieses unverdiente Glück auferlegt.« Bei dem Worte Verantwortung horchte der Baron auf: »Verantwortung«, wiederholte er, »ganz richtig. Große Verantwortungen erziehen den Menschen, das ist ganz richtig.« Jetzt gab die Baronesse das Zeichen, und Fastrade und Egloff zogen sich zurück.

In Fastradens Zimmer drückte Egloff sich fest in die Sofaecke, zog Fastrade nahe an sich und sagte: »So, das wäre überstanden. Hier bei dir sitzt es sich gut, wunschlos behaglich.« – »Du Armer«, meinte Fastrade, »so streng mit dir zu sein.« Egloff zuckte die Achseln: »Das ist vorüber, aber die Redensart mit der Verantwortung brachte ich doch gut heraus, die paßte so ganz in die Stimmung.«

Vor ihnen lag die stille Zimmerflucht, kein Ton regte sich im Hause, im Kamine prasselte das Feuer, draußen an den Fensterläden rüttelte der Frühlingswind. Egloff hatte eine Weile geschwiegen, jetzt lachte er plötzlich auf: »Immer wenn ich sah«, sagte er, »daß zwei Verlobte feierlich und geheimnisvoll in einem Zimmer allein gelassen wurden, alles umher mußte still sein, niemand durfte sie stören, da sagte ich mir: Was sprechen sie? Sie lernen sich kennen, gut, wie machen sie das? Jetzt weiß ich es. Sie sprechen gar nicht. Man hat gar keine Lust zum Sprechen, man hat gehört, was man hören wollte, daß man angenommen ist, nun ist man so wohltuend satt, daß man vorläufig nichts zu sagen braucht.«

»Und ich dachte«, versetzte Fastrade, »wenn zwei Verlobte sich zurückziehen, dann bekommt man viele ganz süße Sachen zu hören.«

»Ach ja, natürlich«, meinte Egloff, »diese süßen Sachen sind immer zu haben, aber es sind immer dieselben, wie die Bonbons beim Konditor Kirsch im Städtchen. Die einen sind rosa, die anderen sind gelb, und alle sind in Silberpapier gewickelt.«

»Ach ja, die habe ich sehr geliebt«, gestand Fastrade, »die einen schmeckten nach Rosen und die anderen nach Zitronen, und sie waren so süß, daß, wenn man sie aß, einem die Luft verging und die Tränen in die Augen traten. Aber das ist nichts für uns, unsere Verlobung ist viel zu ernst.«

Egloff fuhr auf: »Ernst? Warum soll unsere Verlobung besonders ernst sein? Weil es hier im Hause gespenstisch still und feierlich ist, weil dein Vater streng war und ich mich bewähren muß. Davon wird sich unsere Verlobung nicht anstecken lassen. Ich werde ja natürlich hierherkommen, um zu zeigen, ob ich mich bewähre, aber uns wirklich sehen, uns eigentlich sehen wollen wir uns draußen. Wenn ich höre, wie es da draußen bläst und an den Fensterläden rüttelt, möchte ich dich gleich nehmen und hinaustragen.«

Fastrade lächelte: »Würde das nicht gegen das Gesetz sein, wie der Baron Port sagt?« Egloff schlug mit der flachen Hand auf die Sofalehne und lachte laut: »Gegen das Gesetz des Baron Port zu sündigen wird eine Wohltat mehr sein.«

Während sie sprachen, betrachtete Fastrade genau Egloffs Gesicht. So nahe gesehen, war es ihr fremd, die eigensinnige Knabenstirn unter dem glattgescheitelten Haar war ihr bekannt, aber da waren zwei sichelförmige Fältchen zwischen den Augenbrauen. Auch war die rechte Augenbraue ein wenig höher als die linke, das gab wohl dem Gesichte den hochmütig spöttischen Ausdruck. Die Augen waren sehr dunkel, aber wenn sie in die auflodernde Flamme des Kamins sahen, wurden sie braun wie die Flügel der großen, schwarzen

Herbstfalter, wenn die Sonne sie bescheint. Sie sah auf seine Hand nieder, welche die ihre hielt, eine breite, weiße Hand mit langen, schmalen Fingern, die sich seltsam nervös zuspitzten. Fastrade dachte daran, gehört zu haben, daß Egloff sehr stark sei. Von diesen Händen genommen und in den Frühlingswind hinausgetragen zu werden mußte vielleicht gut tun.

»Ach Gott, meine Erziehung«, sagte Egloff, »meine Erziehung war dumm, ich wurde unmenschlich verwöhnt, und doch war alles wieder verboten. Als ich mich dann später gierig auf meine Freiheit warf, enttäuschte sie mich, ich hatte mehr erwartet. Überhaupt an meiner ganzen Generation hier in der Gegend ist etwas versäumt worden. Unsere Väter waren kolossal gut, sie nahmen alles sehr ernst und andächtig. Es war wohl dein Vater, der gern von dem heiligen Beruf sprach, die Güter seiner Väter zu verwalten und zu erhalten. Na, wir konnten mit dieser Andacht nicht recht mit, nach einer neuen Andacht für uns sah man sich nicht um. Und so kam es denn, daß wir nichts so recht ernst nahmen, ja selbst die Väter nicht, nicht einmal die Großmütter. Da entstand wohl auch die Lust, jedes brave Ideal einmal an die Nase zu fassen.«

Über Fastradens Gesicht ging ein schmerzlicher Ausdruck, plötzlich wie eine Vision sah sie die weißen Korridore des Krankenhauses, die Säle mit den Reihen der Betten, in denen auf weißen Kissen die bleichen Gesichter lagen, diese große Herberge der Leiden, in der sie numeriert und nach Klassen geordnet aufgespeichert waren.

»Und es ist doch eine so furchtbare Sache«, sagte sie leise.

»Das Leben? Natürlich«, meinte Egloff ruhig, »eine Bestie, die nicht zu zähmen ist, da ist nichts zu machen. Früher ließ ich die Bestie Bestie sein, jetzt werde ich acht geben müssen, daß sie dir nicht zu nahe kommt«, und er drückte Fastrade fester an sich. Sie lächelte wieder: »Aber hier in Paduren«, sagte sie, »darfst du niemanden an die Nase fassen.«

»Aber das Portsche Gesetz«, rief Egloff lustig, »das fassen

wir an die Nase, wir wollen ein Brautpaar sein, über das sie hier in der Gegend auf allen Schlössern die Hände über dem Kopfe zusammenschlagen.«

In der Zimmerflucht begann es jetzt lebendig zu werden, Baronesse Arabella ging hin und her, der Baron ließ sich durchführen, und endlich erschien Christoph und meldete, es sei serviert.

Im Eßzimmer saß der Baron bereits am Tische, den Kopf gebeugt, das bleiche Gesicht müde und kummervoll, Baronesse Arabella und Couchon standen wartend hinter ihren Stühlen. Als Fastrade ihren Verlobten Couchon vorstellte, sah die alte Französin mit ihren fast hundertjährigen Augen kokett zu Egloff auf, lächelte mit dem zahnlosen Munde und murmelte: »Joli garçon.« Hier setzt man sich mit Gespenstern zu Tisch, ging es Egloff durch den Sinn. Dann begann die Mahlzeit. Die Baronesse führte eine fast fieberhaft angeregte Unterhaltung, es war, als fürchte sie, eine Pause könnte entstehen und Unliebsames bringen. Sie sprach von den Egloffs, die sie gekannt hatte, von einer Fürstin Coronat, Dietz Egloffs Großmutter mütterlicherseits, sie machte Verwechslungen in der Verwandtschaft, worüber man dann lachen konnte. Als nun aber doch eine Pause entstand, sah der Baron Egloff streng an und fragte: »Wird noch viel Wald geschlagen werden in Sirow?« Fastrade blickte zu Egloff hinüber, wirklich, er errötete wie ein Knabe, als er antwortete: »Ach nein, ich denke, das wird genügen.« – »Ja, unsere Wälder«, fuhr der Baron mit erhobener Stimme fort, »unsere Wälder –«, dann brach er jedoch mutlos ab, wie es ihm jetzt oft geschah, wenn er den Anlauf dazu nahm, wie früher eine bedeutsame Ansicht auszusprechen. Die Baronesse begann wieder schnell zu sprechen, sie sprach von dem Fisch, der eben gegessen worden war, einem großen Schlei, die Schleie aus dem kleinen See dort unten im Park waren ja berühmt ihres reinen Geschmackes wegen, und nun sprach man auch von anderen Fischen. Die Hühner wurden serviert, als der Baron wieder den Kopf erhob und fragte: »Werden durch die Verwüstung die Auerhähne nicht gestört?«

Dieses Mal antwortete Egloff ruhig und mit kaum merklichem Lächeln: »O nein, den Auerhähnen geschieht nichts.« Der Baron nickte: »Ja, ja, die korrekte Pflege der Jagd ist auch ein Stück adeligen Idealismus'.«

Christoph schenkte jetzt den Roederer ein, eine feierliche Pause entstand, mit zitternder Hand erhob der Baron sein Glas und sagte mit bekümmerter Stimme: »Nun, Arabella, wir können unserem neuen Verwandten jetzt wohl das Du anbieten, Gottes Segen über euch, meine Kinder.« Die Gläser klangen aneinander, Christoph stand hinter dem Stuhle seines Herrn, faltete die Hände und machte ein Gesicht, als wollte er weinen. Während die Charlotte verzehrt wurde, schleppte die Unterhaltung sich nur mühsam hin, alle waren erleichtert, als Baronesse Arabella die Tafel aufhob. Nach der Mahlzeit hielt man sich noch ein wenig im Saale auf, um eine Zigarette zu rauchen, der Baron sprach vom Nutzen der Drainage, und dann verabschiedete sich Egloff. Fastrade begleitete ihn ins Vorzimmer hinaus, sie beugte den Kopf zurück, um ihm in die Augen zu sehen, und lachte. »Das war ein Prüfungstag«, sagte sie, »wenn ich bei euch bin, ist die Reihe an mir.« – »Es gibt eben eine Gerechtigkeit«, erwiderte Egloff, faßte Fastrade um die Taille, hob sie empor und küßte sie. Christoph sah das mit maßlosem Erstaunen und wandte sich ab.

Zehntes Kapitel

Egloff lag in der Auerhahnhütte auf dem einfach aus Brettern zusammengeschlagenen Ruhebett. Er hüllte sich in seinen Mantel, denn es war kalt. Neben ihm auf dem Tisch standen eine Flasche Portwein und ein Glas, in einem Messingleuchter brannte eine Kerze, deren Flamme im Winde, der durch die Spalten des kleinen Holzbaues hereinblies, heftig hin- und herflackerte. Auf einem Stuhle saß der alte Förster Gebhard, die grüne Mütze tief in die Stirn gezogen, das Gesicht halb in seinem großen Bart wie in einem grauen Schal versteckt, so warteten sie beide, daß es Zeit sein würde, auf die Balz zu gehen. »Sprechen Sie, Gebhard, sprechen Sie, sonst schlafen Sie ein«, sagte Egloff. Gebhard riß seine kleinen Augen auf, die ihm zufallen wollten, und begann gehorsam zu sprechen. »Ja, wenn ich so denke, was wir hier schon alles für Besuch gehabt haben, feine Damen und andere.« – »Nicht davon, Gebhard«, unterbrach ihn Egloff, »sprechen Sie von ruhigeren Sachen. Wenn Sie auch in meiner Jugend mein Lehrer in allerhand Sünden gewesen sind, so ist es doch nicht richtig, davon zu sprechen.« – »Ich spreche so nicht davon«, murmelte Gebhard.

»Wenn Sie schon von Weibern sprechen müssen«, fuhr Egloff fort, »dann sprechen Sie von guten, ruhigen, verheirateten Frauen.« Gebhard kicherte in seinen Bart hinein. »Ja, da hab' ich nun meine drei. Die erste war nun so eine kleine Dicke, dumm war sie, aber eine gute Frau. Schade, daß die mir wegstarb. Die zweite war die Kammerjungfer der Frau Baronin, die wollte Kopfschmerzen haben wie die Frau Baronin und im Bett Kaffee trinken. Als dann das Kind kam, war sie zu schwach und starb. Nun, und meine dritte Frau kennt der Herr Baron.«

Egloff richtete sich ein wenig auf: »Mensch«, sagte er, »was sprechen Sie da, was gehen mich Ihre Frauen an? Drei Frauen haben Sie gehabt, und alle drei haben Sie genommen? Und warum? Was war denn an Ihnen besonders daran?« Gebhard zuckte mit den Schultern: »Nun, nichts«, meinte er, »die Weiber wollen heiraten, was nun auch daraus wird. Das ist so, wenn einer das Reisen liebt, geht er auf die Reise, was ihm auf der Reise passiert, das ist abzuwarten.« Egloff ließ sich wieder zurücksinken: »Ach Gebhard«, sagte er, »Sie werden weise, dann schweigen Sie lieber.«

Draußen um die Hütte rauschten die großen Tannen ein

ununterbrochenes Brausen, das zeitweise anschwoll, dann wieder leise und weich wurde wie ruhiges Atmen. Egloff schloß die Augen, er wollte sich von dieser großen, verträumten Stimme des Waldes einschläfern lassen. Drei Frauen hat der alte Sünder gehabt, dachte er, so ganz ohne weiteres, und ich komme mit dieser einen Verlobung nicht zurecht. Wie unendlich einfach hatten ihm bisher die Weiber geschienen. Da war er, der ein Weib besitzen mußte, und da war ein Weib, das sich hingeben wollte, wie einfach und selbstverständlich sich so zwei Sinnlichkeiten auseinandersetzen. Selbst mit Liddy, ihre Zusammenkünfte vorigen Sommer im nächtlichen Park von Sirow, es hatte ihn erregt, er hatte sich stets gefreut, wenn er ihr weißes Kleid zwischen den Bäumen aufschimmern sah oder wenn er sie dann atemlos und zitternd in seinen Armen hielt. Aber niemals hatte ihn der Gedanke beunruhigt, was Liddy von ihm denken könnte oder was in ihrer Seele vorging, und jetzt bei diesem Mädchen kamen da plötzlich solche Unsicherheiten über ihn, die ihn ruhelos machten, so der Gedanke, warum liebt dich dieses Mädchen? Sie sieht wohl einen anderen in dir, und das Mißverständnis wird sich aufklären, und du wirst sie verlieren. Und dann die beständige Anstrengung, dieser andere zu sein, den sie in ihm sah. Ach Gott, wußte man denn mit solch einem Mädchen, woran man war? Einmal war es einem ganz nahe und dann so seltsam fern. Vorigen Abend hier im Walde, als der warme Südwestwind wehte und es so berauschend nach feuchter Erde und Knospen duftete, da war alles so selbstverständlich und klar gewesen, da gingen sie eng aneinandergeschmiegt, und ein jedes fühlte das Fieber im Blut des andern. Da waren keine Gedanken nötig. Und dann gleich am nächsten Tage auf dem Spaziergang war sie ganz wieder das Schloßfräulein, das ihn in Distanz hielt, das von der Welt sprach, als sei sie ein wohleingerichteter Salon, in dem lauter gutgezogene Menschen unter festen Gesetzen lebten, ja, sie drängte ihm den Edelmut, die feine Erziehung, die Gesetze geradezu auf, legte sie in ihn hinein. Er konnte sie dann fast hassen, er hätte ihr dann gern etwas gesagt, was sie empörte und demütigte, aber er war zu feige. Wenn die weit offen schillernden Augen ihn begierig ansahen, als wollten sie etwas besonders Neues, Schönes aus ihm herauslesen, dann fürchtete er stets, sie würden den uninteressanten Gesellen in ihm entdecken, lauter ungewohnte, abspannende Gedanken. Er seufzte. Ach Gott, und was für unerbittliche Wirklichkeitsmenschen solche Mädchen waren. Jedes Erlebnis bekam feste Konturen, stand so sachlich und deutlich da, als könnte es nie mehr fortgewischt werden. Ein Erlebnis fallen lassen, wie wir eine angerauchte Zigarette fortwerfen, das kannten sie nicht. Ihnen wurde jedes Erlebnis zu einem Besitz, der mitzählte, als müßte es in ein Hauptbuch eingetragen werden für irgendeine künftige Abrechnung. So waren sie alle, von der schwarzen Lene im Krug bis zu Fastrade. Er hatte seine Wirklichkeit nie so recht gefühlt, er war sich stets ein Erlebnis gewesen, das ihm zufällig zuteil geworden war, das ja zuweilen recht vergnüglich war, aber zur Not auch fallen gelassen werden konnte.

Er richtete sich auf, dieses Herumraten an sich und an Fastrade machte ihn müde und unruhig zugleich. Er schenkte sein Glas voll, der alte Portwein hatte zuweilen die Eigenschaft, Dinge, die verworren und schwierig aussahen, plötzlich ganz einfach und klar erscheinen zu lassen. Der Zugwind wehte die Flamme der Kerze hin und her. Gebhard schlummerte, sein Schatten, groß und unförmlich, hüpfte unablässig auf der Wand. Draußen schien der Wind sich gelegt zu haben, nur ein leises, verschlafenes Rauschen ging noch durch den Wald. Deutlich waren jetzt all die kleinen Gewässer ringsum vernehmbar wie ein waches, eigensinniges Lachen, das in die große Ruhe der Nacht hineinspottete. Dann ertönte plötzlich der klagende Ruf eines Kauzes, und ein anderer antwortete ihm noch aus der Ferne. Die haben es gut, dachte Egloff, sich so in der kühlen Dunkelheit anzulocken, durch Zweige und Knospen zueinander zu fliegen, um ihre Liebesnacht zu feiern – raffiniert. Er lehnte sich wieder zurück, er wollte nichts mehr denken, nur Fastrade, Fastrade. Ja, da war es leicht, seine Wirklichkeit zu fühlen, wenn man so königliche Arme hatte und mit einem so königlichen Körper sich abends zu Bett legte und morgens wieder aufstand. Eine angenehme Schläfrigkeit machte ihm jetzt die Glieder schwer, die Gedanken wurden undeutlich, begannen zu Träumen zu werden, zu Träumen, in die das Rauschen des Waldes, das Lachen der kleinen Gewässer hineinklangen und das Rufen der Käuzchen, die schon nahe beieinander waren.

Egloff erwachte von einem kalten Windstoß, der in das Zimmer fegte. Gebhard hatte die Türe geöffnet und schaute hinaus. »Es wird Zeit sein zu gehen«, sagte er, »der Himmel hinter den Bäumen scheint mir schon so weiß.« Egloff sprang auf, der kurze Schlaf hatte ihm gut getan, und er freute sich jetzt auf die Jagd. Er nahm sein Gewehr und löschte die Kerze aus. »Gehen wir«, sagte er.

Draußen war es noch finster, eine gute Strecke gingen sie auf einem bequemen Waldpfade hin, bis sie an ein Sumpfland kamen, das weiß von Nebel war. Die Dunkelheit hellte sich ein wenig auf, sie wurde grauschwarz, und deutlich standen Bäume und Büsche in ihr. Egloff und Gebhard begannen vorsichtig zu gehen, der Boden gab nach, jeder Tritt verursachte ein kleines, plätscherndes Geräusch, dann kamen Strecken, die mit dichtem Moos bewachsen waren, in das der Fuß einsank wie in weiche Polster. Zuweilen blieben die Jäger stehen und horchten hinein in all die kleinen Geräusche des Waldes, das Lispeln und Rauschen, um den einen Ton herauszuhören, auf den sie warteten. Der Boden wurde jetzt fester, vor ihnen standen hohe, alte Föhren, in deren dunkelen Schöpfen ein leichter Wind metallisch knisterte. Gebhard blieb zurück, und Egloff schlich behutsam vorwärts. Eine köstliche Spannung regte ihm das Blut auf. Plötzlich kam ein Ton, der ihm wie Schreck durch die Glieder fuhr. Er wartete, der Ton kam noch einmal, und dann begann dort oben in der Dunkelheit dieses seltsame Zischen und Schnalzen, das für Egloff alle anderen Töne des Waldes auslöschte. Er schlich und sprang, vorsichtig nach Deckung ausspähend und immer hinhorchend auf die Stimme des Vogels, der dort vor ihm leidenschaftlich und schamlos seine Brunst in die Finsternis hineinrief. Schwieg der Hahn eine Weile, dann stand Egloff wie festgebannt still und hörte sein Herz so laut klopfen, als liefe da mit schweren Schritten jemand hinter ihm her. Endlich war er dem Hahne ganz nahe, er sah ihn dort auf dem Föhrenzweige groß und schwarz in der Dämmerung mit seinen wunderlichen steifen Bewegungen. Egloff legte an und schoß, etwas fiel zu Boden, man hörte Schlagen von Flügeln, dann wurde es still. Ein köstliches Gefühl des Triumphes machte Egloff ganz heiß, hinter sich hörte er Gebhard heranlaufen. Alle Aufregung war vorüber, sie gingen zur Schußstelle, da lag der schwarze Vogel mit seinen gebrochenen Augen friedlich da, nichts war an ihm mehr vom Erregenden, das Egloff noch eben jeden Nerv angespannt hatte. Egloff setzte sich auf einen Baumstumpf und zündete sich eine Zigarette an. Der Morgen graute, die Bäume und Sträuche, die eben noch so bedeutungsvoll und wichtig erschienen waren, standen nüchtern und gleichgültig da. Jedesmal nach solcher Jagd hatte Egloff dieses Gefühl der Niedergeschlagenheit und Ernüchterung, wenn das prächtige Raubtiergefühl des Heranschleichens und Horchens vorüber war. »Gehen wir«, sagte er zu Gebhard.

Durch den aufdämmernden Morgen gingen sie nach Hause, der Tag versprach schön zu werden, der Himmel war weiß und dunstig, und zahllose Bekassinen sandten von der Höhe ihre schrillen Triller nieder, und die Elstern schwatzten in den Ellernbüschen. Egloff dachte jetzt nur daran, wie wohlig es sein würde, sich in seinem Bette auszustrecken, alles andere war vorläufig gleichgültig. Auf der Landstraße begegneten sie einem mit zwei Pferden bespannten Jagdwagen, Doktor Hansius vom Städtchen saß darin, sein großes Gesicht mit dem gelben Bartgestrüpp verschwand fast ganz in dem hohen

Mantelkragen, die Augen hinter den blauen Brillengläsern waren geschlossen, er schlummerte. »Doktor! Doktor!« rief Egloff. Der Doktor fuhr auf und ließ den Wagen halten. »Ah, Baron Egloff«, sagte er, »guten Morgen. Auf der Jagd gewesen? Na, ich sehe schon, gratuliere.« – »Danke«, erwiderte Egloff und blieb vor dem Wagen stehen, »wo treiben Sie sich so früh umher?« Der Doktor machte eine müde, abwehrende Handbewegung: »Ich, ich, ach Gott, habe keine Ruhe. Gestern abend werde ich nach Witzow abgeholt.« – »Wackeln die alten Herrschaften dort?« fragte Egloff. »O nein«, erwiderte der Doktor, »die Alten wackeln nicht, es sind immer die jungen, die Baronesse Gertrud mit ihren Nerven. Na, und wie ich denn nachts nach Hause komme, finde ich die Nachricht vor, ich soll sofort nach Barnewitz kommen, die Baronin hat eine Nervenattacke. Nerven und Nerven, die sind auch solch eine moderne Erfindung, von der unsere alten Herrschaften nichts wußten.«

»Ja, ja, Doktor«, meinte Egloff, »Sie stehen immer auf seiten der Alten. Na, guten Morgen, im Bette will ich an Sie denken.« Der Doktor fuhr weiter. Also die kleine Liddy ist krank, ging es Egloff durch den Sinn, während er an den Roggen- und Weizenfeldern, die grau von Tau waren, dem Schlosse zuging, meinetwegen vielleicht? Das ist jetzt gleichgültig, das muß jetzt aus sein, war wegen des Fritz Dachhausen immer eine fatale Geschichte.

Zu Hause ging er sofort ins Bett. »Nach der Jagd sich ins Bett zu legen«, sagte er sich, »ist ein ganz fragloses und volles Glück.«

Egloff schlief fest und traumlos weit in den Tag hinein, er erwachte davon, daß Klaus vor seinem Bette stand und meldete, es würde bald Zeit zum Mittagessen sein. Egloff blinzelte in den Sonnenschein hinein, der das Zimmer füllte, und streckte sich, in den Gliedern war eine nicht unangenehme Steifigkeit von den Anstrengungen der letzten Nacht zurückgeblieben. »Also gutes Wetter«, konstatierte er. Gab es an diesem Tage etwas, worauf er sich freuen konnte? Ja, er wollte am Abend mit Fastrade im Walde zusammentreffen. Nun, dann lohnte es sich also, diesen Tag zu beginnen. »Gibt es was Neues?« fragte er. »Herr Mehrenstein war da«, berichtete Klaus, »als er hörte, daß der Herr Baron noch schlafen, fuhr er ab.« Egloff verzog sein Gesicht: »Mein Lieber«, sagte er, »ein für allemal, der Name Mehrenstein wird mir nie gleich beim Erwachen serviert, dazu eignet er sich nicht. So, nun werde ich aufstehen.« Als Egloff aus seinem Zimmer herauskam, fand er seine Großmutter und Fräulein von Dussa im Wohnzimmer mit Handarbeit beschäftigt. Sie lächelten ihm beide freundlich zu. Jetzt, wo er verlobt war, zeigten die beiden Damen womöglich noch mehr Freundlichkeit und Rücksicht gegen ihn als sonst, aber in der Freundlichkeit lag etwas wie Wehmut, etwas wie Schonung, die man einem erweist, dem man einen Fehltritt verziehen hat. Egloff setzte sich zu den Damen, sprach von der Jagd, von dem Auerhahn, von Doktor Hansius und erzählte, daß Gertrud Port und Liddy Dachhausen beide krank seien. Die Baronin zog die greisen Augenbrauen in die Höhe und meinte: »Die arme Gertrud hat sich da draußen ihr Leben ruiniert, und Liddy Dachhausen, mein Gott, in den Familien, man weiß nie, was da für Krankheiten herrschen.«

Egloff lachte. »Solche fremde Völker, meinst du, bringen fremde Krankheiten ins Land.« Die Baronin lachte nicht, sondern sagte ernst: »Fastrade, Gott sei Dank, ist wenigstens gesund.«

»Sie ist doch mehr als nur gesund«, wandte Egloff ein. Die beiden Damen beugten erschrocken ihre Köpfe auf die Handarbeiten nieder, und die Baronin murmelte entschuldigend: »Ich meine nur, Gesundheit ist eine wertvolle Gabe Gottes.« Ein ungemütliches Schweigen entstand, bis Fräulein von Dussa wieder den Kopf erhob, nachdenklich zum Fenster hinaussah, wie sie stets tat, wenn sie etwas Geistreiches bemerken wollte, und sagte: »In dieser Baronin Dachhausen ist etwas, das ich nie ganz verstehen kann. Ich will nicht sagen, daß sie ein Buch in fremder Sprache für mich ist, sie ist eher ein Buch, das aus einer fremden Sprache in meine Sprache übersetzt worden ist und in dem doch ein Rest von Unverständlichkeit zurückblieb.«

»Ah, Sie meinen«, versetzte Egloff, »vom Birkmeierschen ins Dachhausensche übersetzt. Aber die kleine Liddy ist doch nicht dazu da, damit man sie studiert, sondern damit man sie ansieht.«

»Allerdings, dieser Anforderung genügt sie«, antwortete Fräulein von Dussa spitz. Dann ging man zum Essen. Bei Tisch wurde von dem Diner gesprochen, das nächstens stattfinden sollte, in letzter Zeit wurde sehr viel von diesem Diner gesprochen, und die Baronin holte ihre Erinnerungen an all die Hofdiners, die sie mitgemacht hatte, heraus und sprach andächtig von Punch glacé, Chevreuil à la providence und Timbale à la Marie Antoinette. Als dieses Thema erschöpft war, kam die Rede auf Hyazinthen, welche in die Fenster gestellt werden sollten, und die Baronin sagte ein wenig feierlich, wie sie das in letzter Zeit öfters tat: »Solange ich hier etwas zu sagen habe, werden hier im Frühjahr immer Hyazinthen in die Fenster gestellt werden. Später, wenn ich meine alten Augen schließe, mögen die anderen tun, was sie wollen.«

Nachmittags beim Kaffee rauchte Egloff still seine Zigarre, der gelbe Nachmittagsonnenschein in den Zimmern, der schwüle Duft des Räucherlämpchens auf dem Kamine hatten von jeher seine Stimmung bedrückt. Die Damen arbeiteten wieder, nur einmal kam es noch zu etwas lebhafterem Gespräch, als die Baronin fragte: »Fährst du nach Paduren?« – »Nein«, erwiderte Egloff, »ich soll ja da hinkommen, um zu zeigen, ob ich mich bewähre, und noch habe ich keine Lust.«

Die Baronin errötete vor Ärger: »Diese Warthes«, sagte sie, »waren von jeher von einer unbegreiflichen Selbstgerechtigkeit. Sie taten immer so, als sei die Tugend ein Vorwerk von Paduren.«

Egloff zuckte die Achseln und schwieg. Endlich beschlossen die Damen noch ein wenig hinauszugehen, und da es so feucht war, wollte die Baronin in der kleinen Wandelhalle im Garten auf und ab gehen. »Du, mein Junge«, sagte sie, »wirst wohl noch ein wenig ruhen. Ich werde dafür sorgen, daß im Hause Stille ist, da kannst du ruhig sein, solange meine alten Augen offen sind, wird immer dafür gesorgt sein, daß während deiner Nachmittagsruhe im Hause Stille herrscht. Schon dein Vater hielt darauf.«

Egloff zog sich in sein Zimmer zurück, legte sich auf sein Sofa, lehnte den Kopf zurück, so, jetzt war nichts mehr übrig, als still zu liegen und sich auf den Abend zu freuen. Durch sein Fenster konnte er die kleine Wandelhalle im Garten sehen, dort gingen die Baronin und Fräulein von Dussa in schwarze Mäntel gehüllt, schwarze Schale auf dem Kopfe mit kleinen gleichmäßigen Schritten auf und ab. Seit seiner Jugend kannte er dieses Bild, die beiden schwarzen Gestalten, die im Nachmittagssonnenschein dort auf und ab gingen, und immer hatte es ihm bis zur Traurigkeit uninteressant geschienen. Gut, daß das Leben doch noch andere Dinge als die kleine, sonnige Wandelhalle hatte, dachte er.

Die Sonne war schon untergegangen, als Egloff und Fastrade noch Arm in Arm am Waldrande entlanggingen. Es war windstill, regungslos hoben die Birken und Eichen ihre Zweige mit den geschlossenen Knospen und die Ellern ihre über und über mit Blütentrauben geschmückten Wipfel zum bleichen, glashellen Himmel empor. Unter dem Rasen flüsterten und gurgelten unsichtbare Gewässer, und die Luft war feucht und mild. Fastrade, fest in ihre blaue Frühjahrsjacke geknüpft, den blauen Filzhut auf dem Kopfe, öffnete ein wenig die Lippen, um den Duft der Erde und der Knospen voll einzuatmen. Sie fühlte sich seltsam wohl und zu Hause in dieser Frühjahrswelt. Egloff war heute nervös und gereizt, Fastrade spürte es wohl, aber es machte sie stolz, das Unruhige und Wilde in diesem Manne neben sich so in ihrer Gewalt zu haben.

»Natürlich habe ich an dich gedacht«, sagte Egloff, »in der Nacht dort drunten in der Hütte und zu Hause, wenn ich nicht gerade schlief. Angenehm ist das nicht.« Fastrade lächelte: »O wirklich, ist das nicht angenehm?« fragte sie.

»Wie soll das angenehm sein«, erwiderte Egloff ärgerlich, »früher habe ich mir über meine Nebenmenschen nicht viel den Kopf zerbrochen, jetzt muß ich an einem Mädchen herumrechnen, als gälte es einen Monatsabschluß.«

»Du Armer«, sagte Fastrade bedauernd, »aber bin ich denn ein so schweres Exempel?«

»Ja, ja, ich weiß«, höhnte Egloff, »ihr wollt alle klar wie Kristall sein, eine jede hält sich für den berühmten tiefen See, dessen Wasser so klar ist, daß man bis auf seinen Grund sieht. Dabei weiß man von euch gar nichts. Übrigens ist das eine dumme Männerangewohnheit, alles zu Ende denken zu wollen. Ich wollte dich zu Ende denken. Du wirst mir sagen, du hast auch an mich gedacht, ja, wie ihr Frauen schon denkt. Da sind eine Menge kleiner, lächerlicher Sachen, die da ebenso wichtig sind als unsereiner.«

»Man braucht ja nicht immer aneinander zu denken«, meinte Fastrade, »man fühlt einander. Wenn ich bei Papa sitze und die Memoiren lese oder Ruhke zuhöre oder die Ausgaben und Einnahmen anschreibe oder wenn ich Tante Arabella helfe den Wäscheschrank ordnen, immer weiß ich, daß du da bist und daß meine Gedanken jeden Augenblick zu dir zurückkehren können.«

»Gut, gut«, sagte Egloff, »das ist so wie eine Schachtel Pralinee im Schreibtisch, man hat das frohe Bewußtsein, jeden Augenblick herangehen zu können, um ein Stück zu nehmen.«

Sie schwiegen eine Weile und hörten einem Star zu, der auf der Spitze einer Tanne saß und mit Flügelschlagen und Pfeifen aufgeregt sein Abendlied beendete. Als Egloff wieder zu sprechen begann, klang es böse und traurig: »Was weiß ich denn von dir!« Fastrade sah zu ihm empor und lächelte: »Was willst du denn wissen?«

»Nun«, erwiderte Egloff, und Fastrade hörte deutlich aus seiner Stimme heraus, daß er grausam sein wollte, »da ist dieser Kandidat, hast du den geliebt?«

Fastrade errötete, sah ihm aber fest in die Augen: »Ja«, erwiderte sie, »so wie ich damals lieben konnte. Ich hatte so tiefes Mitleid mit ihm, er war so einsam, so leicht verwundbar und hilflos, ich wollte bei ihm sein und ihm Gutes tun.«

»Ich erinnere mich seiner«, sagte Egloff leichthin, »er hatte zu kurz geschnittene Nägel, und das Haar hing ihm hinten über den Rockkragen. Das haben alle Kandidaten.«

»Dann erinnerst du dich seiner nicht«, ereiferte sich Fastrade, »er war immer sehr gut angezogen.«

»Wie sich eben Kandidaten anziehen«, meinte Egloff, »gleichviel, und du reistest zu ihm.«

»Ich reiste zu ihm«, erwiderte Fastrade, und ihre Stimme begann zu zittern, »weil er sterbend war und weil ich versprochen hatte, bei ihm zu sein, wenn er mich braucht. Das kann dich nicht kränken, daß ich ihm mein Versprechen gehalten habe und ihm treu gewesen bin.«

Egloff zuckte die Achseln: »Der Gedanke, daß du einem anderen treu gewesen bist, hat für mich nichts Ansprechendes. Übrigens, du sagst Mitleid. Ist Mitleid und Liebe denn dasselbe?«

»Ich glaube, sie gehören eng zusammen«, erwiderte Fastrade.

»Also hast du für mich auch Mitleid?« forschte Egloff eigensinnig und gereizt weiter.

»Ja«, sagte Fastrade und bemühte sich, ihrer Stimme einen festen und tapferen Klang zu geben. »Wenn ich sehe, daß du unruhig und gequält bist, daß alle gegen dich sind, dann habe ich Mitleid mit dir, und dann möchte ich etwas dazu tun, daß es um dich klar wird und hell.«

»Oh, ich verstehe«, meinte Egloff noch immer gereizt und spöttisch, »die ordnungsliebende Dame, die in ein ungeordnetes Zimmer kommt und von der Passion ergriffen wird zu ordnen. Du willst also bessern und erziehen, die Liebe ist bei dir ein pädagogischer Trieb, ein – wie soll ich sagen – ein Gouvernantentrieb. Das ist es, was du willst, nicht wahr?«

Sie waren stehen geblieben, Fastrade hatte Egloffs Arm losgelassen und lehnte sich mit dem Rücken an den Stamm einer Birke. Sie fühlte sich elend und verwundet: »Nichts will ich«, sagte sie matt, »nur daß wir zusammengehören.« Ihre Augen wurden feucht, und Tränen rannen an ihren Wangen nieder. Egloff stand vor ihr und betrachtete ernst und bewundernd das weinende Mädchengesicht. Dann nahm er Fastradens Hände: »Unsinn«, sagte er, »da ist nichts zu weinen, man spricht so allerlei, das ist doch nicht wichtig.« Er zog sie an sich, und als er das tränenfeuchte Gesicht küßte, fühlte er, wie der Mädchenkörper in seinen Armen schwer und willenlos wurde.

Über dem Land dämmerte es stark, vom Boden stieg der Nebel auf wie weißer Rauch, und auf der großen Ebene erglommen in den Schlössern schon die Lichtpünktchen. Fastrade wischte sich die Tränen aus den Augen und nahm wieder Egloffs Arm. »Es ist nichts«, sagte sie, »dies Frühlingswetter macht einen schwach.«

»Gott sei Dank«, meinte Egloff, »vom ewigen Starksein hat man auch nicht viel.«

So schlugen sie wieder beruhigt und ein wenig nachdenklich den Heimweg ein.

Als Fastrade nach Hause kam, lief sie in ihrem Zimmer hin und her, ordnete ihre Sachen und begann hell und laut vor sich hin zu singen. Das war sonst nicht ihre Gewohnheit, aber heute tat es ihr wohl. Baronesse Arabella war bei dem Baron, und Ruhke stand vor ihm und berichtete. Ruhke schwieg plötzlich, und alle drei horchten auf. »Sie singt«, sagte die Baronesse. »Das ist neu«, meinte der Baron. Auch Couchon, die bei ihren Karten eingeschlummert war, fuhr auf, neigte den Kopf auf die Schulter und lauschte.

Elftes Kapitel

Fritz von Dachhausen saß am Morgen vor seinem Spiegel und seifte sich das Kinn ein. Grünfeld, der alte Diener, stand hinter ihm und sah aufmerksam zu, wie sein Herr sich rasierte. »Also«, sagte Dachhausen, »was hört man von der Nacht der Frau Baronin?« Grünfeld machte ein trauriges Gesicht, denn er merkte es wohl, daß sein Herr ihn im Spiegel anschaute. »Die Amalie sagt«, erwiderte er, »die Nacht der Frau Baronin ist nicht gut gewesen. In der Nacht hat die Frau Baronin Licht gemacht und Briefe gelesen. Später ist der Schlaf auch nicht gekommen, vielleicht, meint Amalie, daß die Briefe die Frau Baronin aufgeregt haben.« – »Briefe?« fragte Dachhausen. »Ja, Briefe«, bestätigte Grünfeld, »die Amalie hat sie heute morgen noch auf dem Tisch neben dem Bette gesehen.« – »Unsinn«, meinte Dachhausen ärgerlich, »die Frau Baronin hat gar keine Briefe, die sie aufregen könnten.« Da Grünfeld darauf nichts zu antworten wußte, begann Dachhausen sich zu rasieren; da dieses seine ganze Aufmerksamkeit auf sich nahm, gingen ihm die Gedanken nur stoßweise durch den Kopf. Was für Briefe? Die Briefe, die er Liddy als Bräutigam geschrieben? Aber die waren doch gewiß nicht aufregend. Ob er fragte, wie die Briefe ausgesehen haben? Ob es viele waren? Nein, das ging denn doch nicht. Mit dem Rasieren war er fertig und setzte nun seine Toilette fort. Da begannen die Gedanken eifriger zu arbeiten. Diese Nachricht von den Briefen öffnete plötzlich eine ganze Schleuse unangenehmer Gedanken. Immerfort begegneten ihm jetzt solche geheimnisvoll beunruhigende Dinge. Liddys ganze Krankheit hatte doch etwas Unheimliches und Unerklärliches. Gut, man war nervös, das kam bei Frauen vor, aber ein Hauptsymptom von Liddys Krankheit war, daß sie ihren Mann nicht recht vertragen konnte. Das ging nun schon seit Wochen. Wann fing es denn an? Es war an jenem Abend, als Gertrud Port da war und

Liddy den Ohnmachtsanfall bekam. Gertrud hatte die Nachricht von Dietz Egloffs Verlobung mit Fastrade gebracht. Hier hielten die Gedanken an, hier hatten sie in letzter Zeit schon öfters Halt gemacht, als fürchteten sie etwas, als wollten sie sich feige um etwas herumdrücken. Dachhausen war jetzt fertig, Grünfeld fuhr ihm noch einmal sanft mit der Bürste über die Kleider, dann gingen sie beide in das Frühstückszimmer hinaus.

Es war ein freundlicher Tag, das Zimmer voller Sonnenschein und Hyazinthenduft. Als Dachhausen sich an den Tisch setzte und sich den Tee servieren ließ, wurde ihm plötzlich ganz unerträglich wehmütig ums Herz. Wie sehr hatte er stets diese Mahlzeit geliebt, wenn Liddy ihm hier gegenübersaß, rosa und fröstelnd vom Morgenbade sich mit dem hübschen vernossenen Gesichtchen über ihre Tasse beugte. Ach Gott, das Leben mit dieser hübschen Frau war bisher so unendlich unterhaltend gewesen, alles an ihr war so raffiniert, so überraschend kapriziös und ergötzlich. Und nun plötzlich war alles gestört. Warum denn? Von wem? Er dachte diesen Gedanken, der alle diese Tage in ihm gelegen, in ihm gearbeitet wie ein Maulwurf, warum fiel sie gerade damals in Ohnmacht, als die Nachricht von Dietz' Verlobung kam? Ist Liddy in Dietz verliebt? Der Tee, den er trank, schmeckte ihm bitter, ihm wurde körperlich elend zumute, war denn das möglich? Er begann in seinen Erinnerungen zurückzugehen, und wirklich, es hatten sich in ihm eine ganze Menge kleiner Erinnerungen aufgespeichert, die jetzt hervorkrochen und eine schmerzliche Bedeutung annahmen. Da war ein Abend gewesen, an dem er Liddy und Dietz allein gelassen hatte, weil jemand ihn zu sprechen wünschte. Als er zurückkam, war Liddy seltsam erregt und rot, und Egloff hatte sein spöttisches Lächeln. Liddy stand auf und verließ schnell das Zimmer, und dann hatte jemand einmal einen Brief gebracht. »Ah, von Gertrud«, hatte Liddy gesagt. Wenn Dachhausen jetzt an ihr Gesicht und an den Ton ihrer Stimme dachte, dann wußte er, daß sie gelogen hatte. Und anderes noch fiel ihm ein, das er meinte damals nicht beachtet oder vergessen zu haben, aber all das war in ihm da gewesen, er hatte es nur nicht zu Worte kommen lassen. Endlich, warum traf es sich so häufig, daß Dietz Egloff nach Barnewitz kam, wenn er, Dachhausen, nicht zu Hause war? Liddy sagte dann stets: »Er hat sehr bedauert, dich verfehlt zu haben, aber ich habe ihn doch zum Abendessen behalten, ich bin so allein.« Dachhausen schlug mit der Faust auf den Tisch, nein, da wollte er nicht weiterdenken, das war ja nicht zu ertragen. Er befahl dem Diener, ihn bei der Frau Baronin zu melden, es kam jedoch die Antwort, die Frau Baronin sei müde und wolle versuchen zu schlafen. Gut, Dachhausen beschloß, wie er es jeden Morgen tat, den Rundgang in seiner Wirtschaft zu machen.

Es war ein hübscher Tag, Sonnenschein und blauer Himmel. Diese letzten Wochen des April waren wunderbar, die Birken begannen auszuschlagen, und die Fliederbüsche hatten dicke Knospen. Jedesmal wenn Dachhausen am Morgen die Freitreppe hinab in den Hof stieg, hatte er ein angenehmes Herrengefühl, er wußte, sein Erscheinen war hier überall bedeutsam, gefürchtet und entscheidend. Auch heute tat ihm das wohl, ihm wurde leichter ums Herz, schließlich, was war denn geschehen? Er ging in die Schmiede hinüber, der Schmied stand am Amboß und hieb auf ein rotglühendes Stück Eisen ein. Sonst, wenn Dachhausen an eine Arbeit herantrat, wußte er sofort, wozu sie war, wohin sie gehörte, ob sie gut oder schlecht war, er fühlte dann ordentlich mit Behagen, wie der praktische Sinn in ihm schnell und genau funktionierte. Heute nun kamen ihm hier ganz ungewohnte, phantastische Gedanken, es war ihm, als fühlte er den Zorn des Hammers, der auf das rote, wunde Eisen niedersauste. War er denn verrückt? Schnell verließ er die Schmiede, er ging in den Kuhstall. Es war Futterzeit, von der Deckluke ward das Heu herabgeworfen, die Mägde standen und ließen lächelnd die grünen, duftenden Heumassen auf sich niederregnen, dann faßten sie sie mit den Armen und trugen sie zu den Krippen. Wenn sie an Dachhausen vorüberkamen, warfen sie scheue Blicke auf ihn, denn sie sahen es gleich, der Herr war heute nicht guter Laune. Dachhausen aber stand da, nagte an seiner Unterlippe und dachte an Dietz Egloffs geheimnisvolle Abenteuer, von denen die Leute erzählten, seinen nächtlichen Ritten, und plötzlich stieg in Dachhausen ein Bedürfnis auf, sich über jemand zu ärgern, laut zu schelten und zu schimpfen, er lief im Stall umher und suchte nach einer Unordnung. Einen Augenblick blieb er vor dem Stier stehen, es gefiel ihm zuzusehen, wie das Tier blies, die Augen rollte und wie der ganze mächtige Körper von Bosheit geschwellt schien. Da er hier keine Unordnung fand, ging er in den Pferdestall hinüber, Jürgen, der Stallknecht, striegelte gerade den Schimmel, auch er erkannte auf den ersten Blick, daß der Herr heute in gefährlicher Stimmung war. Dachhausen ging nun von Pferd zu Pferd, musterte ein jedes genau, ja, da hatte er es, der Rappe war am Hinterlaufe aufgerieben, warum war er aufgerieben? Warum war es nicht gemeldet worden? Warum geschah nichts dafür? Es war eine unerhörte Unordnung. Dachhausen begann sehr laut zu sprechen, der Zorn fuhr ihm heiß in die Glieder, er faßte Jürgen am Rockaufschlag und schüttelte ihn, der große, blonde Bursche errötete und sah seinen Herrn verwundert an, Dachhausen aber stampfte mit dem Fuß, er tanzte ordentlich vor Wut. Da zuckten die Lippen des Burschen in einem kaum merklichen Lächeln, Dachhausen schwieg plötzlich, der Bursche lacht mich aus, fuhr es ihm durch den Sinn, er wandte sich kurz um und verließ den Stall. Draußen kam der Inspektor auf ihn zu, aber den mochte er jetzt nicht sprechen, drum schlug er eilig den entgegengesetzten Weg ein. Ziellos irrte er zwischen den Feldern umher, der Roggen war gut eingegrast und der Weizen auch. Wie die Lerchen heute dort oben tobten, er blieb stehen und schaute hinauf, er wollte sie zählen, eins, zwei, drei, vier, aber wozu? Das hatte ja keinen Sinn, alles das hatte keinen Sinn. Es war wohl

Zeit, zum Frühstück nach Hause zu gehen, vielleicht würde Liddy am Frühstückstische sitzen wie sonst und ihn anlächeln. Eine starke, kindische Hoffnung ließ ihn eilen, aber als er in das Speisezimmer trat, sah er, daß nur ein Gedeck aufgelegt war. Er seufzte. Wie lange war es denn schon, daß er so einsam wie ein Junggeselle seine Mahlzeiten einnahm. Das Frühstück war gut, der Koch hatte da ein Fischgericht au gratin gemacht, das Dachhausen sonst sehr anzuerkennen pflegte. Er verstand es ja so gut, die kleinen Freuden des Lebens zu genießen, aber wenn man mit Sorgen allein bei Tische sitzt, dann wird einem die beste Speise vergällt. Mein Gott, warum wurde denn gerade sein Glück gestört, er verlangte ja vom Leben nichts, als daß es korrekt und heiter sei. Er hatte stets seine Pflicht getan, früher im Regiment und jetzt als Gutsbesitzer. Selbst der alte von der Warthe hatte seine Landwirtschaft gelobt. Er war kein Spieler wie Dietz und war seiner Frau nicht untreu wie der Graf Bützow, warum mußte nun etwas Rätselhaftes kommen und gerade ihm das Liebste, das er hatte, seine Ehe, stören. Er verstand das nicht.

Gleich nach dem Frühstück ging er zu Liddy hinüber. Er trat in das Zimmer ein, ohne anzuklopfen, er wollte sich nicht wieder abweisen lassen. Lydia lag auf der Couchette in ihrem hellrosa Morgenrock, das Haar hing in zwei langen schwarzen Zöpfen über die Schultern hinüber, das Gesicht war sehr weiß, sie regte sich nicht, als Dachhausen eintrat, und schaute mit den blanken Augen unverwandt zur Decke hinauf. »Liddy«, rief er im zärtlichsten Ton, den er aufbringen konnte, »wieder eine schlechte Nacht, was tun wir wohl, diese verdammten Nerven!« Er beugte sich über sie und küßte das regungslose Gesicht. »Wie fühlst du dich jetzt?«

»Müde«, erwiderte Lydia, ohne ihn anzusehen. Er zog einen Stuhl heran und nahm ihre Hand, die schlaff in der seinen lag. »Ja, ja«, fuhr er fort, »das ist dieses Frühlingswetter, es sieht hübsch aus, aber es ist giftig. Alle spüren das.«

Lydia antwortete nicht, da wurde auch Dachhausen befangen. Was sollte er mit dieser Frau beginnen, die tat, als sei er gar nicht da? Er fing an etwas zu erzählen: »Ich war gestern in Witzow, die arme Gertrud ist auch leidend. Nun und die beiden Alten, die brummen so herum in gewohnter Weise. Die Baronin regte sich darüber auf, daß Dietz und Fastrade jeden Abend lange Spaziergänge im Walde machen, sie meinte, das muß wohl eine amerikanische Sitte sein. Aber der Alte sagte: ›Ob es amerikanisch ist, weiß ich nicht, aber unschicklich ist es.‹«

Ein wenig Röte stieg in Lydias Wangen, und sie sprach feierlich zur Decke hinauf: »Ich finde es auch unschicklich.«

»Unschicklich, wieso?« entgegnete Dachhausen. »In unseren Zeiten denkt man darüber doch freier.« Jetzt sah Lydia ihn an, und zwar ziemlich böse: »Du hast mir ja immer gepredigt«, sagte sie, »daß man sich den Sitten und Gesetzen der Gesellschaft, in der man lebt, fügen soll, warum können denn die beiden tun, was sie wollen?« Dann zog sie die Augenbrauen hoch und wandte das Gesicht ab: »Ach Gott, es ist ja auch so gleichgültig, was diese beiden tun, amüsieren wird sich der gute Egloff auf diesen Spaziergängen mit der langweiligen Fastrade nicht.«

»Wieso langweilig?« protestierte Dachhausen. »Fastrade ist doch ein edles und interessantes Mädchen.«

»Vielleicht wegen dieser kitschigen Verlobung mit dem Hauslehrer«, höhnte Lydia. »Warum hast du denn nicht sie geheiratet, wenn sie edel und interessant ist? Ich bin weder edel noch interessant.«

Da wurde Dachhausen wieder zärtlich, er streichelte die kleine, schlappe Hand, die in der seinen lag, und sagte mit einer Stimme, die vor Erregung bebte: »Weil ich dich geheiratet habe, weil du für mich die Edelste und Interessanteste bist. Sieh, Liddy, es kommt mir vor, als ob in der letzten Zeit wir einander nicht recht nahe gewesen sind, es ist mir so, als ob dich etwas drückt, das du mir verschweigst. Sprich dich aus, erstens, dazu ist man ja verheiratet, daß man alles teilt, und dann, es ist auch lächerlich, wie das, was einem Sorge macht, vollständig verschwindet, wenn man es ausspricht.«

Lydia sah wieder zur Decke empor, und es klang müde und schläfrig, als sie antwortete: »Ich verstehe dich nicht, ich habe nichts auszusprechen, nichts zu sagen. Ich glaube, wir beide haben uns in letzter Zeit überhaupt wenig zu sagen.« Sie schloß die Augen. »Ich denke, ich versuche ein wenig zu schlafen«, sagte sie.

Dachhausen war blaß geworden, er erhob sich schnell und ging, ohne ein Wort zu sagen, aus dem Zimmer.

Drüben in seinem Zimmer setzte er sich auf einen Sessel, lehnte den Kopf zurück und schloß die Augen. Nun war es klar, mit seiner Ehe stand es übel, aber wissen wollte er, was sein Glück zerstörte. Er war es müde, kleine Ereignisse aus seiner Erinnerung hervorzuholen, er wollte etwas haben, er wollte jemanden haben, an den er sich halten konnte. So saß er lange kummervoll sinnend da. Endlich klingelte er und bestellte einzuspannen, die Jagddroschke und die Schimmel, er wollte nach Grobin ins Städtchen fahren, dort wohnten seine Mutter und seine Schwester Adine. Als Dachhausen heiratete, waren die beiden Damen mit den alten Möbeln und den alten Dienstboten in das Städtchen gezogen, um der neuen Schloßherrin, den modernen Möbeln und neuen Dienstboten Platz zu machen. Für Dachhausen war das Haus in der Stadt ein Stück des alten Barnewitz seiner Jugend. Hier wehte die milde, verwöhnende Luft, die ihn von Kindheit auf umgeben hatte, dorthin fuhr er gern, wenn er verstimmt war und sich trösten lassen wollte. Lydia liebte es nicht, ihre Schwiegermutter zu besuchen, »sie sind dort sehr freundlich«, sagte sie, »aber es ist eine Freundlichkeit, die einem den Atem bedrückt.« Frau von Dachhausen und Adine ihrerseits bewunderten Lydia. »Deine Lydia«, wiederholten sie immer wieder, »ist ja so hübsch und so elegant«, allein sie blieb ihnen fremd, sie war für sie ein schönes Instrument, auf dem sie nicht zu spielen verstanden.

Die Fahrt durch den Frühlingsnachmittag war hübsch, die Birken standen grellgrün am Waldesrande, weiter unter den Tannen fanden sich große Gesellschaften weißer Anemonen zusammen und zitterten im Winde, der Wegrain war mit kleinen gelben Blumen bedeckt, Kinder trieben Schafe auf die Weide, lagen auf den Abhängen auf dem Bauch und sangen. Dachhausen, der sonst immer gern mit dabei war, wo es fröhlich zuging, konnte heute mit der Heiterkeit, die über dem Lande lag, nicht mit, sie machte ihn traurig und schwach. Ein Vers ging ihm durch den Sinn, den die alte Marri, seine Wärterin, ihm vorgesungen hatte, als er noch ein ganz kleiner Knabe war, und er mußte ihn beständig vor sich hinsummen:

> »Weißt du, was die Blume spricht?
> Armes Fritzchen, weine nicht.
> Sonnenschein lacht dir ins Gesicht,
> Armes Fritzchen, weine nicht.«

Auch im Städtchen sah es frühlingsmäßig aus, die Mädchen trugen helle Blusen, lange Reihen von Gymnasiasten spazierten Arm in Arm durch die Straßen. Kommis standen in den offenen Türen der Läden und ließen die bleichen Gesichter vom Frühlingswinde anwehen. Im Hause seiner Mutter wurde er von einem kleinen, listig aussehenden Dienstmädchen empfangen, er kannte das, seine Mutter nahm stets solche Mädchen zu sich, um sie zu erziehen und zu bessern, und die gerieten meist nicht sonderlich. Dann kam Adine, Ende der dreißig, klein und stark, das Gesicht mußte früher fein und hübsch gewesen sein, jetzt war es in die Breite gegangen, und die Züge verloren sich in ihm, aber die blauen Dachhausenschen Augen belebten es freundlich. Adine verbreitete um sich eine wohltuende Atmosphäre von Behäbigkeit und Herzlichkeit. In der Sofaecke saß Frau von Dachhausen klein und gebrechlich wie eine Motte, das Gesicht unter den weißen Spitzen der Haube, noch immer weiß und rosa, war ganz zusammengeschrumpft, aber die Falten standen ihm gut, es waren lauter horizontale Falten der Freundlichkeit.

»Ach Fritzchen, setz dich her«, sagte sie, und die Augen wurden ihr feucht; jedesmal wenn sie ihren Sohn wiedersah, wurden ihr die Augen feucht, und Fritzchen saß nun da in dem altbekannten Lehnsessel, die Sonne schien durch die Goldlackbüsche im Fenster auf das blanke Parkett mit dem roten Läufer. Adine ging ab und zu und richtete den Kaffeetisch her, brachte die großen weichen Bretzeln, die auch von Barnewitz hier in die Stadt übergesiedelt waren. Dachhausen begann es schon wohler zu werden, er fing an sich anzuklagen, sprach von Liddys Krankheit, von seiner Einsamkeit, und die aufmerksame Teilnahme, mit der seine Mutter und seine Schwester ihm zuhörten, machte ihn ganz weich. Hier waren zwei, die unbedingt für ihn Partei nahmen, die von jeher jedes Mißgeschick, das ihn traf, als eine Ungerechtigkeit des Schicksals betrachteten, hier brauchte er nicht männlich zu sein, hier konnte er sich nach Herzenslust bedauern lassen. Der Kaffee kam, Adine und Frau von Dachhausen fingen nun an, die kleinen Stadtgeschichten zu erzählen, fingen an, in ihrer milden und gemütlichen Art zu klatschen, der Abendsonnenschein lag schon ganz rot auf den Wänden, als Dachhausen noch immer dort saß, er wußte, es war Zeit heimzukehren, aber er konnte sich nicht dazu entschließen, zu Hause erwartete ihn die Einsamkeit und all das Feindliche, von dem er sich jetzt umstellt fühlte.

Zwölftes Kapitel

Der Mond stand schon hoch am Himmel, als Egloff und Fastrade noch zusammen die Waldwege entlanggingen. Der Wind trieb kleine Wolken am Monde vorüber und über den Mond hin, auch dem Walde ließ der Wind keine Ruhe, er fuhr in die Bäume, bog sie hin und her, und die Krähen, die in den Wipfeln schlafen wollten, schlugen immer wieder laut mit den Flügeln. Dazu waren die Windstöße ganz voll von betäubendem Duft der jungen Birkenblätter.

»Der Wald ist heute betrunken«, sagte Egloff. »Ach ja«, meinte Fastrade, »alles schwankt, als ob wir auf einem Schiffe spazieren gehen und denken, daß das Padurensche Fräulein mit dem wilden Egloff noch um diese Zeit in einem betrunkenen Walde spazieren geht, was werden die Schlösser sagen!«

»Was die Schlösser sagen, ist unwichtig«, erwiderte Egloff, »das einzig Wichtige bist du.«

»Warum bin ich so wichtig?« fragte Fastrade. Egloff schwieg einen Augenblick, um einen lauten Windstoß ausreden zu lassen, dann begann er sinnend: »Ich ging einmal um die Mittagszeit in Venedig durch die kleinen Straßen; du weißt, gerade um diese Zeit gleichen diese Straßen mehr denn je Korridoren eines Armeleutehauses; die Leute sitzen da herum und essen; es riecht nach Zwiebeln und Fischen, Wirte stehen in den Haustüren und rufen: ›La minestra è pronta!‹ Kleine Jungen hocken in dämmerigen Torwegen und halten goldgelbe Polentaschnitte – nun ja, und da kam ich an einen Platz, ich weiß nicht, wie er heißt, von der einen Seite steht ein einzelner gotischer Turm, ganz mit Schnörkelwerk bedeckt, als hätte er Großmutters Spitzenmantille umgenommen. Ein kleines Wirtshaus ist dort auch, vor das ich mich hinsetzte. Über den ganzen Platz aber waren Leinen gezogen, auf denen Wäsche hing, Bettücher und Hemden, grell weiß in der Mittagssonne und im Winde flatternd. Venezianische Mädchen kamen ganz schlank in ihren schwarzen Tüchern, schöne, bleiche, verhungerte Gesichter mit großen Augen, und sie hoben die Arme auf und bogen die Köpfe mit dem schweren, dunkelen Haar zurück, standen da in all dem Weiß und hingen noch mehr Wäsche auf die Leine. Das gefiel mir. An meinem Tisch saß ein kleiner, alter Mann mit einem spitzen, grauen Bart, offenbar ein Deutscher, vielleicht ein Professor, denn er hatte langes, graues Haar, das haben die Germanisten auch oft. Er sah mich böse an und sagte in einem gereizten Tone, als hätten wir uns die ganze Zeit gestritten: ›Da laufen Sie in Venedig herum und gaffen und bewundern lauter Kitsch. Ich komme hierher, denn dieses hier ist wichtig.‹ In dem Augenblicke leuchtete mir das ein.«

»Warum war das so wichtig?« fragte Fastrade.

Egloff lachte: »Ja, das weiß ich nicht, ebenso wenig wie ich es weiß, warum du mir so wichtig bist. Aber sieh, eigentlich ist das ein Zeichen von der Unberührtheit meiner Seele. Dir war schon mit vierzehn Jahren jeder Held eines englischen Romans wichtig, ihr alle zehrt ja von Jugend auf von eurer Seele, ich habe meine Seele gar nicht in Gebrauch genommen, ich habe bisher ohne Seele gelebt, und für dich ziehe ich nun diese ungebrauchte, funkelnagelneue Seele heraus, ich schneide sozusagen für dich erst meine Seele an. Das will doch etwas heißen, wenn es auch nicht bequem ist.«

»Ach ja, Lieber, tue das«, sagte Fastrade.

Jetzt gingen sie unter großen, alten Tannen hin, in denen das Mondlicht nur hie und da wie silberne Funken sprühte; auf einer kleinen Lichtung aber hell beschienen stand die Auerhahnhütte. »Die wollte ich dir zeigen«, sagte Egloff, »hier habe ich meine besten Stunden verbracht.« Er öffnete die Türe, der Raum war voller Mondlicht und großer, schwankender Schatten der Tannenzweige. Er zog Fastrade auf das Ruhebett nieder, »hier habe ich dich immer am deutlichsten gesehen, wenn du nicht da warst, hier habe ich dich am deutlichsten gefühlt, in jedem Nerv habe ich dich gespürt, es ist, als ob du hier wohntest. Scheint es dir nicht, als ob dir hier alles bekannt sei, daß du hier schon oft gewesen bist?«

»Ja«, sagte Fastrade sinnend, »im Traume, glaube ich, habe ich dieses kleine Zimmer gesehen, ganz gelb von Mondlicht.«

»Du mußt es kennen«, meinte Egloff und drückte sie an sich und begann langsam ihre Augen und ihren Mund zu küssen; er beugte sie zurück, seine Hände faßten sie, daß es ihr weh tat, ein Knopf ihrer Jacke sprang klirrend zu Boden.

Fastrade richtete sich auf, erhob sich von ihrem Sitz, machte einige Schritte, dann lehnte sie sich gegen die Türe, breitete die Arme aus und stützte die Handflächen gegen die Bretterwand, als wollte sie jemand den Eintritt verwehren. »O nein«, sagte sie schwer aufatmend. Egloff saß noch auf dem Ruhebette, ganz in den Schatten zurückgebogen. »Nein«, wiederholte er leise und zischend, »natürlich, ihr seid die Reinen, die Unnahbaren, die Heiligen, nur daß ihr die Liebe dadurch zu etwas verdammt Lächerlichem und Verlogenem macht.«

»Nein, nein«, sagte Fastrade wieder, und das Schwingen in ihrer Stimme zeigte, wie stark ihr Herz schlug. »Ich bin nicht unnahbar, ich bin nicht heilig, aber, wenn ich dir helfen soll, wenn ich neben dir stehen soll, dann – dann darfst du mich nicht behandeln wie die anderen.«

Aber aus der dunkeln Ecke klang es leise und böse zurück: »Ich will nicht, daß du mir hilfst, ich will, daß du mich liebst.«

»Ich will dir helfen«, erwiderte Fastrade laut und klar, »gerade das will ich, das ist meine Art zu lieben.«

Beide schwiegen. Egloff schaute zu Fastrade hinüber, wie sie an der Türe lehnte mit ausgebreiteten Armen, hell vom Monde beschienen, das blonde Haar hing ihr ungeordnet in die Stirne, eine flimmernde Haarsträhne fiel über die kindliche Rundung der Wangen, die Augen glitzerten, die Lippen waren ein wenig geöffnet, ja Egloff sah es deutlich, sie lächelten ein seltsam erregtes, triumphierendes Lächeln.

Endlich trat sie von der Türe fort an Egloff heran, legte die Hand auf seine Schulter und sagte freundlich und mitleidig: »Komm, gehen wir, deine Auerhahnhütte gefällt mir nicht mehr. Sitze nicht so da.«

Egloff lachte kurz auf: »Oh, du brauchst mir nicht zu sagen«, meinte er, »wie ich dasitze, das weiß ich wohl, also gehen wir.«

Sie traten wieder hinaus, draußen empfing sie das gewaltsame Wehen und Duften, sie mußten ordentlich gegen den Wind ankämpfen. »Halte mich, halte mich«, rief Fastrade und lachte hell in das große Rauschen hinein.

Es war spät geworden, als Fastrade nach Hause kam. Sie beeilte sich, zu ihrem Vater hinüberzugehen, der sie schon erwarten mußte; aber als sie den dunkeln Saal durchschritt, war es, als versagten ihr plötzlich die Kräfte, eine große Mattigkeit ergriff sie, und ihre Knie zitterten. Sie mußte sich auf einen Sessel niederlassen. Vom Zimmer ihres Vaters her hörte sie die Stimme der Tante Arabella, welche Saint-Simons Memoiren vorlas, auf der anderen Seite sang Couchons zitternde Stimme ihr: »Ah, répondit Collette, osez, osez toujours.«

Vor den Fenstern jauchzte der Frühlingswind. Fastrade schlug die Hände vor das Gesicht und weinte, nicht aus Schmerz, es war nur ein unendlich wohltuendes Sichlösen der großen Spannung ihrer Seele.

Dreizehntes Kapitel

In Sirow fand das große Souper statt. Die Baronin ging durch die Zimmer, um einen letzten Blick auf die Veranstaltungen zu werfen. Langsam zog sie ihre Atlasschleppe über das Parkett, vor einem Spiegel blieb sie stehen und rückte die Diamantbrosche zurecht, ein Geschenk der hochseligen Großherzogin. Dann setzte sie sich auf ihren Sessel und erwartete die Gäste. Die Kerzen in den Kronleuchtern brannten alle, obgleich draußen der Maiabend noch hell über dem Garten war. Die Glastüren zur Veranda standen offen, und der Duft des Flieders drang herein, der wie eine Mauer aus weißem und hellblauem Gewölke den Garten einhegte.

Die Baronesse Arabella und Fastrade waren die ersten, die anlangten. »Mein liebes Kind, du siehst gut aus«, sagte die Baronin zu Fastrade mit dem milden Ernst, den sie im Umgang mit ihrer künftigen Schwiegertochter anzuwenden liebte, aber heute ruhten ihre Augen doch mit Wohlgefallen auf dem aufrechten, blonden Mädchen, über dessen rundem Gesicht, über dessen Schultern und Armen ein so wundersam warmer

Jugendglanz lag. Fastrade trug ein weißes Spitzenkleid und einen Veilchenstrauß an der Brust. »Komm, meine Tochter«, fuhr die Baronin fort, »setze dich zu mir, bis die anderen kommen, können wir uns ein wenig genießen«, und sie begann genau zu beschreiben, wie sie solche große Gesellschaften zu organisieren pflegte, wie sie alles im voraus genau bestimmte, so daß das Uhrwerk später tadellos von selbst funktionierte. Eine Unterrichtsstunde, dachte Fastrade und schob ein wenig die Unterlippe vor. Nun kamen auch die anderen Gäste, zuerst die von Teschens aus Rollow mit drei Töchtern in Rosa, Blau und Lila. Die Fräulein von Teschen waren immer in Rosa, Blau und Lila, in Rollow hatte man zehn Kinder, mußte mit dem Gelde sparen und ging nur wenig in Gesellschaft. Wenn aber die drei Mädchen mit den kleinen braunen Augen in den unregelmäßigen, erwartungsvollen Gesichtern einmal ausgeführt wurden, dann warfen sie sich mit Heißhunger auf alles, was wie Unterhaltung aussah. Die Gräfin Bützow zog ein in rotem Samt, stattlich und streng, gefolgt von ihrem kleinen, blonden Gemahl, der in einem breiten rosa Gesicht ein großes Monokel trug. Die Ports kamen, die Baronin in stahlblauen Atlas gekleidet wie in eine weitläufige Rüstung. Gertrud trug ein weißes Kleid mit griechischen Ärmeln, sie hatte ihrem hageren, spitzen Gesichtchen ein wenig Rot aufgelegt und ihre fieberblanken Augen vorsichtig mit dem Stifte unterstrichen. »Sehen Sie doch unsere Gertrud«, sagte die Gräfin Bützow zu Frau von Teschen, »wenn die Mädchen auch nur etwas mit dem Theater in Berührung kommen, gleich hängt ihnen etwas Komödiantenhaftes an.« Frau von Teschen seufzte: »Ach ja, das Theater ist eine ansteckende Krankheit. Ich habe sechs Töchter, aber wenn Gott mir noch sechs Töchter mehr gegeben hätte, keine sollte mir aus dem Hause, ehe sie heiratet.«

Der Saal füllte sich, da waren auch die Herren aus der Stadt, der schöne Leutnant von Klette, der Referendar und Doktor Hansius. Es wurde Tee herumgereicht, man stand beieinander und unterhielt sich ein wenig zerstreut, weil ein jeder nach der Türe sah, um die Neuankommenden zu betrachten. Mit einem Schweigen der Bewunderung wurde Lydia von Dachhausen empfangen, sie trug ein schwarzes Samtkleid, an der Brust einen großen Strauß pfirsichfarbener Rosen, Gloire de Dijon; ihr schönes Gesicht, ihre Schultern, ihre Arme waren alabasterweiß, und die Augen hatten den intensiven Glanz der Edelsteinaugen einer griechischen Marmorgöttin. »Das muß man sagen«, flüsterte der Referendar dem Doktor Hansius zu, »diese Baronin von Dachhausen, die ist Großstadt, die ist Grandmonde.«

»Und schlechte Nerven«, brummte der Doktor.

Durch das Gesumme der Stimmen im Saal klang deutlich und klar die Stimme der Baronin Egloff. Sie sprach mit der Gräfin Bützow von den Hofsitten einst und jetzt, sie fand, daß die Hofsitten jetzt an Würde, ja geradezu an Würde verloren hätten. Früher, wenn die hochselige Kaiserin von Rußland in einen Saal trat, dann ging eine Hoheit von ihr aus, daß es einem kalt über den Rücken lief. Auf der anderen Seite des Saales aber wurde laut gelacht. Dachhausen hatte sich zu den Fräuleins von Teschen gesetzt und machte sie lachen, indem er selbst beständig lachte. Der Arme zwang sich heute zu einer gewaltsamen Heiterkeit, er wollte nicht, daß die Leute es merkten, wie elend ihm zumute war. Das rosa Fräulein von Teschen jedoch sprang plötzlich auf und rief: »Da steht ja der Leutnant von Klette, ich will gehen mit ihm flirten, ich flirte so furchtbar gern und habe so selten Gelegenheit.« Sie ging zum Leutnant hinüber und stellte sich vor ihm auf. Zuweilen ging eine der Damen auf die Veranda hinaus; der Abend war milde, aber es lief doch ein Schauer über die nackten Schultern. »Wie schön, wie wunderschön«, sagte sie dann und ließ die Worte gefühlvoll klingen; die Ruhe der Abenddämmerung, die feierlich über den Tulpen- und Narzissenbeeten lag, ergriff sie.

Ein fremder Herr fiel in der Gesellschaft besonders auf, ein russischer Gardeoberst, der Graf Schutow, der seit einigen Tagen Egloffs Gast war, eine große, schwere Gestalt, Haar und Backenbart leicht ergraut, das regelmäßige Gesicht bleich und schlaff, die schweren Augenlider mit den langen Wimpern, die sich nur selten hoben, verdeckten graue, sentimentale Augen. Der Graf bewegte sich mit einer trägen Sicherheit, begrüßte und ließ sich vorstellen und musterte dabei ruhig und genau die Reihen der Damen. Er liebte es nicht zu stehen, wenn er aber saß, saß er gern neben der schönsten Frau der Gesellschaft. So ging er auch auf Lydia zu und nahm neben ihr Platz. Leicht zur Seite gebogen stützte er sich auf die Armlehne des Stuhles, um dem schönen Arme näher zu sein, und begann mit seiner singenden Stimme die Unterhaltung: »Ich freue mich sehr, hier einmal die Damen der Gegend kennen zu lernen. Damen überhaupt sind ja für jeden wichtig, aber wir Russen, wir wären ohne Damen verloren.«

»Wieso?« fragte Lydia und verschanzte sich hinter ihrem Federfächer vor den grauen Augen, die sie mit unheimlicher Gründlichkeit betrachteten.

»Ja, sehen Sie«, fuhr der Graf fort, »Rußland ist furchtbar groß, zu viel Raum, ehe man es sich versieht, ist man allein. Man reist Tage und Tage, immer allein. Man ist auf seinem Gut, die anderen Güter sind ganz weit. Man geht auf die Jagd, nur die Steppe und kein Mensch. In der Nacht schläft man auf einem der großen Heuhaufen, um einen alles ganz weit und still, über einem der Himmel – nun ja, da fühlt man sich selbst so weit und leer wie eine große, große Blase. Da sind nun die Damen nötig, die machen es wieder um einen eng und warm.«

»Das muß schön sein bei Nacht auf den Heuhaufen«, äußerte Lydia.

»Ach ja«, meinte der Graf, »nur zu starker Duft, man wacht am Morgen mit Kopfschmerzen auf, als ob man die ganze Nacht getrunken hätte.«

Gertrud Port flatterte jetzt heran, sie wollte auch teilhaben an dem interessanten Fremden. »Nicht wahr, Herr Graf«, fragte sie, »man ist in Rußland sehr musikalisch?«

»O ja«, erwiderte der Graf und ließ seine Blicke einen Augenblick zerstreut auf Gertruds spitzem Gesichtchen ruhen, »wir singen viel, singen geht langsamer als sprechen, aber wir haben so viel Zeit.« Als aber Lydia sich mit einer Frage an Gertrud wandte, entschuldigte sich der Graf, stand auf und ging zu Egloff und dem Grafen Bützow hinüber, die beieinander standen. »Meine Herren«, sagte er, »bis zum Souper ist wohl noch Zeit, Ihre Gäste sind versorgt, Baron, wie wäre es mit einem kleinen Préférencechen?«

»Sie haben Eile, Graf«, bemerkte Egloff. »Ach was, Eile«, meinte der Graf, »ich habe nur bemerkt, daß es nichts Besseres für den Appetit gibt als ein paar Runden Préférence kurz vor dem Essen.« Sie gingen in das Spielzimmer hinüber, mit einem wohligen Seufzer setzte der Graf sich an den Kartentisch, breitete mit seiner fetten, beringten Hand die Karten aus, damit die Plätze gezogen würden, und meinte: »Hier ist man zu Hause.« Egloff mischte nervös ein Kartenspiel, er war schlechter Laune. Während der Graf sein Gast war, hatte er seit längerer Zeit wieder viel und hoch gespielt, und es ärgerte ihn zu bemerken, daß das Spiel ihn stärker erregte, ihm mehr auf die Nerven ging als früher. Der Baron Port und Doktor Hansius, die sich in das Spielzimmer zurückgezogen hatten, um zu rauchen, traten heran und schauten gespannt und mißbilligend dem Spiele zu.

Endlich war es Zeit, zum Souper zu gehen. Die Baronin Egloff nahm den Arm des Baron Port, und in feierlichem Zuge begab man sich in den Speisesaal. Das rosa Fräulein von Teschen schauerte wohlig in sich zusammen, als es die Serviette auseinanderfaltete. »Sie finden es wahrscheinlich unpoetisch und materiell«, sagte sie zu ihrem Nachbar, dem Leutnant von Klette, »wenn ein junges Mädchen sich so stark auf das Essen freut, aber das Essen hier in Sirow ist immer so herrlich.« – »Durchaus nicht«, erwiderte der Leutnant, »ich liebe es, wenn ich die Gefühle der Damen verstehen kann, und dieses verstehe ich.«

DREIZEHNTES KAPITEL

Am anderen Ende des Tisches klang wieder Dachhausens herzliches Lachen herüber, der mit dem lila Fräulein von Teschen scherzte. »Ihr Gemahl«, sagte Graf Schutow zu Lydia, »hat ein so angenehmes Lachen, ich höre so gern lachen.« »Ja«, sagte Lydia und zog die Augenbrauen ein wenig empor, »er ist eine heitere Natur.« Aber Adine von Dachhausen, die gegenübersaß, rief den Grafen mit ihrer lauten, heiteren Stimme an: »Lachen Sie selbst gern, Herr Graf?«

»Ich lache zuweilen ganz gern«, erwiderte der Graf zerstreut, »aber ich höre lieber, wenn andere lachen, dann habe ich das Vergnügen und keine Mühe. Wie meinen Sie?« wandte er sich an den Diener, der ihm eine Schüssel reichte. »Ah! Spielhahnpastete«, und er wandte seine ganze Aufmerksamkeit der Pastete zu. Egloff hatte ziemlich einsilbig und mißmutig der Gräfin Bützow zugehört, die über das Befreiende, ja geradezu Moralische in Mozarts Musik sprach. In einer Pause flüsterte Fastrade ihm zu: »Bist du unglücklich?« – »Ich bin wütend«, erwiderte Egloff leise. »Wozu diese Anhäufung gleichgültiger Menschen und Speisen? Am liebsten würde ich jedem mit einer Grobheit antworten, würde sagen: ›O ja, gewiß, Esel‹ oder: ›Sie haben ja ganz recht, dumme Pute.‹« – »Still«, sagte Fastrade und legte den Finger auf die Lippen. Egloff beugte sich wieder auf seinen Teller nieder. Der eigentliche Grund, daß er sich unglücklich fühlte, war das Bewußtsein, daß er alle diese Menschen und die lange Mahlzeit nur deshalb verfluchte, weil er ungeduldig war, wieder im Spielzimmer zu sitzen und das Spiel fortzusetzen, und das fand er primitiv und gewöhnlich.

Jetzt erhob sich der Baron Port zu einer Rede, er sprach lange und ernst, sprach davon, daß es ein Segen sei, wenn die alteingesessenen Familien sich miteinander verbinden, das sei ein Bollwerk gegen die neuen, zerstörenden Ideen, alte bewährte Traditionen werden auf junge Schultern gelegt, werden gestärkt und zu neuer Blüte gebracht. Die Baronin Egloff weinte, die anderen hörten mit zerstreuter Andacht zu, als säßen sie in der Kirche bei einer zu langen Predigt. Um so lauter wurde »Hoch« gerufen, als die Rede zu Ende war.

Die Mahlzeit ging ihrem Schluß entgegen; erhitzt lehnten sich die Gäste in ihre Stühle zurück, und die Unterhaltung floß nur träge. »Das ist der Fehler der guten Sirowschen Soupers«, sagte der Referendar zu Adine von Dachhausen, »daß es hier zu viel zu essen gibt. Ich habe das Gefühl, als seien die Speisen in der Übermacht.« – »Oh, ich lasse mich nicht so leicht einschüchtern«, erwiderte Adine resolut. Doch war es allen willkommen, daß die Baronin Egloff die Tafel aufhob; die Herren setzten die Damen im Saale ab und eilten in das Rauchzimmer. Die Damen saßen beieinander und fächelten sich mit den großen Federfächern Luft zu.

Egloff ging auf die Veranda hinaus, er lehnte sich über das Eisengitter und schaute in den dunkeln Garten hinein. Stille und Dunkelheit, das war es, was ihm jetzt not tat, und dann hoffte er, Fastrade würde herauskommen und in der Dämmerung der Maiennacht vor ihm stehen, aufrecht und weiß wie die Narzissen unten auf den Beeten. Das Rascheln einer Frauenschleppe ließ ihn auffahren. Es war Lydia. Sie blieb vor ihm stehen, ein Lichtstrahl vom Saal her traf ihre Schultern und ihr Gesicht, in dem die Augen seltsam schwarz schienen. Sie begann leise und klagend zu sprechen: »Und ich, was wird aus mir?« Sie legte dabei die Hand auf die Brust, mitten in die Rosen hinein, eine Rose löste sich ab und fiel zu Boden. Egloff bückte sich und hob sie auf. »Ich denke«, sagte er langsam, indem er die Rose vorsichtig entblätterte, »ich denke, wir kehren zu unserer Pflicht zurück.«

»Pflicht«, wiederholte Lydia, »wenn man, wie wir, gelogen und betrogen hat, dann gibt es nur Pflichten, die wir gegeneinander haben. Es gibt doch so etwas wie Treue von Spießgesellen.«

»Sie sind geistreich, gnädige Frau«, bemerkte Egloff. »Du wunderst dich darüber«, entgegnete Lydia, und Egloff wußte nicht, war es ein Lachen oder ein Schluchzen, das ihre Stimme zittern ließ, »du wunderst dich darüber, aber wenn wir in großer Not sind, dann werden wir alles, sieh, Dietz, es kann nicht aus sein. Ich habe mein ganzes Leben in dieses eine Erlebnis hineingelegt, ich habe sonst nichts.«

»Ich glaube, gnädige Frau«, bemerkte Egloff, »Sie überschätzen dieses Erlebnis.«

»Wie soll ich das?« klagte Lydia. »Ich will ja weiter lügen und betrügen, aber aus darf es nicht sein. Ich habe ja nichts, nichts als deine Liebe.« Egloff schwieg und sah diese Frau an, wie sie vor ihm stand, wie aus dem Dunkel des Samtes und der Dämmerung ihre blasse Nacktheit hervorleuchtete, diese Frau, die mit ihrer leidenschaftlichen Klage sich an ihn klammerte, sich ihm bedingungslos hingab, das ergriff ihn. Aber es klang dennoch sehr kühl und ruhig, als er sagte: »Ich glaube, gnädige Frau, Sie überschätzen auch diese Liebe.« Lydia beugte den Kopf, beugte ihn auf die Rosen an ihrer Brust nieder, und Egloff sah, wie die kleinen, spitzen Zähne sich in eine Rose eingruben wie in eine Frucht.

Im Saale hatte sich der Baron Port zu Fastrade gesetzt, er wollte von ihr erfahren, ob ihr Vater und Ruhke dieses Jahr mit der Gründüngung Ernst machen würden. Fastrade gab nur zerstreute Auskunft. Durch die offene Verandatür sah sie ein Stück von Lydias Sammetschleppe, und dieses nahm ihre Aufmerksamkeit seltsam stark in Anspruch. Und da war noch einer im Saal, der diese Schleppe nicht aus den Augen ließ: Dachhausen. Er hatte Lydia auf die Veranda folgen wollen, aber die Gräfin Bützow hielt ihn auf, sie wünschte seine Ansicht über die Pferde, die sie sich neulich gekauft hatte, zu hören, und der Arme stand da und sprach über Pferde, er wußte selbst nicht, was, und starrte in großer Erregung die Schleppe dort auf der Veranda an. Endlich gab die Gräfin ihn frei, da eilte er hinaus. »Ihr genießt hier die Abendluft«, sagte er in möglichst natürlichem Tone. Lydia erwiderte nichts, wandte sich um und ging in den Saal zurück. »Ja, ein seltsam warmer Abend«, meinte Egloff. Dann standen die beiden

Männer da in der Dunkelheit schweigend beieinander. Jetzt müßte ich etwas sagen, dachte Dachhausen, das entscheidet, das Klarheit schafft, und Egloff war es, als spürte er die Aufregung des kleinen Mannes, der unruhig vor ihm auf- und abzugehen begann. Will er etwas, weiß er etwas? fragte sich Egloff. Da ertönte wieder Dachhausens freundliche Stimme: »Der Flieder duftet so stark.« – »Ja, sehr stark«, erwiderte Egloff. Aus dem geöffneten Fenster des Spielzimmers klang die singende Stimme des Grafen Schutow herüber. »Meinen Rest«, sagte sie. »Ah, die sind schon beim Quinze«, bemerkte Egloff, »kommst du auch?« – »Nein, ich spiele nicht«, antwortete Dachhausen, »ich bleibe noch ein wenig hier.«

Egloff ging ins Spielzimmer; dort saßen die Herren am Kartentisch, Graf Schutow, bleich und träge wie immer, Graf Bützow sehr rot, denn er war stark im Verlust. Der Leutnant und der Referendar nahmen vorsichtig am Spiele teil. »Wir sind schon an der Arbeit«, rief Graf Schutow. »Gut, gut«, sagte Egloff; er ließ sich ein großes Glas Sekt geben, trank es schnell und durstig herunter und setzte sich an den Spieltisch.

Draußen im Saale langweilten sich die Damen, da die Herren fast alle im Spielzimmer waren, nur die älteren Herren gingen ab und zu, Baron Port, Herr von Teschen, Doktor Hansius, sie kamen mit besorgten Mienen aus dem Spielzimmer, flüsterten da etwas von »rasendem Spiel, unglaublich!«, und über der Gesellschaft lag das quälende Gefühl, als vollzöge sich drüben im Spielzimmer etwas Unheimliches und Verhängnisvolles. Die Stimmung wurde unerträglich, und die Damen bestellten ihre Wagen. Der Aufbruch war allgemein. Die Herren aus dem Spielzimmer erschienen, um von den Damen Abschied zu nehmen. Egloff stand im Flur und hielt Fastrades Mantel, sein Gesicht war leicht gerötet, eine Haarsträhne fiel ihm in die Stirn, und seine Augen hatten einen seltsam flackernden Glanz. Fastrade verabschiedete sich noch von Lydia. »Sie erlauben, daß ich Sie küsse«, sagte Lydia, »ich möchte so gern, daß wir uns näher kennen lernen.« Egloff lächelte – die Lust an der Verstellung an sich, dachte er. Dann hüllte er Fastrade in den Mantel, er beugte sich vor und wollte sie küssen, aber in einer unwillkürlichen Bewegung wandte Fastrade den Kopf, und ein Ausdruck der Angst flog über ihr Gesicht. Sofort richtete Egloff sich auf, er zog ein wenig die Brauen zusammen, lächelte spöttisch, küßte Fastradens Hand und flüsterte: »Ist das der Anfang der Erziehung?« Fastrade erwiderte nichts, sie ging zur Türe, dort aber wandte sie sich um, lächelte unendlich gütig und mitleidig: »Armer Dietz«, sagte sie und bot ihm ihre Stirn zum Kusse hin.

Die Herren gingen in das Spielzimmer zurück, die Baronin Egloff stand im leeren Saale unter dem Kronleuchter, der Ausdruck ehrwürdiger Liebenswürdigkeit war von ihrem Gesicht gewichen, es sah alt und angstvoll aus. Sie faßte Fräulein von Dussas Arm, wies mit dem Kopfe zum Spielzimmer hin und sagte leise: »Das dort ist nicht gut.« Fräulein von Dussa nickt bekümmert mit dem Kopfe. »Meine Liebe«, fuhr die Baronin fort, »glauben Sie mir, dieser Russe ist der Satan.«

Vierzehntes Kapitel

Egloff hatte sich nicht einmal ausschlafen können, der Graf Schutow fuhr am Morgen fort, und Egloff mußte aufstehen, um von ihm Abschied zu nehmen. Dann setzte er sich an seinen Schreibtisch und rechnete. Er hatte gestern wie ein Wahnsinniger gespielt, da ging ja wieder ein großer Teil des Sirowschen Waldes darauf. Jetzt mußte er einen Brief an Mehrenstein schreiben, damit dieser Geld besorge. Am Nachmittag wollte Egloff ins Städtchen fahren, um das Geld dem Grafen Schutow zu bringen, der im »Kronprinzen« auf ihn wartete. Widerwärtig all das! Heute war wieder solch ein Tag, wie er in seinem bewegten Leben immer wiederkehrte, ein Tag, da alles um ihn her zu zerbröckeln schien, alles ungeordnet und häßlich war und ein großer Ekel ihn schüttelte.

Und unnütz war das alles, er sah nicht ein, warum all solche Erlebnisse gerade zu ihm gehören sollten, aber sie hängten sich an ihn wie ein lästiger Hund, den wir immer wieder forttreiben und der sich doch immer wieder an unsere Fersen heftet. Nun, darüber nachzudenken machte die Sache nicht erträglicher.

Am Nachmittage fuhr Egloff nach Grobin. Er hatte sich einen bequemen Wagen bestellt, denn er wollte unterwegs schlafen, nichts denken und nichts sehen, sondern schlafen. Er drückte sich in die Wagenecke und schloß die Augen. Es war angenehm, wie in dem Halbschlummer, in den er verfiel, das Rauschen des Waldes, durch den er fuhr, ein Amselschlag, das Bellen eines Hundes, der Gesang eines Hüterjungen hineintönten wie Klänge einer Welt, die sehr fern von ihm war. Das Stoßen des Wagens auf dem Stadtpflaster machte ihn wieder munter. Es war Samstag, unter einem mit hellgrauen Wolken bedeckten Himmel sah das Städtchen alltäglich genug aus, die Fenster der Häuser waren geöffnet, und Mägde standen auf den Fensterbrettern und wuschen die Scheiben. Töchterschülerinnen gingen langsam über die Straße und schwenkten gelangweilt ihre Mappen. Adine von Dachhausen kam aus einem Laden; sie hatte einen Sommerhut auf mit zu viel roten Rosen; sie liebte stets das Auffallende. Egloff ließ am Klub halten, er wollte den Weg bis zu Mehrensteins Haus zu Fuße zurücklegen.

Alles an dem Mehrensteinschen Hause war ihm zuwider, die hellpolierte Türe, der Kristallknopf der Hausglocke, ihr schriller, aufdringlicher Klang, der dunkle Flur, in dem es nach Gewürzen und Küche roch. Mehrensteins Tochter kam ihm entgegen, ein schönes, schweres Mädchen mit einem Wald schwarzer Haare auf dem Kopfe und mit ganz großen, braunen Augen. »Bitte, treten Sie näher, Herr Baron«, sagte sie ernst und traurig und öffnete die Türe zum Wohnzimmer. Egloff trat in dieses Wohnzimmer, das er so gut kannte. Die Möbel mit dem hellblauen Ripsbezug, all die vielen, ein wenig verstaubten Sachen, sie hatten sich seinem Gedächtnis eingeprägt, wie es eben nur Sachen tun, die den peinlichen Augenblicken unseres Lebens assistieren. Da war die Kommode mit den alten silbernen Kannen und Leuchtern, da war die große Landschaft an der Wand, ein Kastell, Bäume, ein Reiter, alles aus Kork geschnitzt und unter Glas. »Bitte, nehmen Sie Platz«, sagte Fräulein Mehrenstein ernst, sie blieb jedoch stehen, als Egloff sich gesetzt hatte, »mein Vater wird gleich kommen, er ist bei meiner Mutter, unsere Mutter ist sehr krank.« – »Oh, das tut mir leid«, murmelte Egloff und schaute in die großen braunen Augen; da lächelten die vollen Lippen des Mädchens, ein mattes, gewohnheitsmäßiges Lächeln, aber das Gesicht wurde gleich wieder kummervoll. »Wir glaubten diese Nacht, es würde aus sein«, fuhr Fräulein Mehrenstein fort, »und jetzt ist es sehr schlimm.« Ihre Augen wurden feucht, und zwei dicke Tränen rannen ihre Wangen entlang. »Nun will ich den Vater holen«, schloß sie und verschwand hinter einem grünen Vorhang. Seltsam, Egloff hatte an dieses Haus immer nur als an den Ort gedacht, an dem man Wechsel und ungünstige Kontrakte unterschrieb, und nun wurde hier auch geweint und gestorben. Der grüne Vorhang raschelte wieder, und Mehrenstein erschien. Er trug einen Hausrock und Pantoffeln, auf denen große rote Rosen gestickt waren. Feierlich und traurig reichte er Egloff eine schlappe, feuchte Hand. »Sie haben Sorgen«, sagte Egloff. Mehrenstein zuckte ein wenig die Achseln und seufzte. »Eine entsetzliche Nacht«, murmelte er. Er ging zu seinem Geldschrank, holte ein Wechselformular herbei, legte Tinte und eine Mappe auf den Tisch, setzte sich und begann zu schreiben. »Das Geld ist da«, sagte er, »es war schwer, in so kurzer Zeit eine so große Summe zu beschaffen.« Er seufzte. »Die Bedingungen wie immer?« fragte er. Egloff machte eine Handbewegung, die bedeuten sollte, ihm sei alles gleichgültig. Da sah Mehrenstein auf und versetzte in vorwurfsvollem Tone: »Ja, ich muß meine Kinder sicherstellen, kommt der

Waldverkauf zustande, so kann vielleicht einiges von den Prozenten abgerechnet werden.« Er schrieb weiter, nahm dann das Sandfaß und streute Sand über das Geschriebene. »Diese Nacht«, meinte er, »erwarteten wir jeden Augenblick das Ende. Gegen Morgen trat ein wenig Ruhe ein, aber Hoffnung ist keine. Bitte, Herr Baron«; er schob Egloff das Formular hin und reichte ihm die Feder. Während dieser unterschrieb, lehnte Mehrenstein sich in seinen Stuhl zurück, seine Augen wurden feucht, und seine Lippen zitterten. »Nach dreißigjähriger Ehe sich trennen zu müssen«, sagte er, »Sie wissen nicht, was das ist, Herr Baron, und ich kann sagen, in diesen dreißig Jahren hat es keine Minute gegeben, in der ich mit der Frau nicht zufrieden war, sie war eine gute Frau.« Er stand auf und ging zum Geldschrank, um ein Paket Banknoten zu holen. »Der liebe Gott weiß, was er tut«, fügte er seufzend hinzu. Langsam und aufmerksam zählte er das Geld auf den Tisch, schob es in ein Kuwert und legte es vor Egloff hin. »Ich habe getan, was ich konnte«, nahm er mit leiser Stimme, als spräche er in einem Krankenzimmer, die Unterhaltung wieder auf, »ich habe nicht gespart, was habe ich der Apotheke und den Doktoren Geld gezahlt, um das Geld wäre mir nicht leid, wenn es nur etwas geholfen hätte.« Egloff steckte das Geld zu sich und erhob sich. »Man muß die Hoffnung nie verlieren«, sagte er, »guten Abend, Herr Mehrenstein.« Mehrenstein schüttelte traurig den Kopf und reichte seine schlappe Hand hin. »Wegen des Waldes, Herr Baron, komme ich zu Ihnen hinaus«, bemerkte er noch kummervoll.

Egloff war froh, auf der Straße zu sein, diese Mischung von Tod, Geld und Wechseln hatte ihn wie ein Alp bedrückt. Langsam schlenderte er dem »Kronprinzen« zu. Dort erfuhr er, der Graf Schutow sei zwar im Bette, habe aber den Befehl erteilt, Baron Egloff vorzulassen. Egloff fand den Grafen im Bett, Tee trinkend. »Ah, unser Baron«, rief er ihm entgegen, »ich hoffe, Sie haben sich nicht meinetwegen inkommodiert.« – »Ich bringe Ihnen hier meine Schuld«, sagte Egloff.

»Das hatte ja keine Eile«, bemerkte der Graf und warf das Kuwert auf den Tisch neben seinem Bette, »aber wollen Sie Tee? Oder einen Kognak? Nicht, hier sind Zigaretten, so setzen Sie sich doch.« Egloff zündete sich eine Zigarette an und setzte sich: »Sind Sie krank?« fragte er. Der Graf lehnte sich behaglich in seine Kissen zurück. »Durchaus nicht«, erwiderte er, »es ist nur meine Gewohnheit, nach einer durchspielten Nacht den folgenden Tag bis zum Abend im Bett zu bleiben. So bin ich denn gleich zu Bett gegangen, als ich hier ankam. Auf diese Weise holt man am besten die ausgegebene Nervenkraft wieder ein.«

»Praktisch!« bemerkte Egloff. »Wer nur stets Zeit hätte, sich so für das Spiel zu trainieren.«

»Der soll auch nicht spielen«, entgegnete der Graf etwas feierlich, »mit kranken Nerven zu spielen ist Dilettantismus, und der ist gefährlich. Sie waren gestern auch viel zu nervös und hitzig.«

Egloff blies nachdenklich den Rauch seiner Zigarette vor sich hin. »Sagen Sie, Graf«, begann er, »warum spielen Sie eigentlich? Um zu gewinnen?« Dabei klang ihm Fastradens Stimme im Ohr, wie sie an jenem Abend in Sirow dieselbe Frage an ihn richtete. Der Graf verzog sein Gesicht: »Erbarmen Sie sich, wie Sie fragen, warum? Ich weiß nicht, natürlich um zu gewinnen. Charles Fox sagte: ›Das Beste im Leben ist im Spiel Gewinnen, das Nächstbeste im Spiel Verlieren.‹«

»Also dann ist es nicht das Gewinnen«, wandte Egloff ein.

Der Graf warf sich unbehaglich im Bette hin und her: »Sie wollen philosophieren«, sagte er, »ein Zeichen des schlechten Zustandes Ihrer Nerven. Nun hören Sie, was ein Freund von mir, ein gewisser Klebajew, sagte. Er war ein Narr, zuletzt verrückt und erschoß sich. Er sagte also: ›Ich spiele jede Nacht, weil es mich jede Nacht wieder interessiert, mich mit dieser geheimnisvollen und unbegreiflichen Kanaille, die wir Glück nennen, herumzuschlagen.‹«

»Ein wenig pathetisch«, bemerkte Egloff, »aber es läßt sich hören. Warum erschoß er sich denn?«

»Weil er verrückt war«, entgegnete der Graf. »In letzter Zeit sprach er immer davon, er sei es gar nicht selbst, der jeden Abend spielte, das sei der andere, und der andere spiele absichtlich schlecht, und er, Klebajew, müsse immer die Spielschulden des anderen bezahlen, und er habe es nun satt, die Spielschulden des anderen zu bezahlen. Nun, und da schoß er sich tot. Eben ein Verrückter.«

Egloff schwieg eine Weile und sprach dann nachdenklich vor sich hin: »Ja, darauf kommt es immer heraus, die Schulden des anderen zu bezahlen.«

Der Graf richtete sich ein wenig auf und schaute Egloff verwundert und besorgt an. »Hören Sie, Baron, Sie sollten sich doch noch ein Zimmer nehmen und zu Bett gehen, Sie tun ja so, als ob Sie das verrückte Zeug verstehen.«

Egloff lachte und erhob sich: »Ein Spaziergang wird wohl dieselben Dienste tun«, meinte er, »leben Sie wohl, lieber Graf, gute Besserung.«

»Danke, danke«, sagte der Graf, »vielleicht kommen Sie heute abend in den Klub, ich bin jeden Augenblick zur Revanche bereit.«

»Ich weiß nicht«, erwiderte Egloff, »ich fürchte, die Kanaille, wie Ihr Freund sagt, ist jetzt nicht auf meiner Seite.«

»Unsinn«, protestierte der Graf, »also leben Sie wohl.«

Egloff ging hinaus, draußen nahm er seinen Hut ab, der Kopf schmerzte ihn; er schlug den Weg zu den Stadtanlagen ein. Gewaltsam grün standen die Alleen gegen den lichtgrauen Himmel, die Amseln lärmten in den Zweigen. Die Anlagen waren um diese Zeit noch leer. Hie und da saß ein Gymnasiast mit einem Buche auf einer Bank, und ein Kindermädchen schob schläfrig einen Kinderwagen vor sich her. Wunderlich abgelöst und wie nicht zu ihm gehörig, erschien Egloff diese Umgebung heute wie eine Traumwelt, die wir über uns ergehen lassen. Aber das kannte er von früheren durchzechten und durchspielten Nächten, ja er selber, der Herr im hellen Frühlingsanzuge, empfand sich als etwas nicht Zugehöriges, als etwas, das er über sich ergehen ließ.

VIERZEHNTES KAPITEL

An einer Biegung des Weges blieb er stehen. Das war ja die echte Traumwelt, in der das Unwahrscheinliche vor uns steht, wie selbstverständlich. Da kam Lydia Dachhausen auf ihn zu im hellbraunen Frühjahrskostüm, einen weißen Flügel auf dem grauen Hut, das Gesicht rosig, die Augen blank. Lächelnd blieb sie vor ihm stehen und reichte ihm die Hand.

»Da sind Sie«, sagte sie. »Haben Sie mich denn erwartet?« fragte Egloff erstaunt.

»Ja«, erwiderte Lydia, »Adine sagte mir, Sie seien in der Stadt, und da dachte ich, Sie würden hier sein. Wollen Sie mich die Allee hier hinunterbegleiten«, und sie begann langsam neben ihm herzugehen.

»Wenn Sie darauf Gewicht legen«, erwiderte Egloff nicht eben höflich.

»Gewiß lege ich darauf Gewicht«, versetzte Lydia. »Ich muß es eben schon früher gewußt haben, daß ich Sie hier treffen werde, denn ich wachte heute morgen auf mit dem Entschlusse, in die Stadt zu fahren. Ich wußte nicht, warum, aber es stand fest bei mir. Ja, so was gibt es, nicht wahr?« Sie schaute lächelnd zu ihm auf.

»Es freut mich, Sie so heiter zu sehen«, bemerkte Egloff trocken.

»Ja, es ist seltsam«, plauderte Lydia weiter, »zuweilen wache ich am Morgen auf und bin heiter. Es scheint mir dann, daß alles, was traurig und schwierig war, gut werden wird, das Leben ist plötzlich wieder angenehm, und ich freue mich darauf ganz ohne Grund. Passiert Ihnen das nicht auch zuweilen?« Da Egloff nicht antwortete, fuhr sie fort: »Dieses Licht bekommt mir auch gut, zu viel Sonne vertrage ich nicht, aber heute geht man ja wie unter einem lichtgrau seidenen Lampenschirm. Ach ja, denken Sie sich, die rosa Lampenschirme, über die Sie einmal gespottet haben, kommen fort, und ich schaffe mir lichtgrau seidene an, die werden mit weißer Seide gefüttert, damit sie recht hell sind, das kann hübsch sein, nicht wahr?«

»Das kann hübsch sein«, wiederholte Egloff. Dieses zuversichtliche Geplauder beruhigte ihn, er wollte es weiter hören.

»Gertrud Port«, berichtete Lydia, »behauptet, das würde den Teint bleich und grau machen, aber sehen Sie doch, wie heute die Farben rein und deutlich sind. Nun ja, die arme Gertrud ist immer besorgt, daß sie nicht wie eine kleine Leiche ausschaut.«

Am Ende der Allee stand ein Kiosk, in dem sich eine Konditorei befand, Stühle und Tische waren davor aufgereiht. »Ich werde hier ein wenig Gefrorenes essen«, sagte Lydia, »und Sie werden mir assistieren.«

»Sollte diese Situation besonders ratsam sein?« versetzte Egloff kühl.

Lydia war erstaunt: »Warum nicht? Daß Sie zusehen, wie ich Gefrorenes esse, dagegen können die Grobiner doch nichts haben.« So setzten sie sich denn. Das Konditorfräulein trat heran, bleich und blond, einen Kneifer auf der Nase, und sagte mit einer Stimme, die in ihrer gleichgültigen Ruhe es zu unterstreichen schien, daß sie an der Situation nichts Auffallendes fand: »Erdbeeren und Vanille.« Lydia bestellte Erdbeeren. »Erdbeergefrorenes«, erzählte sie, »war von Jugend auf mein Lieblingsgefrorenes. Als kleines Mädchen, wenn es im Jahre wieder zum ersten Male Erdbeergefrorenes gab, dann schloß ich beim ersten Löffel die Augen und dachte, ich hatte ganz vergessen, daß dies das Schönste auf der ganzen Welt ist. Ich glaube, es wäre sehr gut, wenn wir alles, was uns Vergnügen macht, von einem auf das andere Mal vergessen würden, dann wäre es immer neu für uns.«

Das Gefrorene kam; Lydia schob ihren Schleier zurück, um ihre Lippen zu befreien, und begann langsam und mit Genuß zu essen. Egloff sah ihr zu, das war die Beschäftigung, die seiner trägen, zerfahrenen Stimmung gerade wohltat. Was sie nur vorhat? dachte er dabei.

Als Lydia mit dem Essen fertig war, lehnte sie sich befriedigt in ihren Stuhl zurück. Sie warf einen flüchtigen Blick zum Konditorfräulein hinüber; dieses hatte einen Leihbibliothekenband aufgeschlagen und las. Da sagte Lydia leise: »Ich schlafe jetzt auch besser.«

»Das freut mich«, erwiderte Egloff und schaute erstaunt auf.

»Ja«, fuhr Lydia fort, »ich habe mir ein neues Schlafmittel erdacht. Wenn die Nacht schön ist, gehe ich so um Mitternacht mit meiner Amalie in den Garten hinaus. Ganz wie voriges Jahr schleichen wir leise durch den Wintergarten. Das erinnert mich dann so an voriges Jahr, die Heliotrop- und Oleanderbüsche, an denen wir im Dunkeln vorüberkommen, und im Garten sitzen wir auf derselben Bank, auf der ich voriges Jahr saß. Ich sitze da, als ob ich warte, und wenn ich müde werde und ins Haus gehe, um mich zu Bett zu legen, dann kann ich schlafen.«

Egloff hörte aufmerksam und lächelnd zu. Die naive Schlauheit dieser Frau überraschte ihn. »Fällt das im Hause nicht auf?« fragte er.

»Es fällt auf«, erwiderte Lydia ruhig, »man hat mich auch darnach gefragt, nun, ich sagte, ich habe Beängstigungen in der Nacht, und ich muß hinaus. Man ist eine Nacht auch hinausgegangen, Amalie und ich standen hinter einem Busch, als er an uns vorüberging. Aber jetzt hat man sich beruhigt.«

»Der arme Junge«, murmelte Egloff. Da sprühten kleine böse Lichter in Lydias Augen auf: »Mich bedauert niemand«, sagte sie. Egloff zuckte leicht mit den Schultern, da beruhigte sich Lydia gleich wieder, sie stand auf, legte Geld auf den Tisch, zog ihren Schleier zurecht: »Jetzt muß ich gehen«, sagte sie, »ich werde bei meiner Schwiegermutter erwartet.« Sie reichte Egloff die Hand. »Ich danke Ihnen für Ihre Gesellschaft, besonders unterhaltend waren Sie nicht, aber Sie hörten mir aufmerksam zu, das erkenne ich an.« Sie sah ihm dabei mit der unverhohlenen Koketterie, die ihr eigen war, in die Augen.

Als sie gegangen war, setzte Egloff sich wieder. Es tat ihm

fast leid, daß sie fort war: Diese kleine Frau hatte ihn unterhalten. Wie sie stark wollen konnte! Wie unbedenklich und eigensinnig sie festhielt!

Die Anlagen füllten sich jetzt, die Grobiner Bürger mit ihren Frauen und Töchtern machten ihren Abendspaziergang, ließen sich wohlig von der Abendsonne vergolden. Egloff saß noch da und dachte darüber nach, ob er heimfahren oder in den Klub gehen sollte. In den Klub zu gehen war natürlich töricht und widersinnig, dennoch schien es ihm wahrscheinlich, daß er da hingehen würde.

Fünfzehntes Kapitel

Baron Port und Gertrud machten einen Abendbesuch in Paduren. Langsam ging der Baron Port neben dem Rollstuhle des Barons Warthe hin, und die Herren sprachen von Kreiswahlen. Fastrade und Gertrud folgten ihnen. Sie begaben sich zum kleinen See unten im Park, denn es war die Gewohnheit des Barons Warthe, sobald das Wetter es erlaubte, um Sonnenuntergang dort am kleinen See zu sitzen, um zuzusehen, wie die Wildenten einfielen. Gertrud klagte über ihre Gesundheit: »Der Frühling ist mir zu stark, er regt mich auf und macht mich wieder müde, und die Erinnerungen werden um diese Zeit so laut und deutlich, ich freue mich auf den Sommer; ich will mich um Mittagszeit ins Heidekraut legen, dort wird es dann still und heiß sein.«

An einer geschützten Stelle des Seeufers waren Stühle hingestellt, und man nahm dort Platz. Der Abend war windstill; regungslos standen die Inseln von Schachtelhalm und Röhricht im dunklen Wasser, und die Abendsonne vergoldete ihre Spitzen; regungslos umstanden die großen Bäume den See, hie und da blühte schon eine Kastanie in ihrer weißen Feierlichkeit mitten unter den grün verschleierten Birken. Die Amseln sangen ihr Abendlied, die Fische schnalzten im

Wasser, und ab und zu begann im Röhricht ein ungeduldiger Frosch zu quarren, der den Sonnenuntergang nicht abwarten mochte. Die alten Herren sprachen jetzt von Rüben, Gertrud war bei ihren Erinnerungen. Sie erzählte von einem jungen Manne in Dresden, dessen ganzes Wesen sozusagen auf den Schmerz gestimmt war und der ein Weib suchte, das ihm nicht Heiterkeit entgegenbrachte, sondern auch Schmerz, aber gesänftigt und verklärt, sozusagen getröstet. Fastrade hörte nicht zu, sie war unruhig. Dieser Besuch hielt sie davon ab, Egloff im Walde zu treffen, und sie wußte, er erwartete sie dort, sie wußte, er hatte sie heute besonders nötig. Seit jenem Abend in Sirow waren sie nicht beisammen gewesen, und sie sah immer wieder sein Gesicht vor sich mit den flackernden Augen und dem fremden Ausdrucke von Erregung und Qual. Sie sehnte sich darnach, bei ihm zu sein, Ordnung in ihm zu schaffen, »die Passion einer ordnungliebenden Dame« hatte er ihre Liebe genannt, ja das wollte sie, und sie glaubte, daß sie das auch konnte. Mit pfeifendem Flügelschlage kamen jetzt die ersten Enten heran und ließen sich klatschend in das Röhricht ein. Die beiden alten Herren sahen sich lächelnd an, und Baron Port setzte auseinander, daß es früher mehr Enten gegeben habe und daß er nicht wisse, woher das komme. »Ja, es war merkwürdig«, bemerkte der Baron Warthe, und dann saßen sie still da und warteten auf die Enten.

Gertrud sprach weiter mit ihrer dünnen klagenden Stimme: »Und doch, ohne diese Erinnerungen könnte ich nicht leben. Abends, wenn ich im Saal sitze und durch die geöffnete Türe zusehe, wie es im Garten zu dämmern beginnt, dann kommen die Erinnerungen so stark, daß ich ganz vergesse, wo ich bin, und wenn der Diener kommt und die Lampe bringt und Papa ruft, damit wir Treitschke lesen, dann ist es mir, als ob ich plötzlich in einem stillen dunklen Abgrund versinke.«

Die Sonne war untergegangen, sie hatte ein wenig Rot in das dunkle Metall des Wassers gemischt, und es war die klare farblose Dämmerung des Maiabends gekommen. »Du siehst wohl den Dietz Egloff häufig, nicht?« fragte Baron Port.

»Ja«, antwortete Baron Warthe, »er kommt zuweilen her, ich sehe ihn dann zum Tee, aber er gehört zu jenen jungen Leuten, die sich nicht verstehen mit alten Leuten zu unterhalten.« Fastrade hörte das, sie errötete, beugte sich vor und sagte: »Er würde es vielleicht besser verstehen, wenn er mehr ermutigt werden würde.« Der Baron Warthe machte mit der Hand eine abwehrende Bewegung. »Ich bin gegen alle meine Gäste höflich«, erklärte er, »aber meine Freundlichkeit und meine Achtung müssen erworben werden. Du, meine Tochter, hast ja ein gewisses Recht, ihn zu verteidigen. Du hast dich mit ihm verlobt, und so ist ihn zu verteidigen sozusagen dein Beruf.«

Der Baron Port lachte laut darüber, denn er hielt es für einen guten Witz seines alten Freundes. Es war bereits so finster geworden, daß die Enten nur noch wie große schwarze Schatten in das Wasser fielen, und die Frösche begannen ihr Abendlied. Gertrud erzählte langsam und verträumt weiter: »Sylvia hat auch ihre Erinnerungen, und sie sagt, sie ist glücklich. Sie hat ihre Kindererinnerungen, sie weiß, wie das erste Musselinkleid mit einer Schleppe aussah, das sie zu ihrem achtzehnten Geburtstag bekam, aber mir würde das nicht mehr genügen.«

»Hat Sylvia nie geliebt?« fragte Fastrade leise.

»Der älteste Teschen machte ihr eine Zeitlang den Hof«, erwiderte Gertrud, »und sie redete sich vielleicht ein, ihn zu lieben, aber es wurde nichts draus, er ist ja auch so furchtbar häßlich.«

»Es wird feucht«, sagte der Baron Warthe, und man machte sich auf den Heimweg. Der niederrinnende Tau raschelte in dem Laube, ein starker, kühler Duft stieg vom Grase auf. Der Baron Port ging wieder neben dem Rollstuhl des Barons Warthe hin, und die Stimmen der alten Herren sprachen ruhig und laut in die Abendstille hinein. Sie sprachen vom Tau: »Wenn wir den starken Tau nicht hätten«, meinte Baron Port, »so wäre der Mai fast trocken.« – »Ja, Ruhke meint das auch«, sagte der Baron Warthe, »aber die Wiesen stehen gut.« Die beiden Mädchen folgten schweigend.

Unterdessen ging Dietz Egloff am Waldrande hin und her, schlug mit seinem Stocke die Blätter von den niederhängenden Zweigen und köpfte die Löwenzahnblüten am Wege, er war wütend, weil Fastrade ausblieb. Die Sonne ging schon unter, und sie war noch nicht da. Aber so war es immer, sie sprach von Helfen und Beistehen, und jetzt, wo er sie nötig hatte wie das tägliche Brot, jetzt kam sie nicht. Im Walde wurde es dunkel, am Himmel standen schon einzelne Sterne. Es blieb ihm nichts übrig, als heimzugehen.

Zu Hause verschloß er sich in seinem Zimmer, er mochte keinen sehen. Er setzte sich an seinen Schreibtisch mit dem Gefühl, daß er zu rechnen oder unangenehme Briefe zu schreiben habe. Er tat jedoch nichts, er lehnte sich in seinen Stuhl zurück und fraß seinen Grimm in sich hinein. Diese letzten Tage waren gewiß nicht darnach angetan, einem besonderen Appetit auf das Leben zu machen. Lauter Widerwärtigkeiten. Nun und dazu verlobte man sich doch, damit in solchen Zeiten jemand da sei, der in das Leben wieder etwas Hübsches und Reines bringe. Und gerade jetzt mußte sie ausbleiben. Nach Paduren fahren wollte er nicht, er hatte keine Lust, sich mit den Mißbilligungsaugen des alten Warthe ansehen zu lassen. So brütete er vor sich hin, bis es im Hause stille wurde und die Uhr elf schlug. Da klingelte er und befahl Klaus, Ali, den Rapphengst, zu satteln. Klaus wunderte sich nicht, alle im Hause waren an die nächtlichen Fahrten und Ritte des Herrn gewöhnt.

Als Egloff im Sattel saß, wurde ihm wohler, Ali begann munter zu tänzeln, Egloff streichelte den blanken Hals des Tieres. Der war noch ein Kamerad, der stets gut gelaunt bei allem dabei war. Manches Abenteuer hatten sie zusammen unternommen, ja, Ali war die einzige Gesellschaft, die ihm nie Verdruß bereitet hatte. »Nun vorwärts, mein Junge«, rief Egloff, und der Hengst setzte sich in Trab.

Die Wiesen, an denen sie vorüberkamen, hauchten eine köstliche Kühle aus voller Duft, auf der Weide standen Pferde, große dunkele Gestalten, die in den weißen Nebelstreifen zu waten schienen, die über dem feuchten Klee lagen. Ali begrüßte sie mit lautem Wiehern. In einem Birkenwäldchen schütteten die Zweige den Tau wie ein Duschebad auf sie nieder, irgendwo in den Erlen sang eine Nachtigall, rief wach und erregt ihre Töne in das schlafende Land hinein. Dann ging es an kleinen Dorfgärten vorüber, aus denen es ganz süß nach blühenden Bohnen herausduftete. Auf den Türschwellen der Katen saßen Burschen und spielten Harmonika, die hellen Nächte ließen sie nicht schlafen. Plötzlich hielt Ali still, es war vor dem Kruge, Egloff lachte. »Alter Verführer«, sagte er, »gut, gut, feiern wir Erinnerungen.« Und er stieg ab. Die schwarze Lene trat aus der Türe, sie lachte Egloff mit ihrem breiten Lachen an: »Herr Baron sind wieder unterwegs«, meinte sie.

»Ja, Lene«, erwiderte Egloff, »nimm Ali, er will wieder bei dir bleiben. Wer kann in diesen Nächten schlafen, dir läßt das Blut wohl auch keine Ruh?« Lene hob die Arme empor und streckte sich: »Kurios ist's in so einer Nacht«, meinte sie, dann griff sie nach dem Zügel des Pferdes, um es in den Schuppen zu führen.

Egloff ging langsam die Landstraße hinab, Barnewitz zu. Er wollte am Gartengitter sehen, ob Lydia wirklich auf der Bank sitzt und wartet, und dann, es war gleich, nach Hause konnte er nicht, und etwas mußte in einer solchen Nacht unternommen werden. Die kleine, hintere Pforte des Parkgitters fand er wie voriges Jahr offen. Er trat ein und ging die gewohnten Wege entlang. Da war der kleine Springbrunnen mit seinem dünnen Strahle im Sandsteinbecken, die geschorenen Buchsbaumhecken mit ihrem starken, bitteren Geruch, immer, wenn er den Geruch von Buchsbaum spürte, mußte er an

Lydia denken. Er bog in die große Allee ein, und wirklich, auf der Bank unter dem Fliederbusche saß sie. Als er vor sie hintrat, sprang sie auf, hing sich an seinen Hals, umschlang ihn, wie Kinder zu umschlingen pflegen, mit dem ganzen Arm, hing an ihm leicht und zitternd: »Da bist du ja«, flüsterte sie mit einem tiefen Seufzer der Erleichterung, »schon vom Tore ab hörte ich dich kommen, schon als wir herauskamen, wußte ich, daß du kommen würdest. Ich sagte zu Amalie: ›Heute geschieht etwas, der ganze Garten fiebert.‹«

Egloff hielt die kleine Gestalt so an sich emporgehoben und trug sie zu der Bank, über die der Flieder seine Blüten niederneigte, wie eine weiße, duftige Gardine. Der Garten war so still, daß man deutlich das Plätschern des kleinen Springbrunnens hörte, wie eine flüsternde, eifrig erzählende Stimme.

»Was auch geschieht«, sagte Lydia, als Egloff von ihr Abschied nahm, »ich sitze hier und warte.« Egloff ging denselben Weg zurück, den er gekommen war, er ging langsam und bemühte sich, dieses traumhafte Fühlen, das ihn die Zeit über beherrscht hatte, festzuhalten. »Nur nicht ganz wach werden«, sagte er sich, »nur das nicht.« Als er in den von Buchsbaum eingehegten Weg einbog, kam mit schnellen Schritten Dachhausen ihm entgegen. Die beiden Männer standen sich in der Dämmerung einen Augenblick schweigend gegenüber. Egloff überlegte, daß er etwas sagen müsse, als er hörte, wie Dachhausen ihm deutlich und zischend »Schuft!« zurief. Dann gingen sie aneinander vorüber.

Dachhausen lauschte auf die Schritte, die sich entfernten, bis er wußte, daß sie am Tore angelangt waren. Sein erstes Gefühl war das einer großen Befreiung, jetzt hatte er Klarheit, Klarheit nach allem qualvollen Zweifeln, Wachen und Spionieren. Jetzt hatte das Gespenst Fleisch und Blut angenommen, jetzt hatte er einen, an den er sich halten konnte. Fast angenehm war es, wie der Zorn ihm heiß ins Blut fuhr, es war, als mache es ihn größer und breiter. Er richtete sich gerade auf, und seine Schritte wurden hart und fest. Eilig ging er die

Allee hinunter, und als er Lydia auf der Bank sitzen sah, überraschte es ihn nicht und ergriff ihn nicht. Als müsse es so sein, trat er vor sie hin, reichte ihr seinen Arm und sagte: »Komm.« Lydia erhob sich und nahm den Arm, so gingen sie schweigend dem Hause zu, stiegen die Treppe hinauf und traten durch die Glastüre in den Saal, der nur von einer einzigen Kerze erhellt wurde. Dachhausen führte Lydia zu einem Sessel, auf den sie niedersank, sie lehnte den Kopf zurück, die Arme lagen schlaff auf den Seitenlehnen des Stuhles. Diese Liebesstunde, nach der sie sich so heiß gesehnt, hatte sie gebrochen, sie begann zu weinen in ihrer stillen, unbewegten Art, nicht aus Schmerz oder Furcht, sondern wie Kinder weinen, weil sie müde sind. Dachhausen stand vor ihr und sah sie an. Wie bleich er ist, dachte Lydia, und wie es in seinem Gesichte zuckt, ob er mich schlagen wird? Er jedoch wandte sich ab und begann im Zimmer auf- und abzugehen. Lydia bemerkte noch, daß er seine türkischen Pantoffeln mit den aufgebogenen Spitzen an den Füßen hatte, dann schloß sie die Augen. Jetzt sprach er, anfangs leise und mühsam, Lydia verstand ihn nicht, allmählich wurde die Stimme lauter, drohender, die Worte überstürzten sich: »Hast du dich je über mich zu beklagen gehabt? Habe ich je einen anderen Gedanken gehabt als dich, dein Glück, deine Stellung, dein Vergnügen, deine Kleider, was weiß ich? Und du bringst Schande über unser ganzes Haus, und mit diesem Buben von Egloff! Das geht wohl schon lange so, jetzt ist mir alles klar, ich sah es nur nicht, weil ich an so viel Gemeinheit nicht glauben konnte.« Ldydia öffnete die Augen wieder, Dachhausen ging sehr schnell vor ihr auf und ab, zuweilen fuhr er mit beiden Armen heftig durch die Luft, und neben ihm an der Wand lief sein Schatten hin und her, ein kleiner, breiter Schatten, der die Füße hoch hob, an denen die Pantoffeln mit den aufgebogenen Spitzen seltsam groß erschienen. »Und die anderen«, fuhr Dachhausen fort, »die anderen wissen es wohl schon lange, sie weisen wohl mit den Fingern auf uns. Ich habe mein Leben immer rein und einwandfrei gehalten, und nun kommst du und machst daraus eine Lächerlichkeit und eine Schande. Es ekelt mir vor meinem Leben, vor dir, vor mir, vor diesem ganzen Hause.« Er blieb stehen und stampfte mit dem Fuße auf, und hinter ihm blieb der kleine, breite Schatten stehen und stampfte auch mit dem Fuße auf.

Das ist alles schrecklich und traurig, dachte Lydia, aber wenn es nur zu Ende wäre! Was auch kommen mag, jetzt nur ein wenig Ruhe.

Dachhausen hatte eine Weile geschwiegen, nun blieb er vor Lydia stehen und sagte mit einer Stimme, die plötzlich ganz ruhig tief und würdevoll klang: »Ich gebe dir einen Tag Zeit, um deine Angelegenheiten zu ordnen. Ich fahre morgen aus, ich mag dir nicht mehr begegnen. Wenn ich zurückkomme, wirst du das Haus verlassen haben, du wirst zu deiner Mutter reisen und meine Dispositionen abwarten.« Er wollte gehen, aber er wandte sich noch einmal um, in seinem Gesichte zuckte es, wird er weinen? dachte Lydia.

»Lydia«, sagte er mit zitternder Stimme, »mußte das sein?«, aber er schämte sich seiner Schwäche und verließ schnell das Zimmer.

Lydia blieb in ihrem Sessel mit geschlossenen Augen liegen, die Stille tat ihr wohl, schon begannen ihr die Gedanken zu vergehen, da hörte sie Amaliens sanfte Stimme: »Frau Baronin müssen jetzt schlafen gehen.«

»Ja, Amalie, schlafen«, sagte Lydia mit einem tiefen Seufzer der Erleichterung.

Sechzehntes Kapitel

Fastrade konnte nicht schlafen, sie lag in ihrem Bette und horchte hinaus auf die Töne, die in der nächtlichen Stille durch das Haus irrten, das leise Knacken der Parkette, das Schlagen der Uhren. In einem Neste am Fenstersims zwitscherten die Schwalben leise im Traume. Und die Gedanken wurden eigensinnig bohrend, wie sie es in schlaflosen Nächten zu werden pflegen. Alles, an das sie sich hängten, bekam ein drohendes und feindseliges Gesicht, das Leben schien sehr gefährlich und tückisch, und mitten in ihm stand Dietz Egloff mit seinem leichtsinnigen und hochmütigen Lächeln, und doch lauerten gerade alle Gefahr und alle Feindseligkeit auf ihn. Eine große Angst ergriff Fastrade, eine Angst, wie sie nur in dunkler Nacht und im Traume uns beschleicht und uns atemlos in unseren Kissen auffahren läßt. Gegen Morgen schlief sie ein, allein bald erwachte sie wieder von einem Ton an ihren Fensterscheiben. Sie lauschte, da war er wieder, es war ihr, als würfe jemand etwas gegen ihr Fenster. Sie sprang aus dem Bette, eilte zum Fenster und öffnete es. Es war noch vor Sonnenaufgang, der Garten jedoch war schon ganz hell, und dort vor einem Beete roter Tulpen stand eine Gestalt im grauen Mantel und grauen Schleier, Lydia Dachhausen. Fastrade verstand nicht, aber da winkte Lydia mit ihrem Sonnenschirm und begann zu sprechen. »Ja, ich bin es, o bitte, kommen Sie zu mir herunter, ich muß Sie sprechen, es ist seinetwegen.«

»Gut, ich komme«, rief Fastrade hinunter. Nach den Ängsten der Nacht erschien es ihr wie selbstverständlich, daß sie Dietz Egloff meinte und daß er in Gefahr sei. Schnell hüllte sie sich in ihren elfenbeinfarbenen Morgenrock, warf einen Schal um, ging leise durch das schlafende Haus auf die Veranda hinaus und stieg in den Garten hinunter.

Lydia hatte sich auf eine Bank gesetzt, die Hände im Schoße gefaltet, den Oberkörper ein wenig vorgebeugt, starrte sie mit den Augen, die wie feuchte Edelsteine glänzten, Fastrade angstvoll entgegen. Fastrade blieb vor der Bank stehen. »Was ist geschehen?« fragte sie leise. Lydia begann zu weinen: »Ach Gott, es ist so viel Schreckliches geschehen«, erwiderte sie, »aber das ist ja gleich, deshalb wäre ich nicht zu Ihnen gekommen, aber ihm soll nichts geschehen. Mein

Mann wird ihn sicher töten, und das will ich nicht, nur das nicht! Und Sie können ihn retten, Ihnen gehorcht er, Ihnen glaubt er, Sie kennen ja auch die schrecklichen Gesetze der Herren hier. Ich, was kann ich tun?«

Fastrade war sehr bleich geworden, und sie stützte sich mit einer Hand auf die Rücklehne der Bank: »Ihr Mann will Dietz Egloff töten, warum?« fragte sie.

Lydia rang ihre kleinen sorgsam in lichtgraue Handschuhe geknöpften Hände ineinander und sah flehend zu Fastrade auf: »Wie soll ich Ihnen all die entsetzlichen Dinge erzählen«, rief sie, »aber Fritz wird ihn sicherlich töten. Ich fahre zu meiner Mutter, mein Wagen steht dort vor dem Tore, Fritz – ja, Fritz hat mich aus dem Hause gewiesen, aber was liegt an mir. Sie werden ihm verzeihen, Sie werden ihn retten, ich will nicht, daß er um meinetwillen stirbt. Mein Gott, verstehen Sie doch!«

Fastrade hatte verstanden; sie errötete, ihre Augen waren weit offen, eine große Qual und zugleich etwas Hartes und Gewaltsames sprach aus ihnen, die Hand auf der Rücklehne der Bank zitterte, am liebsten hätte sie dieses kleine, bleiche Puppengesicht, das zu ihr aufschaute, geschlagen. »Jetzt sind Sie böse«, klagte Lydia, »und auf mich können Sie böse sein, aber ihn müssen Sie retten, ich kann ja nichts tun. Ich glaubte, wenn ich tot wäre, dann brauchte Fritz ihn nicht zu töten. Ich habe auch ein Fläschchen Opium, aber ich kann nicht, ich kann nicht sterben, ich habe so furchtbare Angst.« Sie bedeckte ihr Gesicht mit den Händen, wiegte sich hin und her und jammerte leise vor sich hin. Fastrade war wieder ruhig geworden, sie schaute auf Lydia mit einer seltsamen Mischung von Mitleid und Ekel nieder wie auf ein kleines wimmerndes Tier, dann setzte sie sich zu ihr auf die Bank, legte ihre Hand auf Lydias ruhelose Hände und sprach zu ihr wie zu einem Kinde. »Sie brauchen nicht zu sterben, das verlangt keiner von Ihnen, Sie müssen sich jetzt beruhigen, ich kann da nicht helfen, die Männer haben ihre Gesetze, das muß getragen werden. Aber, es muß ja nicht immer das Schrecklichste geschehen, und dann wird er Ihnen ja beistehen, Sie schützen, er hat ja Ihr Leben zerstört, er kann Sie nicht verlassen.« Fastradens Stimme begann zu zittern und dann zu versagen.

»Glauben Sie das?« fragte Lydia, und das bleiche Gesicht begann sich zu beleben, und es war fast ein Lächeln, das um ihre Lippen zuckte. Fastrade zog ihre Hand von Lydias Hand zurück und rückte auf der Bank ein wenig von ihr ab. Es lag so viel Widerwillen in dieser Bewegung, daß Lydia gleich wieder ein erschrockenes Gesicht machte und zu weinen begann.

»Sie müssen jetzt fahren«, sagte Fastrade, »wenn Sie zu Ihrem Zuge zurechtkommen wollen.« Gehorsam stand Lydia auf, »ja, ich will fahren«, meinte sie, »wie gut Sie sind«; und sie beugte sich über Fastradens Hand, um sie zu küssen, Fastrade jedoch entzog sie ihr so heftig, daß Lydia befangen und eingeschüchtert einen Augenblick dastand: »Ja, dann adieu«, sagte sie leise und ging, ging mit den kleinen, leichten Rebhuhnschritten an den Blumenbeeten entlang dem Parktore zu.

Fastrade hatte sich auch von der Bank erhoben und machte einige Schritte, vor dem Tulpenbeete aber blieb sie stehen, ließ die Arme schlaff niederhängen, als fehlte ihr der Mut zu jeder Bewegung. Die Sonne ging auf, der Tau, der grau auf Rasen und Blumen gelegen hatte, sprühte Funken. In der dunklen Fassade des Schlosses leuchteten die Fenster rosenfarben auf, als beginne es hinter ihren Scheiben zu blühen, und rosenfarbenes Licht lag jetzt über dem ganzen Garten; es beschien die weiße Gestalt am roten Tulpenbeete, das bleiche Gesicht, die lang niederhängenden, blonden Zöpfe. Mit weit offenen, tränenlosen Augen sah Fastrade in die aufgehende Sonne; weinen konnte sie nicht, aber sie hätte schreien mögen, einen jener Schreie, wie ihn ein Wild oder ein Vogel in der Waldesstille erhebt und der das ganze Land zum Zeugen seines Schmerzes aufruft.

Dieser Tag erschien Fastrade sehr lang, ein Padurenscher Sommertag mit seinen kleinen Beschäftigungen, dem Sitzen neben dem Lehnsessel des Vaters, den Mahlzeiten, mit gelbem Sonnenschein in der stillen Zimmerflucht, den Gesprächen mit Tante Arabella und den Gängen durch den Garten, von dem sie, die Hände voll weißer Narzissen, heimkehrte, die in die Vasen geordnet werden sollten. Fastrade war bleich und ruhig, ein Entschluß drängte alle Gedanken und Gefühle in den Hintergrund, wo sie still darauf lauerten, daß die Bahn für sie wieder frei werde.

Gegen Abend ließ sie den Braunen satteln und ritt in Begleitung des Stallknechts in den Wald. Es war kurz vor Sonnenuntergang, überall wurde das Vieh heimgetrieben, die Hüter sangen laut, aus den Schornsteinen der Katen stieg der Rauch der Abendsuppe auf und wurde rotgolden im Abendscheine. Eine behagliche Heiterkeit klang durch diese letzte Abendstunde. Fastrade trieb ihr Pferd an, sie hatte Eile, ans Ziel zu kommen. Im Walde vor der Auerhahnhütte stieg sie ab, übergab ihr Pferd dem Stallknecht und ging in die Hütte. Durch das geöffnete Fenster fiel der Abendschein voll in den kleinen Raum und vergoldete ihn über und über. In den letzten Sonnenstrahlen tanzten die Mücken wie blonder Staub, auf die kleine Waldwiese vor der Hütte waren schon Rehe ausgetreten und ästen knietief im rotgoldenen Grase. Es war sehr ruhevoll, allein Fastrade ließ diesen Frieden, ließ auch die Erinnerungen, die hier wohnten, nicht an sich heran. Schmal und aufrecht in ihrem blauen Reitkleide stand sie mitten in dem Zimmer und dachte an ihre Aufgabe. Sie hatte Dietz Egloff hierherbestellt, um ihm zu sagen, daß sie voneinandergehen mußten, und sie wollte, daß er auch verstehe, warum. Jetzt hörte sie draußen Schritte, und gleich darauf trat Egloff ein. »Guten Abend«, sagte er. »Guten Abend«, erwiderte Fastrade und reichte ihm ihre Hand, die er höflich küßte. Sie sah sofort, daß er befangen war, und das rührte sie. Sie begann zu sprechen – schnell, atemlos, als fürchtete sie, den Mut zu verlieren, wenn sie zögerte. »Ich habe dich gebeten herzukommen, ich wollte nicht so still von dir gehen, ich glaubte, es passe für uns beide nicht, uns zu trennen, ohne daß es klar zwischen uns sei, und so – so kam ich.«

Eine leichte Röte stieg in Egloffs Gesicht auf, er wandte sich ab, nahm einen Stuhl und schob ihn Fastrade hin. Als sie sich gesetzt hatte, setzte auch er sich auf die Holzbank. Er sah Fastrade nicht an, sondern schaute auf die Reitgerte nieder, mit der er spielte. »Das ist ja gewiß sehr korrekt«, sagte er langsam, »das muß natürlich so sein, und ich hätte es nicht anders erwarten können. Ich habe es ja auch gewußt, daß es so kommen mußte. Ein Skandal darf in die Nähe von Fastrade von der Warthe nicht kommen, das ist denn alles ganz ordnungsmäßig. Da sind alle dummen Erinnerungen nicht am Platz. Wenn ich daran denke, wie du hier an der Türe standest und von Helfen und Beistehen sprachest, so gehört das wohl nicht hierher.«

»Doch, es gehört hierher«, rief Fastrade leidenschaftlich, »wenn du krank wärest oder arm oder von allen verlassen, dann würde ich bei dir stehen, das wäre der einzige Platz auf der Welt, der mir zukäme, aber ich müßte ein Recht darauf haben, du müßtest zu mir gehören. Nun aber gehörst du nicht mehr zu mir.«

Egloff schaute auf, seine Augen wurden dunkel und böse: »Gehöre ich zu Lydia Dachhausen?« fragte er.

»Sie war heute morgen bei mir«, fuhr Fastrade fort, »sie weiß dich in Gefahr, sie glaubte, ich könnte etwas tun, um dich zu retten. Das tut nur eine Frau, die ein Recht auf dich hat.«

Egloff zuckte leicht mit den Schultern: »Ich bin nicht so freigebig damit, das Recht auf mich zu vergeben; diese kleine Frau, die sich an mich hängt, ist ein Abenteuer, eine Gelegenheit, eine Sünde, alles – nur kein Schicksal. Lydia Dachhausen zählt nicht, daß du das nicht verstehst! Daß du an der nicht vorüber kannst!«

Fastrade schüttelte den Kopf: »Nein, das werde ich nie verstehen, daß eine Frau, die dir zuliebe ihr ganzes Leben zerbricht, nicht zählt, an der kann ich nie vorüber, es würde mir sein, als ob ich auf etwas Lebendes träte.«

Die Sonne war untergegangen, und in dem kleinen Zimmer dämmerte es, von der Wiese und den großen Tannen wehte Kühlung herein; eine Fledermaus hatte sich durch das Fenster in das Zimmer hinein verirrt und zog unter der niedrigen Decke unablässig ihre Kreise, zuweilen leise mit den Flügeln an die Wände streifend. Egloff hatte eine Weile geschwiegen, nun sprach er, und es klang verhalten und dumpf, als müßte er seine Stimme zur Ruhe zwingen: »So habt ihr es immer hier gemacht auf den Schlössern, Großmut, Mitleid, Stolz, Ehrlichkeit, all solche Dinge mußten in die Liebe hinein, Dinge, die nichts mit der Liebe zu tun haben, an denen sie erstickt. Lydia weiß von diesen Dingen nichts, die kommt an jeder vorüber.«

»Das einzige Recht der armen Lydia ist das Recht auf dich«, erwiderte Fastrade ein wenig feierlich, »und wenn ich noch etwas wünschen, wenn mich noch etwas freuen könnte, so wäre es, daß du sie beschützest und sie nicht verlässest.«

»Oh, ich kenne das«, unterbrach Egloff sie heftig, »immer wolltest du mich mit deiner Tugend anputzen, damit deine Liebe sich vor sich selbst entschuldigen konnte, daß sie an einen solchen Gesellen geraten war. Aber es ist umsonst, ich fürchte, sie hatte keine Entschuldigung.«

»Ach, lassen wir sie«, sagte Fastrade müde, »sie hat keinem helfen können, sie zählt nicht mehr.«

Leise und als spräche er zu sich selbst, murmelte Egloff: »Zählt nicht – na, sie wäre noch das einzige gewesen, was in dieser verdammten Welt hätte zählen können.« Es war so finster geworden, daß sie einander nicht mehr deutlich sehen konnten. Über ihnen war noch immer das unermüdliche leise Rauschen der kleinen Flügel hörbar, plötzlich hatte die Fledermaus den Ausgang durch das offene Fenster gefunden, sie stieß einen schrillen Laut aus und flatterte in die Dunkelheit des Waldes hinaus.

»Ich muß jetzt gehen«, sagte Fastrade, »lebe wohl, Dietz.« Sie reichte ihm ihre Hand, und er drückte sie schweigend. Fastrade wandte sich dem Tische zu, auf dem ihre Handschuhe und Reitgerte lagen, sie blieb dort einen Augenblick stehen, und der leise, helle Ton fallenden Goldes wurde vernehmbar. Sie hatte den Ring, den Egloff ihr gegeben, vom Finger gestreift und auf den Tisch fallen lassen, dann ging sie hinaus.

Zu Hause erfuhr sie von Christoph, daß der Baron Port eben da gewesen und fortgefahren sei. Während sie sich in ihrem Zimmer umkleidete, dachte sie: So muß es ja kommen, jetzt ist die Geschichte von Lydia, Dietz und mir zu allen Schlössern unterweges.

Fastrade ging zu ihrem Vater hinüber. Der Baron und die Baronesse Arabella saßen nebeneinander auf dem Sofa, und die bleichen Gesichter schauten gespannt zur Türe hin. »Guten Abend«, sagte Fastrade, als sie eintrat. »Guten Abend, mein Kind«, erwiderte der Baron feierlich, »setze dich.« Fastrade setzte sich, faltete die Hände im Schoß, sah vor sich hin in das Licht der Lampe und wartete. Der Baron schaute seine Schwester an, diese nickte kummervoll, da trocknete er seine Lippen mit dem Taschentuche, räusperte sich und sprach offenbar mit Anstrengung: »Port war hier, er hat mit deiner Tante gesprochen, nun ja, und deine Tante hat mit mir gesprochen. Er hat da Dinge erzählt, die uns viel Kummer bereiten.« Er hielt inne und sah Fastrade erwartungsvoll an. Diese regte sich nicht, sie schaute noch immer wie abwesend in die Lampe, aber sie sagte ruhig und deutlich: »Ich habe eben meine Verlobung mit Dietz Egloff gelöst.« Wieder sahen die beiden alten Leute einander an, die Baronesse lächelte sogar kaum merklich, und der Baron nickte. »So, so«, meinte er, und das Reden wurde ihm leichter, »nun ja, ich habe von meiner Tochter nichts anderes erwartet. Ich erinnere mich zwar nicht, daß hier in Paduren eine Warthe schon einmal ihre Verlobung aufgelöst hätte, das ist für die Familie auch immer unangenehm, aber unter diesen Umständen bleibt uns wohl nichts anderes übrig. Hättest du beizeiten meine Warnungen gehört, so wäre uns viel Kummer erspart worden. Aber lassen wir das jetzt, dieser junge Mann ist erledigt.« Und er fuhr mit der Hand von oben nach unten durch die Luft, wie er es in solchen Fällen zu tun liebte. Fastrade wollte auffahren, wollte gegen diese bleiche Greisenhand protestieren, die über Dietz Egloff den Sargdeckel zuzuschlagen schien, aber sie schwieg. »Nun und du wirst bald darüber hinwegkommen«, fuhr der Baron heiterer fort: »Du hast deine Heimat, deinen Wirkungskreis, wir sind ja hier recht gemütlich beisammen, wer kann uns etwas vorwerfen, wer kann uns etwas tun, nun also.« Die Baronesse Arabella stand auf, ging zu Fastrade und küßte sie auf die Stirn, der Baron legte seine Hand auf Fastradens Hände, sie aber richtete sich auf, als täten diese Liebkosungen ihr wehe. »Sollen wir nicht lesen?« sagte sie und griff nach Saint-Simons Memoiren. »Nun ja«, erwiderte der Baron, »dem steht jetzt wohl nichts im Wege.« – »Lest, lest«, meinte die Baronesse; ihr tränenfeuchtes Gesicht lächelte; »ich bringe euch Orangen, es ist eben eine neue Sendung angekommen.«

Siebzehntes Kapitel

Spät am Abend kehrte Dietz Egloff von seiner Reise nach Hause zurück. Klaus empfing ihn im Flur, nahm ihm seine Sachen ab, fragte nach seinen Befehlen und tat das mit einer scheuen, traurigen Miene. Egloff entnahm daraus, daß die Nachricht vom Tode des armen Dachhausen ihm vorausgeeilt war. Im Saal kam ihm die Baronin entgegen, sie umarmte ihn, sie hatte geweint, und auch in ihrer Zärtlichkeit lag etwas Befangenes und Unsicheres. »Du wirst hungrig sein, mein

Kind«, sagte sie, »du wirst gleich essen.« Egloff dankte, schlafen wollte er, nur das. »Ja, ja«, meinte die Baronin und streichelte seinen Rockärmel, »schlaf nur, mein Kind; niemand wird dich stören. Wein und etwas Kaltes lasse ich dir auf dein Zimmer stellen, vielleicht daß du später etwas nimmst.« Auch Fräulein von Dussa kam, und in ihrem Händedruck lag etwas Pathetisches. Die beiden Damen begleiteten Egloff bis an die Tür seines Zimmers, und als er dieselbe hinter sich schloß, hörte er sie eine Weile noch miteinander flüstern.

Er streckte sich auf sein Sofa aus und schloß die Augen, er war wirklich todmüde, aber was half es, so war es ihm schon auf der Fahrt ergangen; sobald er die Augen schloß, mußte er das eben Erlebte wieder erleben. Es war wie eine Besessenheit, gleich sah er wieder das flache, mit Erlengebüsch bestandene Land dort an der polnischen Grenze im Lichte des bewölkten Morgens, mitten darin das Birkenwäldchen, grell weiß und grün wie ein neues Kinderspielzeug. Dort gingen die Herren auf und ab, maßen die Distanz, luden die Pistolen. Da war Bützow und der Leutnant von Klette, der junge von Teschen und Doktor Hansius. Egloff ging etwas abseits auf und ab, er hatte den Kragen seines Paletots aufgeschlagen, denn ihn fror. Auf der anderen Seite sah er Dachhausen hin- und hergehen, und er mußte lächeln über die breitspurige und würdige Art, in der die kleine Gestalt einherschritt. Ein guter Junge, dachte Egloff. Von Jugend auf kannten sie sich, und Dachhausen hatte stets mit treuherziger, großer Bewunderung zu Egloff aufgesehen. Welch eine widerwärtige Komödie, daß man sich da hinstellen sollte und aufeinander schießen, und wie wichtig der kleine Dachhausen sich vorkam. Fräulein von Dussa, in ihrer boshaften Weise, hatte einmal gesagt, Dachhausens Augen haben mit den schönen Brauen und den langen Wimpern eine ganz tragische Aufmachung, mitten drin aber sitzen doch nur die harmlosen blauen Dachhausenschen Augen. Das war es, Dachhausen liebte das Pathos und hatte kein Glück damit.

Geschäftig kam Bützow herangelaufen, das große Monokel ganz beschlagen von der feuchten Luft. »Ich denke, wir fangen an«, sagte er, »es ist alles bereit.« So stellten sie sich denn auf. Als die Gegner einander grüßten, als ihre Blicke sich begegneten, war Egloff versucht, dem alten Kameraden so vieler Jugendstreiche zuzulächeln, allein Dachhausens Gesicht blieb starr und ernst. Der Unparteiische begann zu zählen, Egloff schoß, er wußte nicht, hatte er gezielt, aber nach dem Schusse warf Dachhausen beide Arme empor, drehte sich und fiel zu Boden. Doktor Hansius und die anderen Herren liefen auf ihn zu und umgaben ihn. Egloff blieb auf seinem Platze stehen, er war sehr überrascht, das hatte er nicht erwartet. Endlich kam Bützow zu ihm herüber. »Lungenschuß«, sagte er leise, »schlimm. Wir werden ihn zum Kruge bringen müssen.« – »Kann ich helfen?« fragte Egloff. »Nicht nötig«, erwiderte Bützow, »es sind Leute da, mein Chauffeur und andere, fatale Geschichte«, und er eilte wieder fort. Egloff sah zu, wie die Leute kamen und Dachhausen forttrugen, und als er allein war, fing er an mit kleinen Schritten auf- und abzugehen, über ihm im Laube flüsterte es, ein feiner Regen ging nieder. Er zog seinen Paletot an, weil ihn fror. Das erste Gefühl, das ihn überkam, war eine Art Erleichterung, etwas war von ihm genommen. Über den Ausgang solcher Affären denkt man ja nicht viel nach; aber auf dem Grunde seines Bewußtseins hatte die Überzeugung geruht, daß er fallen würde, und nun lebte er. Gleich darauf erfaßte ihn ein ungewohntes, quälendes Erbarmen mit dem alten Freunde, der da so hilflos mit beiden Armen in die Luft gegriffen hatte und zur Erde gefallen war. Wozu das? Das hatte er doch nicht gewollt. »Pfui Teufel«, brummte er und spie aus. Langsam ging er jetzt den andern nach, und seine Gedanken schlugen einen andern Weg ein. »Wäre ich gefallen«, sagte er sich, »dann hätte Fastrade um mich geweint, jetzt wird ihr Mitleid Dachhausen gehören, und sie ist mir unerreichbarer denn je.« Er mißgönnte Dachhausen dieses Mitleid. Was hatte der dumme, kleine Dachhausen solche Geschichten zu machen? Im Duelle fallen, das paßte wirklich nicht zu ihm, das war eine dieser Wichtigtuereien, über die er ihn so oft als Knabe verspottet hatte. Egloff nahm seinen Hut ab und ließ sich das heiße Gesicht vom Regen kühlen. Nun war es ja auch gleich, verspielt war verspielt. Die feuchten Erlenblätter um ihn her dufteten stark, ein Hase setzte über den Weg, und Egloff folgte ihm in gewohnheitsmäßigem Interesse mit den Blicken.

Vor dem Kruge angelangt, ging er in die Krugstube. Der Raum war unreinlich genug, roch nach kaltem Tabak und Fusel, ein graubärtiger Jude stand hinter dem Schenktische, ruhig und beschaulich, als sei nichts geschehen. »Guten Morgen, Herr Baron«, sagte er freundlich, »die Herren haben schlechtes Wetter, schade.« Doktor Hansius kam eilig in das Zimmer, um etwas zu bestellen. »Wie steht es?« fragte Egloff. Hansius zuckte die Achseln: »Nicht gut«, meinte er und ging wieder.

Auch die Herren von Klette und Teschen kamen, eine Zigarette rauchen; sie standen einen Augenblick bei Egloff und berichteten. Es sah schlimm aus, er war nur selten bei Bewußtsein, die Katastrophe konnte bald eintreten. Die Unterhaltung verstummte jedoch, und die Herren fühlten sich behaglicher, als sie sich in die Fensternische zurückzogen und miteinander flüsterten. Die sympathische Person bin ich hier nicht, ging es Egloff durch den Kopf. Hansius erschien wieder in der Türe. Dieses Mal winkte er Egloff: »Ich glaube, er will Sie sehen«, sagte er. Egloff folgte dem Doktor in ein kleines, weiß getünchtes Zimmer, in dem ein Bett, ein Tisch, ein Stuhl standen. Dachhausen lag in seinen Kissen mit geschlossenen Augen; sein Gesicht schien in der kurzen Zeit seltsam gealtert, es war spitz und gelb geworden. Der Doktor beugte sich über ihn, da öffnete er die Augen, ließ seinen teilnahmlosen, kalten Blick durch das Zimmer irren, wandte den Kopf zur Seite und machte mit der Hand eine müde, abwehrende Bewegung. Er schien etwas zu murmeln, Doktor Hansius beugte sich näher zu ihm, richtete sich dann auf und flüsterte Egloff zu: »Ich denke, Sie gehen.« – »Was sagt er?« fragte Egloff. »Er sagt Lydia«, erwiderte der Doktor. Egloff verließ das Zimmer. Draußen stieß Bützow zu ihm. »Hier ist schlechte Luft«, meinte er, »draußen wird es besser sein.« Sie gingen hinaus und schritten vor dem Hause in dem leise niederrinnenden Regen auf und ab. Bützow machte anfangs Redensarten über die fatale Affäre, bald ging er auf die vielen Hasen über, die es hier geben mußte, und auf die kleinen struppigen Bauernhunde, die so glänzend auf der Hasenjagd waren. Ab und zu schauten sie zur Krugstüre hinüber, als erwarteten sie eine Nachricht. Plötzlich blieb Bützow stehen. »Hören Sie, Egloff«, sagte er, »das ist nun so, wie es ist, aber essen muß der Mensch, ich habe einen Wolfshunger, Sie nicht?« Egloff hatte an seinen Hunger bisher nicht gedacht. »Gleichviel«, beschloß der Graf, »kommen Sie zu meinem Wagen, dort habe ich was zu essen.« Sie gingen zu Bützows Automobil und stiegen hinein. Bützow packte seine Vorräte aus: »Sehen Sie, da ist Leberpastete, da ist kalte Pute, hier etwas Kaviar, da ist Schnaps und Rotwein«, und sie begannen zu essen, Egloff fühlte erst jetzt, daß er hungrig war, und das Essen bereitete ihm ein intensives Vergnügen. Es war auch wirklich gemütlich hier in dem hübschen gepolsterten Raume, der Regen knisterte an den Fensterscheiben, Bützow wurde ordentlich heiter, er sprach von seinem Koch, der eine Perle war, kritisierte das Essen auf den Schlössern. Bei Ports aß man schlecht, aber sie hatten eine Spezialität, kleine Speckpasteten, die waren delikat. Bei Teschens war die Fischsuppe gewöhnlich gut. Egloff berichtete von Speisen, die er auf seinen Reisen gegessen, von einer gefüllten Pute, die in einem griechischen Haushalt serviert worden war, gefüllt mit Reis, Pistazien, Mandeln und trockenen Feigen. Als die Mahlzeit jedoch beendet und Egloff satt war, fiel die gemütliche Stimmung sofort wieder von ihm ab. Der Raum wurde ihm zu enge, und Bützow mit seinem Geschwätz und seinem zu starken englischen Parfüm war ihm unerträglich. »Steigen wir aus«, schlug er vor. Draußen kam ihnen der Leutnant von Klette entgegen, ernst und feierlich: »Es ist aus«, murmelte er. Man stand schweigend beisammen, bis Bützow sagte: »Sehr traurig, sehr traurig, aber dann können wir wohl fahren, ich bringe Sie zur Station, Egloff.« Allein Egloff wollte den Toten sehen. Dachhausen lag da im kleinen Krugzimmer, das bleiche Gesicht hatte jetzt wieder seinen friedlichen, harmlosen Ausdruck, an den Augen die Linien, welche die freundlichen Falten seines stets bereiten Lachens eingegraben; es war wieder das gute Gesicht, auf dem nichts von Leiden, nichts von einer Geschichte geschrieben stand.

Egloff schaute ihn an mit einer wunderlichen Mischung von Mitleid und Verachtung. Es schien fast widersinnig, daß er so streng und bleich da lag, der arme Junge konnte selbst im Tode nicht ernst genommen werden. Egloff wandte sich ab, verabschiedete sich von den Herren mit einem kühlen Händedruck und ging hinaus, um zu Bützow in das Automobil zu steigen.

Nun kam die Reise mit ihrem traumhaften Wiedererleben des Erlebten; es war Egloff unmöglich, an das zu denken, was kommen würde, immer wieder stand das Vergangene ihm vor Augen und mitten darin immer wieder Dachhausen, Dachhausen sich breit und wichtig auf die Mensur stellend, Dachhausen, wie er hilflos mit den Armen durch die Luft fuhr und zu Boden fiel, Dachhausen, wie er bleich und still im Bette lag. Und ein Ingrimm erwachte in Egloff, wie einfach und klar wäre die Lösung gewesen, wenn er, Egloff, gefallen wäre. Ja, er wußte es jetzt, er hatte bestimmt darauf gerechnet, und nun kam dieser Mensch und verwirrte alles wieder. Dort in der kleinen weißen Krugstube wie Dachhausen dazuliegen, welche Ruhe!

Ja, welche Ruhe, Egloff streckte sich auf seinem Sofa. Draußen vom Saale her klangen die Töne eines Harmoniums herüber, Egloff entsann sich, es war heute Sonnabend, und da pflegte stets eine Abendandacht mit den Leuten stattzufinden. Er erhob sich und ging hinaus.

Fräulein von Dussa saß am Harmonium, die Baronin neben ihr, die Bibel auf den Knien, in der Türe standen die Mägde und die Diener und der Koch. Egloff setzte sich am anderen Ende des Saales in einen Sessel, dort hatte er schon als Kind während dieser Andachten gesessen, damals waren ihm die Augen vor Schläfrigkeit zugefallen, und die Flammen der Kerzen hatten sich in krause Bündel kleiner goldener Blitze aufgelöst.

»Aus tiefer Not schrei' ich zu dir« wurde angestimmt. Starke, ein wenig heisere Stimmen riefen die feierliche Leidenschaftlichkeit der Melodie in den Saal hinein und mischten in die Andacht die Schläfrigkeit des Feierabends. Wie einst als Kind empfand Egloff diese Töne als große, ruhige Wellen, die ihn nahmen, hoben und wiegten, und die krankhafte Spannung seiner Nerven löste sich. Nach dem Choral las die Baronin den zweiten Psalm in ihrer klagenden, ermahnenden Weise, nur daß die Stimme zuweilen zu zittern begann und in einer aufsteigenden Rührung zu versagen drohte. Den Schluß machte ein gemeinsames Gebet, ein gleichmäßiges Murmeln, das dem kleinen Dietz früher der Inbegriff des Heiligen geschienen hatte. Egloff stand leise auf und ging in sein Zimmer hinüber. Das hatte ihm wohlgetan, es war stiller in ihm geworden. Er aß ein wenig, trank ein Glas Wein und setzte sich in seinen großen Sessel. Das angenehme Gefühl, mit dem wir bemerken, daß ein bohrender Schmerz, der uns quälte, plötzlich nachgelassen hat, erfüllte auch ihn, als er feststellte, daß er nicht mehr an Dachhausen zu denken brauchte. Er schloß die Augen und mußte eine Weile geschlafen haben, denn er träumte eine kurze Traumvision, Fastrade kam in die Auerhahnhütte in ihrem blauen Reitkleide, das Gesicht rund und rosig, das Haar unnatürlich golden, und mit ihr kam viel Sonnenschein in das Zimmer, ein Sonnenschein so gelb, wie er ihn nur als Kind gesehen zu haben glaubte, wenn der kleine Dietz morgens im Bette lag und die Wärterin die Fensterläden öffnete und die Morgensonne hereinließ. Das Gefühl der Freude mußte für den Traum zu stark sein, denn er erwachte. Still saß er da, um das Traumgefühl festzuhalten, bis die Gegenwart unerbittlich und unentrinnbar alles verlöschte. Da empfand er ein Gefühl des Alleinseins, wie es ihn so stark noch nie ergriffen hatte. Menschen waren ihm stets ein Bedürfnis gewesen, allein er hatte es nie recht verstanden, ihnen nahe zu sein, jetzt jedoch schienen alle Fäden, die ihn mit den anderen verbanden, zerrissen, und die eine, in deren Gegenwart er sich nie allein gefühlt, war ihm unendlich fern. Seltsam war es immerhin, daß er mit diesem Dietz Egloff bis an das Ende gehen sollte. Und vielleicht war es ein Aberglaube, die Welt war doch so groß, konnte er nicht dort irgendwo weit fort auftauchen, als ein anderer und Neuer? Das Leben Dietz Egloffs war zwar verdorben und verspielt, aber das Leben ohne Dietz Egloff war ganz uninteressant. So sank denn die Einsamkeit auf ihn nieder wie etwas Körperliches, wie etwas Kaltes und Hartes, schnürte ihn ein wie eine Rüstung. Die kleine Uhr auf dem Spiegeltisch schlug elf mit ihrem dünnen, hellen Tone, der einer Kinderstimme glich.

Egloff klingelte Klaus und befahl ihm, Ali zu satteln, ging darauf in sein Ankleidezimmer, sich für den Ritt umzukleiden. Als er fertig war und eben hinausgehen wollte, blieb er einen Augenblick vor seinem Schreibtische stehen, auf dem ein Paket Briefe lag, obenauf ein großer Brief von Mehrenstein. Mit Ekel schob er sie beiseite, die sollten nur uneröffnet bleiben.

Ali war munterer denn je, und da Egloff ihn laufen ließ, jagte er in vollem Galopp die Landstraße entlang. Wieder kamen sie an Wiesen vorüber, über die der Nebel hinspann, wieder schlug die Nachtigall in den Erlen, und Harmonikaklänge irrten durch die Nacht, aber heute kam das Egloff nicht nahe, es zog vorüber wie das Leben, auf das wir aus dem Kupeefenster mit reisemüden Augen herabsehen. Aber Ali war so ausgelassen, daß Egloff auf ihn achtgeben mußte, und die Arbeit am Pferde zerstreute ihn ein wenig. So jagten sie die Padurensche Birkenallee hinab, und vor dem Parkgitter hielten sie. Dunkel und schweigend mit seinen geschlossenen Fensterläden stand das alte Haus zwischen den großen Kastanienbäumen, die alle ihre Blüten aufgesteckt hatten, mitten in dem schwülen Dufte seines Gartens, und der bleiche Reiter vor dem Parktor starrte lange durch die Dämmerung zu ihm hinüber. Ali jedoch war unruhig und ließ sich endlich nicht mehr halten. »Geh«, murmelte Egloff, und in tollem Ritte ging es jetzt über die Landstraße dem Walde zu. Im Walde war es dunkel und so stille, daß die Hufschläge des Pferdes widerhallten wie in verlassenen Kreuzgängen. Vor der Auerhahnhütte blieb Ali von selbst stehen. Egloff stieg ab und führte das Tier, das ganz in Schaum war, beiseite unter die Zweige einer großen Tanne. »Tüchtig ausgelaufen, was, mein Alter«, sprach er ihm liebevoll zu, er löste ihm den Sattelgurt und den Kopfriemen, bedeckte leicht mit der linken Hand das Auge des Pferdes, zog mit der rechten seinen Revolver heraus, drückte ihn gegen Alis Ohr und schoß ab. Ein Zittern ging durch den ganzen Körper des Tieres, dann brach es mit allen vier Läufen zusammen, zuckte ein wenig und lag still da. Egloff beugte sich zu ihm nieder, strich ihm mit der Hand über die Mähne und murmelte: »So, mein Alter, mehr ist nicht daran, man streckt sich ein wenig, und dann ist's aus, mehr ist nicht daran.« Er richtete sich auf und ging langsam zur Hütte hinüber. Vor der Türe blieb er einen Augenblick stehen und schaute in die Nacht hinein. Durch die schwarzen Tannenwipfel blitzten Sterne, auf der kleinen Waldwiese lag Nebel, und ein Nachtvogel flog lautlos nahe der Erde durch die weißen Schleier hin. Egloff öffnete die Türe zur Hütte und zog sie hinter sich zu. –

Früh morgens wurde Fastrade von ihrem Mädchen geweckt. Der Förster aus Sirow sei da, hieß es, er wolle das gnädige Fräulein sprechen, es sei etwas mit dem jungen Herrn geschehen, vielleicht wolle das gnädige Fräulein mitfahren, der Förster habe seinen Wagen da. »Gut, ich komme«, sagte Fastrade, sie sprang aus dem Bette und kleidete sich eilig an. Keine große Erregung machte sie dabei schwach, die letzten Tage hatten so viel Leid gebracht, daß eine Art ruhiger Schmerzbereitschaft in ihre Seele eingekehrt war. Sie erwartete es nicht anders, als daß noch mehr Schmerzvolles kommen würde. Den Förster Gebhard fand sie sehr verstört. »Ja, es war etwas Schlimmes geschehen mit dem jungen Herrn«, berichtete er, »drüben in der Auerhahnhütte.« Er wäre zuerst hierhergekommen. Auch nach Doktor Hansius sei geschickt worden. Der Wagen stehe unten. »Also fahren wir«, beschloß Fastrade. Mehr war aus dem Alten nicht herauszubringen, und Fastrade mochte nicht fragen, es war ihr, als wüßte sie schon alles. Sie stiegen in den kleinen Wagen, schweigend trieb Gebhard sein Pferd an, und aus seinen kleinen, schlauen Augen rannen beständig Tränen in den grauen Bart. Vor der Auerhahnhütte hatten sich Leute versammelt, Waldhüter und Bauern, die Fastraden scheu und traurig grüßten. Sie stieg aus und ging in die Hütte. Auf der hölzernen Ruhebank lag Egloff ausgestreckt, sie hatten ihm die Satteldecke unter den Kopf geschoben, sein Rock war offen, auf seinem Hemde war ein kleiner Blutfleck wie ein rotes Siegel, die Züge des bleichen Gesichtes hatten eine wunderbare Schärfe und Regelmäßigkeit, und der Ausdruck hochmütiger Verschlossenheit lag auf ihnen.

»Er ist tot«, kam es klagend von Fastradens Lippen, sie kniete nieder und streichelte seine kalte Hand. Dann setzte sie sich auf die Bank, nahm seinen Kopf in ihren Schoß, beugte sich nah auf ihn nieder und sprach halblaut zu ihm: »Ganz allein, ganz allein mußte er sterben, ich war nicht da, ich habe ihn ja verlassen, ich habe ihm nicht geholfen, so ist er allein gestorben, niemand war bei ihm, als er in Not war.«

Leute kamen in das Zimmer und gingen wieder, Fastrade bemerkte es nicht, sie tat, als sei sie mit ihrem Toten allein.

Endlich berührte jemand ihre Schulter. Doktor Hansius war es. »Wir müssen ihn in das Schloß bringen«, sagte er. Fastrade sah ihn mit den weitoffenen, tränenlosen Augen an und sagte wieder klagend: »Er ist hier allein gestorben, denn ich habe ihn ja verlassen.« Männer kamen mit einer Tragbahre, auf die der Tote gebettet wurde, Gebhard gab leise Befehle, und sie trugen ihn hinaus. »Kann ich Sie in meinem Wagen mitnehmen?« fragte Hansius Fastrade. »Ich bleibe bei ihm«, erwiderte sie. Sie ging hinaus, und als der Zug sich in Bewegung setzte, schritt sie neben der Bahre her, ihre Hand auf die Hand des Toten gelegt. Der Morgen war wundervoll hell, in den Pappeln der Allee jubelten die Amseln so laut, als feierten sie heute ein besonderes Fest. Am Ende der Allee stand das Schloß blendend weiß in der hellen Morgensonne. Ganz still, mit niedergeschlagenen Vorhängen, schlief es noch mitten in dem bunten Blühen seines Gartens, während der stille Zug sich ihm langsam näherte.

Achtzehntes Kapitel

Die Baronin Port hatte ihren Stickrahmen auf die Veranda hinaustragen lassen; da saß sie mitten unter den Schatten des wilden Weines und arbeitete. Sie stickte an einem jungen Hunde, der nach einer Wespe schnappt auf hellblauem Grunde. Auch Gertrud hatte sich hier in einem Liegestuhl ausgestreckt und sah müßig auf das Land hinaus. Sylvia aber las still für sich einen englischen Roman. Der Baron Port kam auf die Veranda heraus im Reitanzug, denn er war im Begriff, seinen gewohnten Abendritt zu machen. »Ihr sitzt hier ganz gut«, meinte er, »ich wollte nur sagen, daß ich in Paduren anreiten will und vielleicht später nach Hause komme.« – »Tue das«, erwiderte die Baronin, »sieh etwas nach den armen Padurenschen.« – »Ach was, arm«, versetzte der Baron, »ich finde, Warthe ist in letzter Zeit sehr guter Laune. Nun, und

Fastrade kommt allmählich auch darüber hinweg, sagt mir die Tante. Vernünftiges Warthesches Blut. Es ist gut, daß auch die dümmsten Geschichten vorübergehen.« Er stand noch einen Augenblick da und schaute auf den Garten hinunter, »ein Wetterchen, ein Wetterchen«, murmelte er, »wenn das so weiter geht, kriegen wir ein Heu wie Zucker. Na ja, dann auf Wiedersehen«, und er ging.

Sylvia, die, während ihr Vater sprach, ruhig weitergelesen hatte, ließ jetzt das Buch sinken. »Du weinst ja«, sagte Gertrud. Sylvia lächelte und hatte die Augen voller Tränen. »Ja«, erwiderte sie, »die kleine Mary, die den Lord liebt, stirbt an gebrochenem Herzen, das ist sehr rührend.« Gertrud lehnte sich befriedigt in ihren Stuhl zurück. »Gewiß, das gibt es«, meinte sie, »und es ist ein Trost, daß solche schöne, heiße Sachen wirklich in der Welt passieren, wenn sie auch nicht zu uns kommen. Mit dem armen Egloff und Fastrade und Lydia und Dachhausen waren sie uns schon ganz nahe.«

Die Baronin hob den Kopf und sah ihre Tochter unzufrieden über die Brille hin an. »Wie du wieder sprichst«, sagte sie, »danke Gott, daß du hier ruhig und glücklich leben kannst und daß wir von deinen dummen, heißen Sachen verschont bleiben.«

Gertrud lächelte überlegen. »Ich sage ja nichts«, versetzte sie, »aber ich kann mich doch darüber freuen, daß es da draußen ein Leben gibt, in dem Interessanteres sich ereignet, als daß das Heu gut hereinkommt.« Die Baronin zuckte die Achseln und suchte in ihrem Wollkorbe nach einem passenden Faden. »Draußen, draußen«, murrte sie, »du warst ja draußen und die Fastrade auch, was hat es geholfen? Ihr kommt ja doch zurück, ihr könnt dort ja doch nicht leben.« – »Vielleicht können wir es nicht«, erwiderte Gertrud gereizt, »aber ich kann mich doch darüber freuen, daß es Menschen gibt, die das können.«

Unterdessen ritt der Baron Port auf seiner alten Schimmelstute gemächlich zwischen seinen Feldern hin. Der Tag war sehr heiß gewesen; von der Abendsonne angeleuchtet, schwebte der Staub wie ein rötlicher Dunst über der Landstraße, das Korn war schon in Ähren, die Wiesen in ihrem vollen Blühen hatten einen schönen Kupferglanz. Die Arbeiter kamen von ihrer Arbeit und grüßten den Baron, und er nickte wohlwollend, rief dem einen oder anderen etwas zu: »Heiß gewesen heute, was?«, und als sie schon vorüber waren, behielt sein Gesicht noch eine Weile das leutselige Lächeln. Er liebte es, auf seinen abendlichen Ritten nicht nur seine eigenen Felder, sondern auch die Felder der Nachbargüter zu besichtigen. So schlug er den Weg nach Barnewitz ein. Als er am Hause vorüberkam, sah er die Baronin Dachhausen und Adine in ihren Trauerkleidern auf der Hofestreppe stehen und zum Stall hinüberschauen, in den gerade das Vieh eingetrieben wurde, eine lange Reihe schöner, schwarz und weiß gefleckter Tiere, die langsam vorüberzogen und eine Atmosphäre von Gemächlichkeit und Sattheit um sich her verbreiteten. Der Baron grüßte hinauf, und die Damen winkten. Von Barnewitz machte er einen Umweg über Sirow. Die Felder standen auch dort gut. Durch das Gartengitter sah er die beiden Frauen mit wehenden Trauerschleiern in der kleinen Wandelhalle auf- und abgehen. Das kannte er, das hatte er oft schon gesehen, wenn er vorüberritt, nur fiel es ihm heute auf, daß die Baronin Fräulein von Dussa den Arm gab und langsam zu gehen schien.

Um Sonnenuntergang langte er in Paduren an. »Die Herrschaften sind unten im Park«, meldete der Diener. »Ich weiß, ich weiß«, sagte der Baron Port und ging zum kleinen See hinunter. Dort fand er den Baron Warthe in seinem Rollstuhle, die Baronesse Arabella und Fastrade. Sie saßen still beisammen und warteten auf den Einfall der Enten. »Kommen sie schon?« fragte Baron Port. »Die kommen schon«, erwiderte Baron Warthe und lachte, »nach dem heißen Tage haben sie es eilig.« – »So, so«, meinte Baron Port und setzte sich zu seinem alten Freunde: »Ja, ein Wetterchen, wenn das so fortgeht, so kriegen wir alle Arbeit zugleich auf den Hals«, und er erzählte von den Witzowschen Feldern und von den Barnewitzschen und Sirowschen Feldern, und sie sprachen von den früheren Ernten. Wenn eine Schar Enten herangeflogen kam und sich rauschend in das Schilf niederließ, dann hielten die alten Herren in ihrem Gespräch inne und lachten.

»Nichts Neues in der Gegend?« fragte der Baron Warthe. »Nein, nichts«, erwiderte der Baron Port, »Gott sei Dank ist hier alles wieder ruhig.« – »Das ist gut«, meinte der Baron Warthe in belehrendem Stimmtone, »man hat im Leben ja auch seine Unruhe gehabt, man hat seine Tätigkeit und seinen Wirkungskreis gehabt, nun will man Ruhe im windstillen Winkel.« – »Da hast du ganz recht, Bruder«, bestätigte Baron Port.

Fastrade saß schweigend da und schaute auf den See hinaus. Die behaglich plaudernden Stimmen der Alten drangen zu ihr wie etwas, gegen das sie sich wehrte. Alles wieder ruhig. War diese Ruhe nicht etwas Drohendes und Feindliches? Sie hatte Angst um ihren Schmerz, der jetzt ihr heiligstes Erlebnis war. Würde er in dem windstillen Winkel stille werden, schläfrig werden, untergehen?

Die Dämmerung nahm zu, Enten kamen nicht mehr, der See wurde still, nur zuweilen rauschte ein Flügel im Schilf, eine Ente schnatterte im Traum, oder eine Unke plätscherte leise auf ihrem Wege durch das seichte Wasser am Ufer. Irgendwo im Rasen begann ein Erdkrebs seinen einsamen Liebesgesang. – In der Finsternis still vor sich hinzuweinen tat Fastrade wohl, es tat ihr wohl, in sich hineinzuhorchen auf das Schlagen ihres Herzens und das Fiebern ihres Blutes, sie fühlte sich dann wunderbar eins mit dem verstohlenen Schluchzen, Liebkosen und Seufzen, mit dem ganzen geheimnisvollen Leben, das durch die Junidämmerung atmete. – »Es wird dunkel«, sagte der Baron Warthe, und man machte sich auf den Heimweg. Am Parkgitter ließ der Baron halten. »Sieh, Port«, meinte er, »drüben bei dir haben sie schon Licht gemacht.«

»Ja«, erwiderte der Baron Port, »und dort in Sirow auch. Und das dort ganz weit sind die Lichter von Barnewitz.«

Die goldenen Lichtpünktchen blinzelten friedlich über die Ebene hin, auf deren Felder, fette Wiesen und stille Wege flüsternd die Sommernacht herabsank. »Aber kühl wird es doch abends«, bemerkte Baron Port. »Ja, kühl«, bestätigte Baron Warthe, »da wird ein Glas von meinem Rotwein gut tun, du kennst ihn ja.« – »Den kenne ich gut«, schmunzelte der Baron Port, und die beiden alten Herren lachten behaglich bei dem Gedanken an den guten Padurenschen Rotwein. –

Die Grazie des Plauderns
Ein Nachwort

Der Literaturwissenschaftler Fritz Martini stellte fest, »daß kein anderer bedeutender Autor des 20. Jahrhunderts so unbekannt ist wie Keyserling«[1]. Dieser Sachverhalt hat verschiedene Ursachen: In der Literaturwissenschaft wird Keyserling weitgehend ignoriert oder mit Etiketten versehen, die den Zugang zu seinem Werk eher verstellen als eröffnen. Paradoxerweise haben die Gedenkworte Thomas Manns zum Tode des baltischen Schriftstellers mehr die Rezeption von dessen Prosa behindert als gefördert. Thomas Mann zufolge handelt es sich bei Keyserlings Werken in erster Linie um eine »Vergeistigung adeliger Lebensstimmung«, um die »Kunstwerdung seines feudalen Heimatmilieus« im literarischen Stil einer »gehobenen Lässigkeit«, die erkennen läßt, daß der Autor »niemals im engeren Sinne des Wortes ›geschriftstellert‹ hat«. Auch die oft konstatierte geistige Verwandtschaft zwischen Theodor Fontane und Eduard von Keyserling wird bei Thomas Mann hervorgehoben, allerdings mit der Einschränkung, daß bei Keyserling »die Breite, das Behagen, der lange Atem, die gesunde Furchtlosigkeit vor dem Langweiligen« fehlen.

Geprägt von Resignation und Skepsis zeichnet sich auch der Roman »Abendliche Häuser« durch eine stilisierte Künstlichkeit aus, die »einförmig wie ein Tropfenfall in einer Höhle, kurze Dialogworte, nichtssagend, aber gesättigt mit Stimmung«[2] wiedergibt. Das Markenzeichen vom »Edelmann als Künstler« wurde für die Wirkungsgeschichte Key-

---

[1] Fritz Martini, Nachwort zu: Eduard von Keyserling: Die dritte Stiege. Heidelberg 1985. Seite 296.
[2] Vgl. Thomas Mann: Rede und Antwort. Frankfurt am Main 1984. Seite 537.

serlings so bestimmend, daß ihm lange Zeit »nur noch der Platz im Museum der Literaturgeschichte«[1] zugewiesen werden konnte.

Eine solche Identifikation von Biographie und Werk ist jedoch um so erstaunlicher, als Keyserlings Lebensgeschichte nur unvollständig überliefert ist. Er hatte testamentarisch die Vernichtung seines gesamten Nachlasses verfügt, so daß der Mangel an historisch-biographischen Angaben durch Anleihen in seinen literarischen Schriften kompensiert wurde, was zu zahlreichen unbeweisbaren Spekulationen geführt hat. Als gesichert kann nur gelten, daß der baltische Erzähler im Jahre 1855 auf Gut Paddern in Kurland geboren wurde, als Nachkomme einer streng pietistischen Adelsfamilie, die über einen großräumigen Grundbesitz verfügte. Die meisten Familienmitglieder bekleideten hohe Ämter in der Armee und Diplomatie. Von 1874 bis 1877 studierte er an der baltischen Universität Dorpat, die er jedoch wegen einer nie näher bekannt gewordenen »Inkorrektheit« verlassen mußte. Mehrere Jahre verwaltete er daraufhin die lettischen Erbgüter seiner Mutter und zog sich ganz aus dem öffentlichen Leben zurück. Selten erwähnt wird sein mehrjähriger Aufenthalt in Wien (in der Zeit um 1890), der seine Schriften entscheidend geprägt haben dürfte. Seine letzten Lebensjahre verbrachte er in München, wo er im Herbst 1918 starb.[2]

Auch wenn die Literaturkritik die Prosaschriften Keyserlings in den letzten Jahren wieder entdeckt hat, so setzt sie die traditionelle Lesart des Werkes im Grunde weiterhin fort. Nach wie vor würdigt man hauptsächlich seine Schilderungen der »herausragenden und sterbenden Kultur der baltischen Adelswelt«, die – konventionsbewußt und bemüht um Selbstnobilitierung – allmählich an sich selbst verwelkt.

---

1 Benno von Wiese: Die deutsche Novelle von Goethe bis Kafka. Düsseldorf 1965. Seite 281.
2 Vgl. Fritz Martini, a.a.O. Seite 302–304.

Hinzu kommt ein diffuser Widerstreit literaturwissenschaftlicher Positionen, die seine Romane und Erzählungen nach kategorialen Aspekten unterscheiden und verschiedenen literarischen Strömungen zuordnen. So gilt Keyserling als exemplarischer Vertreter der Dekadenzbewegung, da seine Figuren an der Diskrepanz zwischen subjektivem Lebensanspruch und objektiver Realität ständig zu scheitern drohen. Die aristokratischen Lebensformen sind vornehmlich charakterisiert durch eine monumentale Ästhetisierung der menschlichen Existenz, so daß lediglich Selbstgenuß oder der Fortbestand des komfortablen Lebensstils im Mittelpunkt des literarischen Interesses stehen. Selbst dem unaufhaltsam fortschreitenden Verfall lassen sich noch letzte ästhetische Reize abgewinnen, »wenn die Verweigerung des Alltags radikal, das Verlangen nach ständiger Festlichkeit, nach dem Außergewöhnlichen, der Ausnahmesituation absolut und unwiderstehlich wird«[1].

Gleichzeitig werden vor allem die späteren Schloßgeschichten als »besonders bezeichnend für die literarische Kunst des Impressionismus interpretiert, denn Keyserlings Werk setzt sich aus subjektiven Sinneseindrücken zusammen, die Sprache bemüht sich, die Vielfalt der Farben, Töne und Düfte einzufangen, die Flüchtigkeit der Stimmung, den Reiz des Augenblicks«[2].

Nahezu »improvisierend« soll Keyserling in seinen Romanen eine unwirkliche Atmosphäre evoziert haben, in der die

1 Wolfdietrich Rasch: Die literarische Décadence um 1900. München 1986. Seite 237. Vgl. auch: Angela Schulz: Ästhetische Existenz im Erzählwerk Eduards von Keyserling. Frankfurt am Main, Bern, New York und Paris 1991.
2 Viktor Žmegač (Herausgeber): Geschichte der deutschen Literatur vom 18. Jahrhundert bis zur Gegenwart. Band II. Zagreb 1980. Seite 375. Vgl. auch: Richard A. Weber: Color and Light in the Writings of Eduard von Keyserling. Frankfurt am Main, Bern, New York und Paris 1990.

Wahrnehmung der Gegenstände durch die innere Bewegung einer Figur derart beeinflußt wird, daß dadurch eine »Subjektivierung des Objektiven« (Brinkmann) entsteht.

Die angeführten Positionen vernachlässigen jedoch, daß Keyserling ganz unterschiedliche Strömungen und Traditionen seiner Zeit bewußt aufgreift und im Roman zur Inszenierung bringt, wobei der Kontext der »Wiener Moderne« eine wichtige Rolle spielt.

Die Figuren in »Abendliche Häuser« treten als jeweilige Repräsentanten der historisch tradierten Schreibarten auf, so daß sich der Roman gleichsam als ein Ensemble unterschiedlichster »Subtexte« präsentiert, über die die Protagonisten ihre Ich-Bestimmung und soziale Identität zu finden trachten. Dieses hintergründige Spiel mit den Werte- und Normenvorstellungen der Jahrhundertwende beginnt bereits mit der Wahl der Gattung, den sogenannten Schloßgeschichten.

Keyserling und der Standesroman

Mit seinen Vertretern Heinrich Sohnrey, Wilhelm von Polenz und Georg von Ompteda, aber auch Theodor Fontane entwickelt sich im 19. Jahrhundert der sogenannte Standesroman.[1]

Diese Gattung ist vornehmlich durch ihre elitäre Thematik bestimmt, nämlich eine detailgetreue Schilderung der aristokratischen Gesellschaft mit ihren spezifischen Lebensformen. Obwohl der Adel nach der industriellen Revolution seine Vormachtstellung längst verloren hat, bleibt sein gesellschaftlicher Rang weiterhin unangetastet, und für das sich etablierende Bürgertum wird er zum erstrebenswerten Ideal im

---

1 Vgl. Peter Uwe Hohendahl: Fontane und der Standesroman. In: Peter Uwe Hohendahl und Paul Michael Lützeler: Legitimationskrisen des deutschen Adels 1200–1900. Stuttgart 1979. Seite 263–283.

Hinblick auf Bildung und Wohlstand. Gleichwohl sieht sich die Aristokratie nach dem Untergang der überkommenen ständischen Ordo-Struktur gezwungen, ihre hartnäckig verteidigten Privilegien neu legitimieren zu müssen, denn die monarchische Regierungsform allein genügt nicht mehr, diesen traditionsbewußten Lebensstil unangetastet durchzusetzen.[1]

Der Zusammenbruch des Ancien Régime, die zunehmende Industrialisierung ab der Mitte des 19. Jahrhunderts sowie die wirtschaftliche Depression während der letzten Dekade erweisen sich als die großen Krisenmomente der aristokratischen Gesellschaft. Unerwartete Unterstützung erhalten die restaurativen Bemühungen des Adels von seiten der Literatur, die diese Themen in ihren sogenannten Schloß- oder Standesromanen aufgreift und oft geradezu eine »Refeudalisierung« dieser Kaste betreibt. Die Gattung verdankt ihre Existenz in erster Linie dem eklatanten Widerspruch zwischen der feudalen Tradition und einer modernen kapitalistischen Gesellschaftsordnung. Die Autoren des Standesromans gehören oft selbst dem Adel an, so daß ihr Interesse in erster Linie der Reform und Regeneration ihrer eigenen sozialen Schicht gilt: »Wo sie kritisieren, ist die Absicht eine pädagogische: dem Adel soll gezeigt werden, welche Fehler er ablegen muß, um seine Stellung zu behaupten.«[2] Im Mittelpunkt des Geschehens steht ausnahmslos das Schicksal einer alteingesessenen, aristokratischen Familie mit ihren historischen Besitztümern, deren Alltag dem Leser anschaulich und detailgetreu beschrieben wird. Das jeweilige Schloß symbolisiert da-

---

[1] »Seit dem beginnenden 19. Jahrhundert ist das konservative Denken damit beschäftigt, Strategien zu entwickeln, um die liberale Gesellschaftstheorie zu entwaffnen, die aus dem sozio-ökonomischen Strukturwandel die politischen Konsequenzen ziehen wollte und folglich dem Adel die Daseinsberechtigung absprach.« (Peter Uwe Hohendahl, a.a.O. Seite 266)

[2] Peter Uwe Hohendahl, a.a.O. Seite 267.

bei die bewußte Abschirmung von der politischen Realität und ist zugleich Ausdruck für die Rückwärtsgewandtheit der Lebensphilosophie seiner Bewohner. Erst diese exklusive Wohnform mit ihren dazu gehörigen Ländereien und Parkanlagen ermöglicht »eine solche, von der Außenwelt geschiedene, höfisch-adelige Existenz«[1].

In Ablösung der bedeutungslos gewordenen Wehrfunktion der Burgen gilt es nun, dem Eindringen verändernder Einflüsse aus der als Bedrohung erfahrenen Außenwelt zu trotzen. Eine wesentliche Rolle in diesem Szenarium spielt die Landschaft, deren Gärten und Parks als eine Art erweiterter Wohnraum genutzt werden.[2]

Vor allem die aristokratischen Jagd- und Sportveranstaltungen, Landpartien und Picknicks lassen sich in den mit Pavillons, Bänken und Zierpflanzen ausgestatteten Grünbereichen inszenieren, um das »ererbte Kulturverhalten« (Gruenter) stilvoll zu zelebrieren. Wer so wohnte, hatte dem Ankommenden eine »lange Lindenallee« zu bieten mit einer Auffahrt zum weißen Herrenhaus. Der Lindenallee vor dem Hause entsprach eine »dunkle Kastanienallee« auf der »Gartenseite des Hauses. Die räumliche und gesellige Mitte dieser Natur-Architektur war die geräumige Terrasse mit ihrer breiten Treppe in den Garten und den offenen Türen ins Haus. Diese Terrasse, der Grenzplatz zwischen Außen- und Innenräumen des Wohnens, war die Bühne, auf der sich die Akteure der Schloßgeschichten versammelten«[3].

Vor diesem Hintergrund entfaltet sich dann das jeweilige Geschehen, das sich weniger auf einen einzelnen Helden und seine individuellen Entwicklungsphasen konzentriert als vielmehr eine soziale Typologie der feudalen Gesellschaft ent-

1 Werner Meyer: Deutsche Burgen, Schlösser und Festungen. Frankfurt am Main 1979. Seite 39.
2 Vgl. auch Rainer Gruenter, Einleitung zu: Eduard von Keyserling: Schloßgeschichten. Frankfurt am Main 1973. Seite VII–XX.
3 Rainer Gruenter, a.a.O. Seite VIII.

wirft – vom pflichtbewußten und reaktionären Gutsbesitzer über den leichtsinnigen und verschuldeten Erben bis hin zum karrieresüchtigen Offizier. Bläßliche und verführerische Frauengestalten beleben das oft vielsträngige Handlungsgeflecht und runden auf diese Weise das soziale Gesamtbild der Adelswelt ab. Am Ende können die traditionellen Verfechter ihren Status erneut sichern. Ihre Weltsicht erweist sich als die einzig überlebensfähige, während die kritischen, an modernen Veränderungen orientierten Protagonisten letztlich zum Scheitern verurteilt sind.

Keyserling folgt in seinem Roman »Abendliche Häuser« zunächst den Konventionen dieser Gattung: Von der Warthe, Dietz Egloff, Fritz Dachhausen, Fastrade, Gertrud Port und das übrige Figurenarsenal entsprechen ganz den Erwartungen eines Typus; ebenso typisch ist das Arrangement der Schauplätze mit den absehbaren Konfliktsituationen. Doch von Anfang an fällt das von Thomas Mann und anderen Kritikern eingeklagte Fehlen des erzählerischen »langen Atems« auf, weil weder das Schloß und seine Umgebung noch eine detaillierte Landschaftsbeschreibung den Leser in den Roman einführen. Zwar sind alle notwendigen Konstellationen dieser Gattung gleichsam als Topos aufgerufen, doch erfahren sie von Anfang an eine ganz ungewohnte Funktionalisierung. Im Gegensatz zu Fontane, der durch seine Recherchen vor Ort nicht nur eine genaue Ortsbeschreibung, sondern auch eine historisch getreue Schilderung der einzelnen Adelsfamilien gibt[1], lassen sich Keyserlings Schloßgeschichten geographisch nicht exakt lokalisieren oder gar einer konkreten historischen Situation zuordnen. Dabei handelt es sich allerdings nicht um ein künstlerisches Defizit, sondern um ein textstrategisches Verfahren, das den traditionellen Topos als Explorationsrahmen für das Inszenieren unterschiedlicher

---

1 Vgl. Karla Müller: Schloßgeschichten. Eine Studie zum Romanwerk Theodor Fontanes. München 1986. Seite 19–22.

Diskurswelten benutzt. Das Schloß bezeichnet bei Keyserling räumliche Begrenzung und Abgeschlossenheit sowie eine bestimmte historisch verbürgte Tradition. Erst vor dem Hintergrund des überschaubaren und von allen äußeren Einflüssen hermetisch abgeschotteten Schloßbereichs kann es zu einem Ausspielen des Anachronismus und zum Konflikt zwischen den Normen und Wertbegriffen einer gründerzeitlichen Aristokratie und dem Einbruch einer rein kontingenten Wirklichkeitserfahrung kommen.

Anstatt – wie bei den meisten seiner schreibenden Zeitgenossen – die Krisenstimmung des Adels zur zentralen Aussage seines Textes zu machen, um dem Ende der Geschichte ein restauratives Moment unterlegen zu können, verlegt Keyserling diese spezifisch zeitgenössische Problematik eher in die Substrukturen seines Romans. Sozialkritische Aspekte finden bei ihm folglich keine konkrete Artikulation, sie gehen vielmehr aus dem Arrangement der Szenen und der Figurenkonstellationen allererst hervor. Er benützt die Schloßfassade nur noch als gattungsgetreue Reproduktion, damit sie ihm bei seinem »Täuschungsgeschäfte« (Adorno) dienen kann, das den traditionellen Standesroman in einen modernen »Desillusionsroman« (Martini) überführt. Keyserlings Stigma eines »schriftstellernden« Aristokraten, das zu dem eklatanten »Fehlurteil in der Rezeption und zu einer gröblichen Unterschätzung dieses Autors geführt«[1] hat, läßt sich löschen, wenn über die Fragestellung nach Funktion und Struktur seines Romans eine neue Lesart und ein ambitionierter Rezeptionsmodus gefunden werden können.

---

[1] Fritz Martini, a.a.O. Seite 300.

Die Schloßgeschichte als Erfolgsroman?

Eine zusätzliche Abweichung von der Tradition der Adelsromane im 19. Jahrhundert ergibt sich dadurch, daß Keyserling die schablonenhaft zitierten Gattungskonventionen mit Elementen des populären Erfolgsromans oder der »Gartenlauben-Literatur« kombiniert. Die massenhafte Verbreitung der Unterhaltungsware, die in England mit Richardson, in Deutschland mit Eugenie Marlitt und Hedwig Courths-Mahler ihren Höhepunkt erreicht, rekrutiert ihre Leserschaft hauptsächlich aus den aufstrebenden kleinbürgerlichen und bürgerlichen Schichten.[1]

Deren soziale Unzufriedenheit wird vor allem über die Literatur artikuliert und kompensiert, indem die eigenen Nöte in eine höhere Schicht ausgelagert werden, um auf dieser Ebene eine emphatische Identifikation mit den Siegen und Niederlagen der fiktiven Helden auszulösen. In den großbürgerlichen oder aristokratischen Romankontexten dieses Genres werden daher keine harmonischen Lebensidyllen vorgespiegelt, sondern die eigene unzulängliche Wirklichkeit der Leserschaft wird in eine dramatische und konfliktträchtige Szenerie umfunktioniert, bis nach seitenlangen Wirrungen und Irrungen das wohlverdiente glückliche Ende eintrifft. Und genau diese Erwartungshaltung rufen die Eingangszeilen der »Abendlichen Häuser« zunächst auch hervor:

»Auf Schloß Paduren war es recht still geworden, seit so viel Unglück dort eingekehrt war. Das große braune Haus mit seinem schweren, wunderlich geschweiften Dache stand schweigsam und ein wenig mißmutig zwischen den entlaubten Kastanienbäumen. [...] Und doch vor wenigen Wochen noch war Paduren die Hochburg des adeligen Lebens in die-

1 Vgl. Michael Kienzle: Der Erfolgsroman. Zur Kritik seiner poetischen Ökonomie bei Gustav Freytag und Eugenie Marlitt. Stuttgart 1975.

ser Gegend gewesen, und der Baron Siegwart von der Warthe hatte hier eine stille, aber unbestrittene Herrschaft über seine Standesgenossen ausgeübt.«[1]

Wenn Keyserling oftmals in den Bereich der Unterhaltungslektüre abgedrängt oder sein Werk gar als »Trivialimpressionismus« (Žmegač) bezeichnet wird, dann sitzen seine Kritiker jenen scheinbar vordergründigen Textstrategien auf, die als rezeptionsästhetische Köder im Roman ausgelegt sind, aber letztlich zu keiner Einlösung des Erwartbaren führen. Denn bereits am Ende des ersten Kapitels wird die Sensationslüsternheit des Lesers enttäuscht, weil sich das tragische Geschehen erst gar nicht entfaltet, sondern als Marginalie abgetan wird. Anstelle einer Restauration der aristokratischen Würde und Vormachtstellung folgt eine ironische Überzeichnung des vom Leid gebrochenen Schloßbesitzers, der mit seinen stereotypen Sentenzen über Pflichtbewußtsein und Ethos bis zum Ende des Romans als physischer und mentaler Krüppel gebrandmarkt bleibt:

»Der kleine Herr lag da, Hände und Füße hilflos von sich gestreckt, das Gesicht grau und wie von einer Qual verzerrt inmitten des silbernen Heiligenscheines der Haare und des Backenbartes. Ein Schlaganfall hatte ihn getroffen, hatte den armen Baron ›Mißbilligung‹ in einem Augenblick all seiner Feierlichkeit und seiner schönen Haltung entkleidet und ihn zu einem hilflosen alten Manne gemacht.«[2]

Auf diese Weise vereint Keyserling zwei ganz unterschiedliche literarische Verfahren zu einer für ihn spezifischen Kompositionstechnik: Er benützt das konventionelle Schema des Standesromans, doch gleichzeitig wird dieses durch das Eindringen bestimmter Elemente aus der populären Literatur ständig unterhöhlt und in seiner tradierten Gültigkeit ironisch konterkariert. Umgekehrt können sich die Versatzstücke aus dem Bereich der trivialen Literaturgattung nicht zu

1 Oben Seite 7f.
2 Oben Seite 14.

einem durchgängigen Strukturmuster formieren, denn die erhofften Schicksalsschläge liegen dem eigentlichen Romananfang weit voraus und werden lediglich als prosaisches Résumé erwähnt. Dazu gehören die genretypische Romanze zwischen Fastrade und ihrem Hauslehrer oder die versuchte Künstlerkarriere Gertruds. Anstelle eines glücklichen Endes fällt der einzige Erbe im Duell, der Hauslehrer stirbt trotz aufopfernder Pflege, und Gertrud kehrt als eine Gescheiterte auf das Gut zurück. Auch sind die Figuren mehr als Karikaturen denn als aristokratische Helden gezeichnet, deren Weltbilder und Lebensphilosophie skurrile Züge tragen und eine Identifikation seitens des Rezipienten unmöglich machen.

Ein solches grenzgängerisches Spiel mit den erwartbaren Klischees, die durch ironische Brechungen und das permanente »Ausgliedern« der gängigen Topoi in den nachträglichen Bericht vor einem Kippen ins Triviale aufgefangen werden, gipfelt im Dialog zwischen Sylvia und Gertrud. In einer Art Epilog wird zu den vorangegangenen Ereignissen ein Interpretationsmuster vorgeschlagen, mit dem sich Keyserling wohl kritisch gegen das Rezeptionsverhalten seiner eigenen Leserschaft richtet:

»Sylvia aber las still für sich einen englischen Roman. [...] ›Du weinst ja‹, sagte Gertrud. Sylvia lächelte und hatte die Augen voller Tränen. ›Ja‹, erwiderte sie, ›die kleine Mary, die den Lord liebt, stirbt an gebrochenem Herzen, das ist sehr rührend.‹ Gertrud lehnte sich befriedigt in ihren Stuhl zurück. ›Gewiß, das gibt es‹, meinte sie, ›und es ist ein Trost, daß solche schöne, heiße Sachen wirklich in der Welt passieren, wenn sie auch nicht zu uns kommen. Mit dem armen Egloff und Fastrade und Lydia und Dachhausen waren sie uns schon ganz nahe.‹«[1]

Die Verflechtung von sich wechselseitig negierenden Positionen und Traditionen ist symptomatisch für den gesamten

---

1 Oben Seite 151f.

Roman. Von Anfang an bietet sich dem Leser keine gesicherte Perspektive mehr, von der aus sich das Geschehen ordnen ließe. Er wird gleichsam in den Explorationsraum der Schloßgeschichten hineingezogen und ist dem Spiel des Autors genauso ausgeliefert wie die Protagonisten des Romans. Auf der Erzählerebene setzt sich dieses Verfahren fort: In einer unauflöslichen Verquickung von sachlichem Bericht und erlebter Rede, die ohne Grenzlinie ineinander übergehen, läßt sich eine eindeutige Erzählhaltung nicht mehr ausmachen:

»Fastrade ließ die Arme sinken, ach ja, sie hatte einen Augenblick vergessen, daß man hier gedämpft wie in einer Krankenstube zu sprechen pflegte und daß es hier im Hause die Aufgabe eines jeden war stillzusitzen, bis man abberufen wurde. So wollte sie denn zu ihrem Vater hinübergehen. Unterwegs blieb sie noch vor einem Fenster stehen [...].«[1]

Der Autor steht gleichsam neben seinen Figuren oder verbirgt sich hinter einer pseudo-emphatischen Gestik, bis ein plötzlicher Perspektivenwechsel oft ein Umspringen von einer Gestalt zur nächsten auslöst. Aus dieser Erzählweise gehen auch die Formen der Ironie hervor, indem der Erzähler vorgibt, sich die subjektiven Perspektiven seiner Figuren anzueignen, aber nur, um sie schließlich an ihren unzulänglichen Wirklichkeitsinterpretationen auflaufen zu lassen. Es findet ein ständiger Wechsel zwischen äußerem Geschehens*bericht* und innerer Erlebens*sicht* statt, ohne daß es einen »allwissenden« Kommentator des Geschehens gibt. Deshalb gleiten im Laufe des Romans nicht nur die Figuren immer mehr in eine irritierende Orientierungslosigkeit ab, sondern auch dem Leser wird die gewünschte Sinnfindung konsequent verweigert. An einem zentralen Ereignis der Erzählung, dem Duell zwischen Egloff und Dachhausen, läßt sich dieses textstrategische Verfahren Keyserlings besonders deutlich veranschaulichen.

---

[1] Oben Seite 62.

Der Ehrenkodex des Duells

In der Figur Dachhausens trifft der Leser auf den Repräsentanten jener Wertvorstellungen und Traditionen, mit denen die Literaturkritik den Autor selbst oft verrechnet hat: Er hält an den aristokratischen Gesellschaftsverhältnissen fest und versucht, seine Ich-Bestimmung über die von seiner Gesellschaftsschicht vorgeprägte Rollenfunktion zu finden.

Während das aufstrebende Bürgertum danach trachtet, sich der Oberschicht anzugleichen und deren Lebensstil nachzuahmen, versuchen die Angehörigen der Aristokratie, sich von diesen Entwicklungen zu distanzieren. Dies geschieht vor allem durch ein betontes Festhalten an den Konventionen und dem Rückzug ins Private.

Doch, wie Norbert Elias im »Prozeß der Zivilisation« beschrieben hat, schwinden die elitären Abgrenzungsbemühungen zunehmend, so daß es eines rigiden Selbstkontrollapparates bedarf, um die längst veralteten Traditionen zwanghaft aufrecht erhalten zu können. Besonders deutlich äußert sich ein solches Bemühen in den Ritualformen des Duells, die bei Keyserling lediglich Selbstzweckcharakter haben und ad absurdum geführt werden. Der Verstoß gegen die eheliche Treuepflicht gilt als klassischer Grund für den traditionellen Zweikampf, der in den »Abendlichen Häusern« wie ein Klischee zitiert wird. Von entscheidender Bedeutung ist jedoch nicht das Faktum des Ehebruchs, sondern seine Entdeckung, die keine andere Alternative mehr zuläßt; denn nach den aristokratischen Konventionen wiegt eine Verletzung des Scheines eines harmonischen Ehelebens schwerer als dessen reale Zerstörung. Jede Normverletzung, die die Ehre eines aristokratischen Mitglieds berührt, muß unmittelbar geahndet werden. Die primitive Lust auf Rache wird dabei durch die Berufung auf Tradition und höheres soziales Pflichtbewußtsein »legitimiert« und »geadelt«. Durch seinen minutiös festgelegten Ablauf erweist sich das Duell als eine eigenständige Institution und verleiht ihr die Form einer außergesetzlichen Rechtsprechung. Tatsächlich verbirgt sich hinter dem Zeremoniell jedoch ein archaischer Gewaltausbruch, der jeden Rechtsstreit mit unwiderruflicher Eindeutigkeit »löst«. Ein solches Streitverhalten »erzielt im Grenzfall nicht nur die physische, sondern auch die moralische Tötung. Die Gefährdung der physischen und sozialen Identität radikalisiert den Streit und entbindet letztlich von der Beachtung der Regeln. Im institutionalisierten Konflikt besteht dagegen über das Recht zum Streiten kein Streit und daher auch kein Streit über die Vertretbarkeit kontroverser Selbstdarstellungen«[1].

Ein wichtiges soziales Distinktionsmerkmal der Duell-Ordnung lautet, daß ein Gefecht oder der Schußaustausch nur mit gesellschaftlich gleichrangigen Mitgliedern ausgeführt werden darf. Zudem bedeutet es eine indirekte Gewaltausübung gegen alle sozial Unterprivilegierten, wenn in den Krisenzeiten des Adels zur Jahrhundertwende diese Form des Disputs als letztes Refugium aristokratischer Exklusivität fungiert.[2]

In diesem Sinne läßt sich das Duell auch als »Krieg en miniature« bezeichnen, dessen ritualisierte Zeremonien gleichsam ein Surrogat des bewaffneten Klassenkampfes darstellen. »Wie überall, wo sich sozialer Zwang mit äußerstem Verbindlichkeitsdruck durchzusetzen bestrebt ist, verbirgt sich auch hier ein gesellschaftliches Syndrom. Die Herrschenden scheinen zu ahnen, daß ihnen der Ernstfall, den sie im Duell restriktiv ritualisieren, um ihn nicht kollektiv Wirklichkeit werden zu lassen, in der Tat gefährlicher werden könnte als die Säbelverletzungen oder gar Todesschüsse bei ein paar selbst-

---

[1] Erving Goffman: Das Individuum im öffentlichen Austausch. Frankfurt am Main 1974. Seite 43.
[2] Vgl. Klaus Laermann: Zur Sozialgeschichte des Duells. In: Rolf-Peter Janz und Klaus Laermann: Arthur Schnitzler: Zur Diagnose des Wiener Bürgertums im Fin de siècle. Stuttgart 1977. Seite 131–145.

inszenierten Auseinandersetzungen auf der grünen Wiese.«[1]

Diese vom offiziellen Diskurs ausgegrenzten, unterschwelligen Bedrohungen und Ängste kippen bei Keyserling jedoch ins Grotesk-Komische um, da die Konventionen unerwartet ins Leere stoßen: Dachhausens Frau Lydia ist nämlich von Anfang an durch eine Außenseiterposition gekennzeichnet, da sie der großbürgerlichen Schicht angehört, also jener sozialen Klasse, von der sich die Aristokratie gerade über den Ehrenkodex des Duells zu distanzieren trachtet. »Nicht das Adelsdiplom, das Bankkonto oder die Ernennungsurkunde, sondern vielmehr [...] die Satisfaktionsfähigkeit blieb im Selbstverständnis der Gesellschaft der Jahrhundertwende das entscheidende soziale Distinktionsmerkmal einer Zugehörigkeit zur Oberschicht.«[2]

Lydias Handeln kann folglich kaum Gegenstand eines Ehrenhandels werden, so daß das von Dachhausen initiierte Duell von Anfang an bloßen Scheincharakter hat und seine ursprüngliche Geltung verliert. So kommt es zu einer unfreiwilligen Demontage dieses vormals elitären Gebarens, das sich wie alle anderen Ereignisse nicht zu einem dramatischen Moment entwickeln kann, sondern in wenigen Zeilen episodenhaft abgehandelt wird:

»Geschäftig kam Bützow herangelaufen, das große Monokel ganz beschlagen von der feuchten Luft. ›Ich denke, wir fangen an‹, sagte er, ›es ist alles bereit.‹ So stellten sie sich denn auf. [...] Der Unparteiische begann zu zählen, Egloff schoß, er wußte nicht, hatte er gezielt, aber nach dem Schusse warf Dachhausen beide Arme empor, drehte sich und fiel zu Boden.«[3]

Dachhausens Gegner, Dietz Egloff, zeigt sich zudem als denkbar ungeeigneter Kontrahent, denn er verneint alle tradi-

---

[1] Klaus Laermann, a.a.O. Seite 133.
[2] Klaus Laermann, a.a.O. Seite 153.
[3] Oben Seite 143.

tionslastigen Konventionen, so daß für ihn das Duell bestenfalls eine exzentrische Herausforderung bedeutet. Dachhausen scheitert daher als tragikomische Figur, die außerhalb eines rigiden Festhaltens an überkommenen Formzwängen keine Bestimmung mehr finden kann:

»Was hatte der dumme, kleine Dachhausen solche Geschichten zu machen? Im Duelle fallen, das paßte wirklich nicht zu ihm, das war eine dieser Wichtigtuereien, über die er [Egloff] ihn so oft als Knabe verspottet hatte. [...] Nun war es ja auch gleich, verspielt war verspielt.«[1]

In den überlieferten Ehrenkodices der Duellhandbücher sind solche Gefechte meistens als »ritterliche Aktionen« eingetragen, als Ausdruck dafür, daß man die eigene Selbstnobilitierung auf einen ritterlichen Ursprung zurückführt. Doch bereits in den siebziger Jahren des 19. Jahrhunderts gelang es dem Gelehrten Georg von Below, in zahlreichen Veröffentlichungen zu belegen, daß es keinen Zusammenhang zwischen dem Rittertum und den Duellpraktiken des Adels gibt. Vor diesem Hintergrund entlarvt sich die Duellszene zwischen Egloff und Dachhausen als eine monumentale Täuschung, so daß der vermeintlich heroische Akt zur theatralischen Posse degradiert wird und seine historische und symbolische Bedeutung endgültig verliert.

Keyserling und die Wiener Moderne

Keyserlings Kritik an den feudalen Lebensformen und Traditionen wirkt viel radikaler als die Schilderungen von Krisenstimmungen in den Werken seiner Zeitgenossen. Es steht wohl fest, daß der mehrjährige Aufenthalt Keyserlings in Wien für seine Werke sehr prägend gewesen ist und etwa in seinem ersten Roman »Fräulein Rosa Herz« eine direkte Um-

---

1 Oben Seite 143 f.

setzung gefunden hat, vor allem was die Schauplätze und das soziale Milieu betrifft.[1]

In den »Abendlichen Häusern« ist es vor allem die thematische Verwandtschaft, die es erlaubt, Keyserling mit der »Wiener Moderne« in Verbindung zu bringen; dies viel eher jedenfalls als die üblich gewordene »Rückdatierung« zu einem Epigonen des 19. Jahrhunderts. Denn die zentralen Probleme wie Wertverlust, Traditionszerfall und Orientierungslosigkeit markieren auch jene epochale Krise am Ende des 19. und zu Beginn des 20. Jahrhunderts in Österreich, wobei der allmähliche Untergang der Habsburger Monarchie besonders in Wien seine Spuren hinterließ.[2]

Es darf als gesichert gelten, daß Keyserling zwischen 1880 und 1892 mehrere Jahre in der Donaumetropole gelebt hat. Zu Zeiten der Legitimationskrisen des preußischen und baltischen Adels wird er Zeuge der Auflösung von Staat und Kaisertum sowie des Zusammenbruchs der traditionsgesicherten Ordo-Struktur, die ihre Begründung noch auf die Barockscholastik zurückführen konnte und nun ein eklatantes Sinnvakuum entstehen läßt. »Dabei war Wien der Schauplatz, auf dem die Auseinandersetzungen der Künstler und Wissenschaftler besonders dramatisch und folgenreich verliefen, weil dort durch den allmählichen Niedergang der Habsburger Monarchie und die einschneidenden Veränderungen der Lebensverhältnisse infolge technischer und industrieller Entwicklungen die bisher vielfach bewährten Muster der Lebensorientierung rapide an Bedeutung verloren hatten.«[3]

Die zunehmende »Verwesung der Transzendenz« evoziert eine Vielzahl pluralistischer Subsysteme und führt zu einem Partikularismus politischer und philosophischer Teilsysteme, die sich in einer Vielzahl unterschiedlicher Schulen nieder-

[1] Vgl. Fritz Martini, a.a.O. Seite 304f.
[2] Vgl. Helmut Bachmaier (Herausgeber): Wien. Paradigmen der Moderne. Amsterdam und Philadelphia 1990. Seite 7–23.
[3] Helmut Bachmaier, a.a.O. Seite 7.

schlagen. Im Vordergrund steht das Bemühen, aus der Vereinzelungstendenz der konträren Bestrebungen ganzheitliche Erklärungsmodelle zu schaffen, durch die sich die Realität nach dem Zerfall des überlieferten Kosmos erneut zu einem Sinnhorizont formieren läßt. Das Versagen der übergreifenden Ordnungssysteme stellt eine extreme Herausforderung für den einzelnen dar, der durch die diskontinuierliche Wirklichkeitserfahrung in jene prinzipielle Orientierungslosigkeit geworfen wird, wie wir sie aus Keyserlings Roman kennen.

Durch seine raffinierte Technik einer Collage von Thema und Horizont versetzt Keyserling diese spezifisch moderne Thematik in einen fremden Kontext, um anhand des Schloß-Topos nochmals jene mikrokosmische Totalität zu restituieren, die in der Wirklichkeit unwiederbringlich verloren ist und nun zum fiktionalen Inszenierungsplateau für die sich gegenseitig ausspielenden modernen Diskurswelten avanciert. Dieses Verfahren entspricht dem Kombinieren verschiedener Gattungskomponenten, wobei es nicht verwunderlich ist, wenn der Leser durch zwei weitere Hauptfiguren des Romans nun auf jene charakteristischen Merkmale von Dekadenz und Impressionismus trifft, wie sie im Kontext der Wiener Moderne beschreibbar sind.

Die Figur des Dietz Egloff ist von Anfang an mit allen Kennzeichen der Dekadenz charakterisiert, so daß dieser Protagonist dadurch seine spezifische Kontur gewinnt. Zentrales Merkmal der Dekadenz ist laut Hermann Bahr ein »objektiver Wertverfall« zugunsten eines »subjektiven Wertgewinns«, der aus einem reinen Augenblicksgefühl hervorgeht, ohne an eine übergeordnete Intention mehr gebunden zu sein. Gestalten wie Egloff oder auch Gertrud praktizieren in erster Linie eine reine »Romantik der Nerven. Das ist das Neue an ihnen. Das ist ihr erstes Merkmal. Nicht Gefühle, nur Stimmungen suchen sie auf. Sie verschmähen nicht bloß die äußere Welt, sondern am inneren Menschen selbst verschmähen sie allen Rest, der nicht Stimmung ist. [...] Das ist die Poetik der Décadence. Es wird gesagt, daß sie pathologisch sei, eine neue Mode des Wahnsinns«[1].

Die diskontinuierliche Wirklichkeitserfahrung äußert sich in einem blinden Aktionismus, der vor allem für den nervösen und instabilen Egloff charakteristisch ist. In schneller Abfolge reihen sich Jagden, Gesellschaften und Schlittenpartien episodenhaft aneinander, die losgelöst von ihren überkommenen Funktionen zunehmend groteske Züge annehmen und zur bloßen Hintergrundsfolie für den inszenierten Eskapismus ihres Protagonisten degradiert werden. Dieses Verhalten gipfelt in Egloffs Spielleidenschaft, »weil im Spiel immerfort sich schnell etwas entscheidet, so etwas wie ein ganz eilig laufendes Schicksal«[2].

Diese nervöse, irritierende Jagd nach äußeren Reizerlebnissen führt auch zu einer zunehmenden inneren Vereinzelung der Charaktere, so daß Egloff allmählich in einen »pathologischen Solipsismus« hineingetrieben wird, in dem »das eigene Ich von der Welt und den anderen getrennt, isoliert, ›entfremdet‹ erscheint«[3].

Von einer Dekadenz-Apotheose kann bei Keyserling keine Rede sein, wenn er im Duell die beiden ganz konträren Ideologien miteinander konfrontiert und zu einem absurden Ausgang führt. Weder das starre Bejahen überkommener Wertbegriffe (Dachhausen) noch deren absolute Verneinung (Egloff) zugunsten einer inneren und äußeren Weltflucht sind dazu geeignet, jene gesellschaftlichen Veränderungen herbeizuführen, über die das Individuum zu Beginn des 20. Jahrhunderts eine neue soziale Identität hätte finden können.

---

1 Hermann Bahr: Die Décadence. In: Gotthart Wunberg (Herausgeber): Die Wiener Moderne. Literatur, Kunst und Musik zwischen 1890 und 1910. Stuttgart 1981. Seite 227.
2 Oben Seite 51.
3 Gottfried Gabriel: Wittgenstein, Weininger und die Wiener Moderne. In: Helmut Bachmaier, a.a.O. Seite 37.

Das unrettbare Ich

Eine ganz andere Konstellation ergibt sich durch Fastrade, aus deren Sicht der aristokratische Alltag mit seinen episodenhaften Ablenkungen geschildert wird. Sie wird dem Leser zunächst als eine Art Leitfigur in der labyrinthischen Perspektivlosigkeit angeboten, denn sie ist als einzige in der Lage, das alte Wertesystem zugunsten ihrer privaten Interessen zu funktionalisieren. Auf diese Weise tritt sie aus dem Schatten der Diskurse heraus. Sie überschreitet die gesellschaftlichen Konventionen, indem sie als Frau die wirtschaftlichen Angelegenheiten des Gutsbesitzes regelt, gleichzeitig benutzt sie den traditionellen Kodex von Ehre und Anstand, um die anderen Figuren nach ihren Vorstellungen zu beeinflussen.

Dieses rational gesteuerte Handeln wird jedoch gestört durch jene emotional geprägten Naturerlebnisse, die man verallgemeinernd als Keyserlings »impressionistisches Gedankengut« interpretiert hat. Das impressionistische Sehen unterwirft die Erscheinungen der Umwelt einer rein subjektiven Wahrnehmungsperspektive und löst die Realität in zahlreiche Einzelassoziationen, Farben und Punkte auf. »Alle Trennungen sind hier aufgehoben, das Physikalische und das Psychologische rinnt zusammen, Element und Empfindung sind eins, das Ich löst sich auf, und alles ist nur ewige Flut.«[1]

Doch ein rational gesteuerter Handlungspragmatismus läßt sich nicht mit einer diffusen Emotionalität kombinieren, so daß eine impressionistische Verschmelzung von Ich und Natur von Anfang an nicht gelingen kann. Anstelle einer harmonischen Zusammenschau zwischen Ich und Umwelt mündet Fastrades vergebliches Bemühen, über die Emphase eine

---

1 Hermann Bahr: Impressionismus. In: Gotthart Wunberg, a.a.O. Seite 257.

verbindende »Einstimmigkeit« zwischen sich und ihrem Gegenüber zu evozieren, in einen unaufhaltsamen »Entzweiungsprozeß«, aus dem das Ich im Sinne Ernst Machs als ein scheiterndes hervorgeht. Dieser unüberbrückbare Riß spiegelt sich noch einmal in dem Verhältnis zwischen Natur und individueller Stimmung, die sich nicht länger mehr ergänzen, sondern als unversöhnbare Opposition präsentieren:

»Sie [Fastrade] ging hinaus, und als der Zug sich in Bewegung setzte, schritt sie neben der Bahre her, ihre Hand auf die Hand des Toten gelegt. Der Morgen war wundervoll hell, in den Pappeln der Allee jubelten die Amseln so laut, als feierten sie heute ein besonderes Fest. Am Ende der Allee stand das Schloß blendend weiß in der hellen Morgensonne.«[1]

Eine konzeptionelle Neubestimmung des Subjekts läßt sich aus den ästhetischen und kulturellen Vorgaben der Traditionen und literarischen Strömungen folglich nicht mehr gewinnen, denn »das Ich ist unrettbar. Es ist nur ein Name. Es ist nur eine Illusion. Es ist ein Behelf, den wir praktisch brauchen, um unsere Vorstellungen zu ordnen. [...] Die Welt wird unablässig, und indem sie wird, vernichtet sie sich unablässig. Es gibt aber nichts anderes als dieses Werden«[2].

Dieses »Werden« ereignet sich gleichsam »zwischen« den Figuren, denn sie befinden sich immer nur im Prozeß des Sichdaraufhinbewegens, so daß ihr unermüdliches Bemühen immer nur ein Nieankommen bedeuten kann. Darin besteht laut Benno von Wiese auch die spezifische »Traurigkeit« der Keyserlingschen Erzählungen, in denen sich eine lethargische, von unendlicher Langeweile geprägte Atmosphäre über das Geschehen verbreitet. Es darf jedoch nicht übersehen werden, daß gerade diese beiden Tendenzen, das Sichdaraufhinbewegen und das Nieankommen, paradoxerweise zum

---

1 Oben Seite 151.
2 Hermann Bahr: Das unrettbare Ich. In: Gotthart Wunberg, a.a.O. Seite 147.

eigentlichen Antriebsmoment für die Figuren bei der Suche nach neuen Explorationsformen werden und daß sie dadurch aus den alten und zerfallenden Schloßgemäuern getrieben werden:

»Eine dunkele Traurigkeit machte sie [Fastrade] todmüde. All das still zu Ende gehende Leben um sie her schwächte auch ihr Blut, nahm ihr die Kraft weiterzuleben; ›wir sitzen still und warten, bis eines nach dem anderen abbröckelt‹, klang es wie eine leise Klage in ihr Ohr, und dann bäumte sich etwas in ihr auf [...]. Schnell ging sie zum Fenster, öffnete die schweren Fensterläden [...] und schaute in den Garten hinab.«[1]

Der immer gleiche Alltagsablauf, die rhythmische Wiederkehr der Jahreszeiten und der scheinbare Stillstand des Lebens sind es, die die Figuren nicht in Apathie versinken lassen, sondern gleichsam in »Umkehr der Antriebsrichtung« zu neuen experimentellen Lebensformen anspornen. Deshalb erweisen sich die idyllisierenden Schlußzeilen des Romans als ein letztes hintergründiges Trugbild, wenn die scheinbar restaurative Rückkehr zum Althergebrachten noch einmal den Topos zitiert:

»›Nichts Neues in der Gegend?‹ fragte der Baron Warthe. ›Nein, nichts‹, erwiderte der Baron Port, ›Gott sei Dank ist hier alles wieder ruhig.‹ – ›Das ist gut‹, meinte der Baron Warthe in belehrendem Stimmtone, ›man hat im Leben ja auch seine Unruhe gehabt, [...] nun will man Ruhe im windstillen Winkel.‹ [...] Die goldenen Lichtpünktchen blinzelten friedlich über die Ebene hin, auf deren Felder, fette Wiesen und stille Wege flüsternd die Sommernacht herabsank. [...] und die beiden alten Herren lachten behaglich bei dem Gedanken an den guten Padurenschen Rotwein.«[2]

Das unentwegte Scheitern der Figuren an ihren Wirklichkeitskonzepten und versuchten Ich-Bestimmungen darf je-

---

[1] Oben Seite 23f.
[2] Oben Seite 154f.

doch nicht als fatalistische Resignation interpretiert werden. Denn dem Mißlingen ist die Möglichkeit neuer Produktivität eingezeichnet, die als ästhetischer Antrieb den Akt unermüdlicher Hervorbringung via negationis allererst auslöst.

Alle aufgezeigten Positionen markieren unübersehbar die Situation des Individuums zu Beginn des 20. Jahrhunderts, die eine Ich-Bestimmung nur noch in einer dezentrierten Form kennt oder ein Aufgehen des einzelnen in einem kollektiven Subjekt (bei Hofmannsthal das »Volk«) erfordert. Mit Keyserlings eigenen Worten läßt sich belegen, wie sehr seine schriftstellerische Arbeit von diesen Erfahrungen und Problemstellungen geprägt und in unmittelbarem Zusammenhang mit der Wiener Moderne zu sehen ist: »Auf der einen Seite steht das Ich in der Gewißheit seiner Realität, auf der anderen die Erscheinung. Dem Verstande kann es nicht gelingen, diese Kluft zu überbrücken durch die logisch zugestandene Realität.«[1]

Damit benennt Keyserling eine Erfahrung, die als »Zerrissenheit« oder »Entzweiung« typisch für das Bewußtsein des modernen Individuums geworden ist: Das Individuum kann seine innere Welt nicht mehr mit der äußeren, gesellschaftlichen Welt in Verbindung bringen oder eine Übereinstimmung herstellen. Deshalb setzt es sich von seiner Außenwelt ab und baut um sich einen psychischen Schutzpanzer auf. Hegel hatte bereits in der »Phänomenologie des Geistes« (1807) das entzweite Bewußtsein als das »unglückliche Bewußtsein« der Moderne interpretiert, und in der Literatur des 19. Jahrhunderts begegnen uns die Zerrissenen und Blasierten in großer Zahl (bei Eichendorff, Lenau, Pückler-Muskau oder Nestroy).

Diese Bewußtseinslage hat der Philosoph und Soziologe

---

1 Eduard von Keyserling: Über die Liebe. In: Neue Rundschau 18/1 (1907) Seite 129.

Georg Simmel in seinem Essay »Die Großstädte und das Geistesleben« (1903) wie folgt charakterisiert:

»Es gibt vielleicht keine seelische Erscheinung, die so unbedingt der Großstadt vorbehalten wäre wie die Blasiertheit. Sie ist zunächst die Folge jener rasch wechselnden und in ihren Gegensätzen eng zusammengedrängten Nervenreize, aus denen uns auch die Steigerung der großstädtischen Intellektualität hervorzugehen schien […]. Wie ein maßloses Genußleben blasiert macht, weil es die Nerven so lange zu ihren stärksten Reaktionen aufregt, bis sie schließlich überhaupt keine Reaktion mehr hergeben – so zwingen ihnen auch harmlosere Eindrücke durch die Raschheit und Gegensätzlichkeit ihres Wechsels so gewaltsame Antworten ab, reißen sie so brutal hin und her, daß sie ihre letzte Kraftreserve hergeben und, in dem gleichen Milieu verbleibend, keine Zeit haben, eine neue zu sammeln. Die so entstehende Unfähigkeit, auf neue Reize mit der ihnen angemessenen Energie zu reagieren, ist eben jene Blasiertheit, die eigentlich schon jedes Kind der Großstadt im Vergleich mit Kindern ruhigerer und abwechslungsloserer Milieus zeigt.

Mit dieser physiologischen Quelle der großstädtischen Blasiertheit vereinigt sich die andere, die in der Geldwirtschaft fließt. Das Wesen der Blasiertheit ist die Abstumpfung gegen die Unterschiede der Dinge, nicht in dem Sinne, daß sie nicht wahrgenommen würden, wie von dem Stumpfsinnigen, sondern so, daß die Bedeutung und der Wert der Unterschiede der Dinge und damit der Dinge selbst als nichtig empfunden wird. Sie erscheinen dem Blasierten in einer gleichmäßig matten und grauen Tönung, keines wert, dem anderen vorgezogen zu werden. Diese Seelenstimmung ist der getreue subjektive Reflex der völlig durchgedrungenen Geldwirtschaft; indem das Geld alle Mannigfaltigkeiten der Dinge gleichmäßig aufwiegt, alle qualitativen Unterschiede zwischen ihnen durch Unterschiede des Wieviel ausdrückt, indem das Geld, mit seiner Farblosigkeit und Indifferenz, sich zum Generalnenner aller

Werte aufwirft, wird es der fürchterlichste Nivellierer, es höhlt den Kern der Dinge, ihre Eigenart, ihren spezifischen Wert, ihre Unvergleichbarkeit rettungslos aus.«[1]

Es ist bemerkenswert, daß Keyserling in seine abgeschlossenen Räume diesen modernen Geist der Großstadt eindringen läßt und damit jeden Versuch einer ästhetischen Restauration aristokratischer Lebensformen unterläuft. Die »Abendlichen Häuser« erscheinen daher weniger als eine Dekadenzgeschichte über abgelebte Traditionen, sie sind vielmehr eine Diagnose des modernen Bewußtseins, das sich vor den konservativen Traditionen der Dorf- und Adelswelt herauskristallisiert.

Warten und Langeweile

Keyserlings Figuren warten stets auf etwas oder verbringen ihre Zeit mit der Kultivierung ihrer Langeweile. »Warten« und »Langeweile« sind mehr als nur gewöhnliche Situationen des Alltags; sie verweisen auf einen erheblichen Mangel an Sinn und Erfüllung des Daseins.

Im Wartezustand sind die Menschen, wenn sie ergriffen werden von einem »metaphysischen Leiden an dem Mangel eines hohen Sinnes in der Welt«. Dies schrieb Siegfried Kracauer in seinem Essay »Die Wartenden« (1922), in dem er dieses metaphysische Leiden auf die Entleerung des uns umfangenden geistigen Raumes, auf die Vertreibung des Menschen aus der religiösen Sphäre, auf den Wertrelativismus sowie auf die Vereinzelung des Individuums und seinen Schrecken vor der Leere zurückführte. In dieser Situation helfe nur noch die Haltung des Wartens als ein »zögerndes Geöffnetsein«, durch das vielleicht Erfüllung möglich werde. Anders als Becketts Figuren in »Warten auf Godot« entdeckt Kracauer

---

[1] Zitiert nach: Georg Simmel: Brücke und Tür. Stuttgart 1957. Seite 232f.

im Ausharren und im »tätigen Sichbereiten« eine Chance, daß der Einbruch des Absoluten sich doch noch ereignen könnte. Theodor W. Adorno hingegen hat im vergeblichen Warten das Maß dafür gesehen, in welchem Umfang unsere Glückserwartungen enttäuscht werden. »Vergebliches Warten verbürgt nicht, worauf die Erwartung geht, sondern reflektiert den Zustand, der sein Maß hat an der Versagung.«[1]

Für Keyserlings Figuren ist das Warten, zumeist vergebliches Warten, der wesentliche Inhalt ihrer Existenz, wodurch sie auf das festgelegt werden, was ihnen an Sinn und Erfüllung entzogen bleibt. Sie gleichen darin Schattenbildern, die nur das bezeichnen, was ihnen am eigentlichen Leben abgeht. Noch mehr dringt man zum Kern seiner Figuren vor, wenn die existentielle Langeweile in Betracht gezogen wird.

Hierfür ist Pascals Definition (Langeweile/ennui als Erfahrung der Nichtigkeit des Daseins) bzw. Kants Auffassung begriffsgeschichtlich bemerkenswert. Nach Kant ist Langeweile die »Anekelung seiner eigenen Existenz aus der Leerheit des Gemüts an Empfindungen, zu denen es unaufhörlich strebt«. Schließlich bestimmte Kierkegaard in seiner existentialen Analyse der Langeweile in »Entweder – Oder« und in »Der Begriff der Angst« diese als »Kontinuität im Nichts«, als Abschluß gegen das Gute und Öffnung des Inneren für das Böse. Sie ist Inhaltslosigkeit, ihr fehlt jeder belebende Antrieb, jede Verantwortung, so daß aus ihr Verneinung der Welt und daraus Angst folgen. Sie ist daher die einzige, näherhin negative Kontinuität, die dem Menschen noch bleibt, wenn ihm die Langeweile jede andere echte seelische Einheit verschließt. Wie die Angst ist sie als Gemütslage überall gegenwärtig, durchdringt, verfälscht und vergiftet jede Lebensbeziehung, tötet das Lebensgefühl oder ermattet den Zeitsinn.[2] So wie

1 Theodor W. Adorno: Negative Dialektik. Frankfurt am Main 1980. Seite 368.
2 Zum Konnex Langeweile und Zeitgefühl vgl. Thomas Mann: Der Zauberberg, 4. Kapitel (»Exkurs über den Zeitsinn«).

der Gegenstand der Angst ein Nichts ist, so ist auch der nicht greifbare Gegenstand der existentiellen Langeweile das Nichts.

Jene »Kontinuität im Nichts« und die gegenständliche Leere kennzeichnen auch die nur noch negativ zu erfahrende Einheit der Existenz der Figuren Keyserlings. In einem Augenblick haben sie schon alles erlebt, so daß ihnen nur noch die Wiederholung jenes Eindrucks übrigbleibt und ihr Dasein ein langsames Absterben bedeutet.

Als Fazit kann deshalb festgehalten werden: Die Figuren in den »Abendlichen Häusern« verkörpern ganz unterschiedliche Lebenseinstellungen und Prinzipien. Sie gleichen einer Versammlung von Masken, durch die hindurch eine Vielstimmigkeit erzeugt wird, die nicht in einer großen Komposition aufgefangen wird. Vielmehr bleiben die Stimmen in ihrer Isolation und Monotonie gefangen. Elemente des Impressionismus, der Dekadenz und des ästhetischen Feudalismus dienen dazu, das Maskenspiel zu beleben und nuanciert zu schildern. So wie Rainer Maria Rilke in seinen »Aufzeichnungen des Malte Laurids Brigge« (1910) hinter den Masken die Physiognomie der Gesichter als Ausdruck von Individualität gesucht hat, so will Keyserling hinter den inszenierten Diskursen die Stimme eines Individuums vernehmen. Allein diese Stimme bleibt stumm, denn die Langeweile hat sie erstickt oder ihren Laut zum Topos gerinnen lassen. Da sie durch keine Sprachhandlungen, durch keinen Diskurs bestimmt werden, bleiben die Akteure leere Schatten. Die Grazie des Plauderns verdeckt die Risse und die tragische Vergeblichkeit, die in der erzählten Welt und in den Figuren Keyserlings für Unruhe sorgen. Sie läßt seinen Roman liebenswürdig und leicht erscheinen, obwohl er im Schattenreich der Langeweile spielt.

Helmut Bachmaier

Zeittafel zu Keyserling

1855 15. Mai: Eduard Graf von Keyserling auf Schloß Paddern in Kurland geboren.
1874 Studium an der Universität Dorpat.
1877 Keyserling wird wegen einer »Inkorrektheit« von der Universität gewiesen. In der Folge bewirtschaftet er die Güter seiner Mutter. Um 1890 hält er sich mehrere Jahre in Wien auf.
1887 Erste Buchveröffentlichung: »Fräulein Rosa Herz«, Erzählung.
1892 »Die dritte Stiege«, Roman.
1892–95 Keyserling lebt wiederum in Kurland.
1893 Erste Anzeichen eines schweren Rückenmarksleidens.
1895 Keyserling läßt sich in München nieder.
1896 Lovis Corinth porträtiert Keyserling.
1899/1900 Aufenthalt Keyserlings in Italien.
1900 »Ein Frühlingsopfer«, Schauspiel.
1901 »Der dumme Hans«, Trauerspiel. »Die Soldatenkersta«, Erzählung.
1903 »Beate und Mareile. Eine Schloßgeschichte.«
1904 »Schwüle Tage«, Erzählung. »Peter Hawel«, Drama.
1905 »Harmonie«, Erzählung.
1906 »Benignens Erlebnis. Zwei Akte.« »Seine Liebeserfahrung«, Erzählung.
1907 »Dumala«, Roman.
1908 »Bunte Herzen«, Erzählung. – Keyserlings Krankheit führt zu seiner völligen Erblindung.
1911 »Wellen«, Roman. »Nachbarn«, Erzählung.
1914 »Abendliche Häuser«, Roman. »Am Südhang«, Erzählung.

1915 »Nicky«, Erzählung.
1917 »Fürstinnen«, Erzählung.
1918 »Im stillen Winkel«, Erzählung. »Die Landpartie«, Erzählung. – 28. September: Keyserling stirbt in München.
1919 »Feiertagskinder«, Roman.

Anmerkungen

Seite

11 *hasenreiner:* Ein Jagdhund heißt »hasenrein«, wenn er so abgerichtet ist, daß er Hasen aufstöbert, aber ohne Befehl nicht verfolgt.

15 *Blondenhaube:* Haube aus feiner, gelblicher Seidenspitze mit Blumen- und Figurenmustern.

18 *Mennonitenprediger:* Die Mennoniten sind eine von dem deutschen Theologen Menno Simons (1492–1559) gegründete evangelische Freikirche. Sie pflegen die Erwachsenentaufe und lehnen Wehrdienst und Eidesleistung ab.

19 *Estafette:* berittener Eilbote.

21 *»Te voilà, ma fillette, à la bonne heure«:* »Da bist du ja, mein Töchterchen, sehr schön.«

23 *Saint-Simon:* Louis de Rouvroy, Herzog von Saint-Simon (1675–1755). Seine berühmten »Mémoires« sind eine wichtige Quelle für die Geschichte der späteren Regierungszeit Ludwigs XIV. und der Regentschaft des Herzogs Philipp von Orléans. In glänzendem Stil und mit boshaftem Witz entwirft Saint-Simon, der »französische Tacitus«, scharfe Charakterbilder der Herrschenden seiner Zeit.

26 *Instleute:* die auf Gutshöfen beschäftigten Landarbeiter und -arbeiterinnen ohne eigenen Grundbesitz.

27 *Kamisol:* Jacke.

28 *des Herrn Auge mästet das Vieh:* sprichwörtliche Redensart.

29 *Mendelssohn:* Felix Mendelssohn-Bartholdy (1809 bis 1847), bedeutender deutscher Komponist; hier Anspielung auf seine Klavierkompositionen (unter ihnen die »Lieder ohne Worte«).

30 *Palastdame:* Hofdame.
31 *»Un bel homme tout de même!«:* »Immerhin ein schöner Mann!«
32 *Waldschneide:* Schneise.
revierte: revieren, hier: das Revier auf Beutesuche überfliegen.
35 *schlage:* fälle Bäume.
36 *Paris [...] weil er schön und furchtsam war:* Anspielung auf den schönen Entführer der Helena. Aus dem Kampf mit deren Gatten Menelaos rettete ihn Aphrodite, indem sie ihn entrückte. Vgl. den dritten Gesang der »Ilias«.
39 *Schabbes:* jiddisch für »Sabbat«, den Ruhetag der Juden, der am Freitagabend beginnt und am Samstagabend endet.
43 *Bocher:* Bacher, hebräisch »junger Mann«, »Talmudstudierender«.
48 *Besig:* Bézigue, französisches Kartenspiel.
48 f. *»Rauschender Strom [...] mein Schmerz«:* »Aufenthalt«, Gedicht von Ludwig Rellstab (1799–1860), vertont von Franz Schubert.
60 *»Chaîne, s'il vous plaît«:* »Kette, bitte.«
»Grand galop«: »Großer Galopp.«
schmälen: bellen (von erschrecktem Edel-, Dam- und besonders Rehwild).
64 *»Auf Flügeln [...] fort«:* Zeile 1/2 der ersten Strophe von Nummer 9 des »Lyrischen Intermezzos« in Heinrich Heines »Buch der Lieder«.
»Dort wollen wir [...] Traum«: letzte Strophe des in der vorhergehenden Anmerkung erwähnten Gedichtes von Heine. Der genaue Wortlaut dieser Strophe ist:

> »Dort wollen wir niedersinken
> Unter dem Palmenbaum
> Und Liebe und Ruhe trinken
> Und träumen seligen Traum.«

ANMERKUNGEN

66 *Gilka:* ein nach seinem Hersteller benannter Getreidekümmel.
67 *Allons:* Los.
77 *Château Pape Clément:* französische Weinsorte.
Roederer: französische Sektmarke.
Charlotte: Süßspeise aus Biskuits und Obst.
ich spiele gern Vabanque: ich setze gern alles auf eine Karte.
82 *»Joli garçon«:* »Hübscher Bursche.«
83 *Drainage:* Bodenentwässerung durch Gräben oder Rohre.
88 *Ellernbüschen:* Erlenbüschen.
91 *Punch glacé:* eisgekühlter Punsch.
Chevreuil à la providence: Rehbraten, wie ihn die Vorsehung (d. h. der Koch) will.
Timbale à la Marie Antoinette: Becherpastete nach Art der (Königin) Marie Antoinette.
93 *Exempel:* Rechenaufgabe.
94 *Kandidat:* Predigt- oder Lehramtskandidat. Solche Kandidaten waren oft als Hauslehrer tätig.
100 *ein Fischgericht au gratin:* ein überbackenes Fischgericht.
Couchette: Bett.
103 *Kommis:* Handlungsgehilfen.
105 *›La minestra è pronta!‹:* ›Die Suppe ist fertig!‹ Die Minestra ist eine Gemüsesuppe mit Reis und Parmesankäse.
108 *»Ah, répondit Collette, osez, osez toujours«:* »Oh, antwortete Collette, wagen Sie es, wagen Sie es nur.«
109 *mit griechischen Ärmeln:* mit kurzen Ärmeln.
110 *Gloire de Dijon:* Stolz von Dijon.
Grandmonde: große, vornehme Welt.
112 *Préférence:* französisches Kartenspiel.
115 *Gründüngung:* Düngung durch Unterpflügen von zu diesem Zweck angebauten Pflanzen.

ANMERKUNGEN

116 *Quinze:* französisches Kartenspiel.
118 *Töchterschülerinnen:* Schülerinnen einer »Töchterschule«, wie die Schulen für Mädchen im 19. Jahrhundert hießen.
121 *Charles Fox:* Charles James Fox (1749–1806), englischer Staatsmann. Im Privatleben kannte er wenig moralische Hemmungen; er richtete seine Gesundheit durch Ausschweifungen, sein Vermögen durch Glücksspiel zugrunde. König Georg III. haßte in ihm nicht nur den liberalen Politiker, sondern auch den Verführer seines Sohnes, des liederlichen Prinzen von Wales.
127 *quarren:* heisere, schnarrende Laute von sich geben.
ließen sich [...] in das Röhricht ein: ließen sich im Röhricht nieder.
Treitschke: Heinrich von Treitschke (1834–96), Geschichtschreiber und politischer Schriftsteller, nach Leopold von Rankes Tod (1886) zum Historiographen des preußischen Staates ernannt. Treitschkes Hauptwerk, die »Deutsche Geschichte im 19. Jahrhundert«, hat das Geschichtsbild des deutschen Adels und des nationalen deutschen Bürgertums bis weit ins 20. Jahrhundert hinein entscheidend bestimmt.
146 *auf die Mensur:* zum Zweikampf.
147 *»Aus tiefer Not schrei' ich zu dir«:* protestantisches Kirchenlied; Text und Melodie von Martin Luther.
154 *Erdkrebs:* die Maulwurfsgrille, unterirdisch lebende große Grille mit Vorderbeinen, die zu Grabpfoten umgebildet sind.

Bibliographische Hinweise

Ausgaben

Abendliche Häuser. Roman von E. von Keyserling. Berlin: S. Fischer, Verlag, 1914 (Erstausgabe)

Eduard von Keyserling: Gesammelte Erzählungen in vier Bänden. Herausgegeben und eingeleitet von Ernst Heilborn. Berlin: S. Fischer, Verlag, 1922 (Abendliche Häuser: Band 4)

Eduard von Keyserling: Abendliche Häuser. Roman. Frankfurt am Main 1982 (Fischer-Taschenbuch 5726)

Literatur zu Keyserling

Annarosa Azzone Zweifel: Eduard von Keyserling. I racconti del castello. Padova 1983

Dagmar Brand: Die Erzählform bei Eduard von Keyserling. Diss. Bonn 1950

Sabine Buchlaub und Claudia Wefel: Die Landschaftsdarstellung in Eduard von Keyserlings Erzählwerk. Impressionismus – Romantik – Dekadenz. In: Dieter Kafitz (Herausgeber): Dekadenz in Deutschland. Frankfurt am Main, Bern, New York und Paris 1987. Seite 243–257

Waldemar Eger: Mensch und Gesellschaft in der Prosa Eduard von Keyserlings. Diss. Indiana University 1970

Rainer Gruenter: Einleitung zu: Eduard von Keyserling: Schloßgeschichten. Frankfurt am Main 1973. Seite VII–XX

Herbert Kalckhoff: Die Dekadenz im Werk Eduard von Keyserlings. Diss. Freiburg im Breisgau 1952

Wulf Kirsten: Nachwort zu: Eduard von Keyserling: Abendliche Häuser. Ausgewählte Erzählungen. 2., veränderte und erweiterte Auflage. Berlin (Ost) 1986. Seite 671–696

Elisabeth Irene Knapp: Bedingungen und Funktion der Ausschnitt-Thematik in den Erzählungen Eduard von Keyserlings. Diss. Bonn 1971

Käte Knoop: Die Erzählungen Eduard von Keyserlings. Ein Beitrag zur deutschen Literaturgeschichte. Marburg 1929

Richard A. Koc: The German Gesellschaftsroman at the Turn of the Century: A Comparison of the Works of Theodor Fontane and Eduard von Keyserling. Bern und Frankfurt am Main 1982

Erika Hildegard Kockert: Das dramatische und erzählerische Werk Eduards von Keyserling im Spiegel der zeitgenössischen Kritik. Diss. University of Massachusetts 1974

Fritz Löffler: Das epische Schaffen Eduard von Keyserlings. Diss. München 1928

Wolfdietrich Rasch: Décadence-Motive in Eduard von Keyserlings Romanen und Erzählungen. In: Wolfdietrich Rasch: Die literarische Décadence um 1900. München 1986. Seite 224–243

Irmengard Sauter: Menschenbild und Natursicht in den Erzählungen Eduard von Keyserlings. Diss. Freiburg im Breisgau 1960

Angela Schulz: Ästhetische Existenz im Erzählwerk Eduards von Keyserling. Frankfurt am Main, Bern, New York und Paris 1991

Rudolf Steinhilber: Eduard von Keyserling. Sprachskepsis und Zeitkritik in seinem Werk. Darmstadt 1977

Ulrich Stülpnagel: Graf Eduard von Keyserling und sein episches Werk. Diss. Rostock 1926

Richard A. Weber: Color and Light in the Writings of Eduard von Keyserling. Frankfurt am Main, Bern, New York und Paris 1990

A. Wayne Wonderley (Herausgeber): Eduard von Keyserling. A Symposium. Lexington, Kentucky 1974

Literatur zu »Abendliche Häuser«

Hans Baumann: Eduard von Keyserlings Erzählungen. Eine Interpretation des Romans »Abendliche Häuser«. Zürich 1967

Helmut Koopmann: Über Eduard von Keyserlings »Abendliche Häuser«. In: Marcel Reich-Ranicki (Herausgeber): Romane von gestern – heute gelesen. Band 1. Frankfurt am Main 1989. Seite 212–218

William Wonderley: Dynamic Symbolism in Eduard von Keyserling's »Abendliche Häuser«. In: German Quarterly 25 (1952) Seite 80–97